国王陛下の
大迷惑な求婚

市尾彩佳
Saika Ichio

RB
レジーナ文庫

登場人物紹介

Characters

成《なる》宮《みや》舞《まい》花《か》

百均の包丁と共に異世界に
トリップしてしまった元OL。
現在お城で下働きをしている。

ソルバイト

多くの属国を従える国、
ディオファーンの王。
【救世の力】という
不思議な力を持つ。

コークス
舞花を拾って世話してくれた青年貴族。
ウェルティ
コークスの妹。超ブラコン。
フラックス
【救世の力】研究の第一人者。不思議なことを探求するのが大好き。
モリブデン
ディオファーンの宰相。国王に舞花への求婚を許可した張本人だが……
ヘマータ
名門貴族の令嬢で、ソルバイトのお后候補。
ロット
国王の世話係で、彼の過去もよく知っている。
テルミット
舞花につけられた侍女。色んな意味で万能。

目次

国王陛下の大迷惑な求婚

1　あたしのあずかり知らぬこと

先々月から、陛下のお世話係である僕、ロット・ユニタリーが憂慮《ゆうりょ》していることがある。

陛下の様子がおかしい。

四六時中、心ここにあらずといった感じで、誰かが話しかけている最中でもぼうっと宙を見上げていたりする。

今もまた、政務の報告中にぼうっとなさっているので、報告をしている宰相のモリブデン様は怒りに口元をひくつかせながら声を大きくした。

「聞いてらっしゃいますか、陛下!?」

「……あ?」

二呼吸ばかり置いて、陛下はぼんやりした眼《まなこ》をモリブデン様に向ける。どう考えても聞いていたと思えない陛下のご様子を見て、モリブデン様は怒りを爆発させた。

「わたしは無駄話《むだ》をしに来たわけではありません！　陛下より国政をお預かりする者として、主要案件の報告をし、認可をいただきにまいったのです！　ただ『任せる』とおっしゃるにしても、以前はもっと身を入れて聞いてくださっていたのに、ここ最近の腑抜《ふぬ》けぶりは何なんです⁉」

　廊下に続く扉の前に控えていた僕は、モリブデン様に近寄って取り成す。

「まあまあ、モリブデン様。先日【宣誓《せんせい》の儀】を無事終えたところですし、さすがの陛下も気が抜けてしまったんじゃないですか？」

「陛下のここ最近の奇行は、疲れなどでは説明がつかぬ。それに【宣誓の儀】は二か月も前の話ではないか」

【宣誓の儀】とは、伝承の時代より我が国と周辺の国々との間で行われている重要な儀式だ。

　塔のようにそびえ立つ、いと高き山を中心にほぼ円形に広がる我が国、ディオファーン。

　かつて、我が国の重要な資源を狙って周辺の国々が一斉に攻め入ってくるという出来事があった。時の王はそれをたった一人で制圧したと言う。国々は王が振るった【力】に畏敬《いけい》の念を抱き、我が国を崇《あが》めるようになった。我が国と各国は宗主国と属国として誓約を結び、属国が忠誠を誓う代わりに我が国は各国を守ることを約束した。その誓約が始まって以来、我が国も属国も一度たりとて戦禍《せんか》に晒《さら》されたことはない。

誓約は、定期的に各国の王を召喚して結び直される。それが【宣誓の儀】であり、今年は三年に一度のその年だった。

御歳《おんとし》二十七の、我が国の若き王ソルバイト・フェルミオン様は、儀式の間に姿を現した瞬間から、その場に揃う各国の王たちを圧倒した。

光り輝く銀の髪。切れ長の目の奥にある、青く澄んだ力強い瞳。高く通った鼻と鋭角を描《えが》く顎《あご》は、内面の強さを表しているかのようだ。長身で引き締まった体躯《たいく》に、青玉色の地に金刺繍《きんししゅう》の施《ほどこ》された祭礼衣装をまとい、泰然《たいぜん》と玉座に坐《ましま》すそのお姿は威厳に満ち溢れていた。

それでも侮《あなど》る者は毎回出るもので、今回は最近軍備に力を注いでいると噂のリグナシカの王子が、不遜《ふそん》な態度でこう発言した。

——いくら【救世の力】をお持ちでも、軍の一つもないのでは国の守りがこころもとないことでしょう。我が妹はソルバイト王と似合いの年頃です。我が国と縁続きになっていただければ軍をお貸ししやすくなります。

【救世の力】とは、たった一人で各国の軍を制圧した王が振るった力のことで、我が国の王と王の血に連なる者がその力を受け継いできた。そしてこれからも強い【救世の力】を継承していくために、我が国の王は血族としか結婚してはならないという掟《おきて》がある。それは広く公表されており、他国の王族も知らぬはずはない。

リグナシカの王子は病身の父王に代わって、今回初めて【宣誓の儀】に臨《のぞ》んだのだが、自分より十も年下の我が王に忠誠を誓うことに不服を感じているらしい。我が王に妹王女を娶《めあわ》せれば、己《おのれ》は義兄として陛下より優位に立てると思ったに違いない。その証拠に王子の口調は尊大で、陛下を敬おうという気持ちが全く感じられない。

彼の発言に、他国の王たちは色めき立った。分を弁《わきま》えぬ若造に憤《いきどお》る王もいれば、もしそれが現実になったらと動揺する王もいた。

その騒ぎを鎮《しず》めたのが、他ならぬ我が国の王ソルバイト様だった。

ソルバイト様は気だるげに片手を上げると、手のひらから力を放ち、広間の壁に大きな穴を空けた。

その際発生した風圧は、リグナシカの王子を巻き込み、彼の身体を二度三度と転がす。

近くにいた王たちは、ソルバイト様が力を振るう兆候を見て取ると、すぐさま王子の側《そば》から離れて床に這《は》いつくばり、広間中に吹き荒れる風に耐えていた。

——この力は、強大なのはいいが調節が難しくてな。皆、怪我《けが》はないか？　……まあ、このように我が国の守りは衰《おとろ》えておらぬので、そなたに心配してもらうには及ばぬ。

そう言って凄絶《せいぜつ》な笑みを浮かべた時の陛下の威容《いよう》といったら！

お姿や力の強さだけではない。他の者がひれ伏さずにいられないこの風格こそが、陛下を王の中の王たらしめ、我が国の地位を確固たるものとしている。

だが、その【宣誓の儀】が終わった二日後、陛下の様子に異変が起こった。


あれは、ユニの月二十六日のことだった。

夜の時を告《つ》げる鐘が鳴り出した途端、陛下は顔を上げ、驚愕したように目を見開いた。寝酒をたしなんでおられたテーブルから立ち上がり、焦った様子で僕に何かを命じようとなさったのを今でも覚えている。陛下は何か言いかけてやめた後、寝室の中をうろうろと歩き出した。

——どうかなさいましたか？

——あ……いや、何でもない。

陛下自身も釈然《しゃくぜん》としない様子で、椅子に座り直した。

この時からだ。陛下の様子がおかしくなり始めたのは。

日を追うごとにぼうっとしている時間が増え、時折ふにゃっと表情をゆるめたかと思うと、急に地団駄《じだんだ》を踏んだり落ち着きなく歩き回ったりする。

これらの症状を、疲れからくるものだと言い張ってみたけれど、やはり無理があったのだろう。モリブデン様は僕がひねり出した取り成しの言葉を否定し、冷淡な視線を向けてくる。相変わらず氷のような目つきだ。この目に見据《みす》えられると、たいていの者は怯《ひる》んで目を伏せてしまう。

そのためあまり知られていないけれど、モリブデン様は美しい顔立ちをしていらっしゃる。錆《さ》びた鉄色の髪に細面《ほそおもて》の顔。眉は細く優美な線を描《えが》き、唇が薄く血の気がほとんどないことと少しこけた頬が、いささか神経質で弱々しい印象を与える。が、赤みがかった怜悧《れいり》な瞳がモリブデン様本来の強さを映し出し、何者も寄せ付けない孤高の雰囲気を醸《かも》し出していた。

モリブデン様は、僕からふいと目を逸《そ》らし、窓のほうを見る。陛下はいつの間にか立ち上がり、窓に張り付くようにして外を眺めている。モリブデン様は、そんな陛下を見て呆れたようにため息をついた。

「全く……一体どうしたというのか。恋煩《こいわずら》いでもしているかのようなあのご様子は」

誤魔化《ごまか》すのも、そろそろ限界か。

「ええ、十中八九恋煩いだと思います」

できるだけさりげなく言ってみたものの、モリブデン様はくわっと目を見開き詰め寄ってきた。

「いつの間に誰と恋に落ちたというのか⁉　それならば早急に婚礼の準備をせねばならぬのに、何故もっと早くに言わない⁉　――それとも、相手は条件に合わないのか？」

モリブデン様ははっとして一瞬言葉を切ったかと思うと、僕が言い渋っていた理由を簡単に言い当ててしまう。僕は観念して、ため息まじりに言った。

「ええ、王家の血を引く者ではありません。上部は黒、下部は茶色の髪をした、黒い瞳を持つ二十四歳の女性で、名前は舞花《まいか》というのだそうです」

モリブデン様は表情を険《けわ》しくした。

「珍しい名前だな。確かにそのような名前の女性は血族の中にはいないが。その女性はいったい何者だ？　よもや属国の王女や貴族ではあるまいな」

それは僕も真っ先に懸念して陛下に訊《たず》ねたことだ。

折しも【宣誓の儀】の直後。前日まで各国の王侯貴族やその夫人令嬢が我が国を訪れていたことを考えると、その可能性は否定できなかった。だが、リグナシカの若造王子の分を弁《わきま》えぬ発言一つでも騒ぎになったのだから、陛下の想い人が属国の者であったとしたら、その兆候が見えた時点で大きな騒動となっていたはずだ。陛下からも「違う」と確《かく》たるご返答をいただき、僕はどれほど安堵《あんど》したことか。

「ご安心ください。属国の王家に縁がないだけでなく、他のどの国の女性でもないそうです」

「では我が国の者か？」

「いえ、我が国の民でもないそうです」

モリブデン様は、顔をしかめて苛立《いらだ》った声を上げる。

「他国の民でも我が国の民でもないだと？　ならばどこの国の者だというのだ？」

「僕も矛盾してると思って何度も訊ねたのですが、どうにも要領を得なかったのです」

困りながら説明すると、モリブデン様はこめかみに手を当てて考え込む。しかしわからなくても問題ないと判断したのだろう、いつもの険しい表情をさらに険しくして、話を元に戻す。

「ともかく王家の血を引く女性でないのなら、陛下の結婚相手として論外だ」

そうおっしゃるのはわかっていた。だから報告を引き延ばしてきたのだ。

モリブデン様は決意を瞳に宿し、陛下に物申そうと一歩踏み出した。それを僕は慌てて止める。


「モリブデン様！　陛下もそのことはよくご存じでいらっしゃいます。だからこそ、その女性に会いに行ったりなさらず、ああして窓の外を眺めて耐え忍んでおられるのです」

窓枠に手をかけ肩を震わせている陛下を見て、モリブデン様も同情を覚えたのだろう。諦めたようにため息をついた。

「しかし、ああも腑抜《ふぬ》けておられることが他国に知られては、リグナシカの王子ばかりではなく他の王たちの増長も招きかねないであろうし……」

顎《あご》に手を当ててしばし考え込んだモリブデン様は、不意に陛下に声をかける。

「陛下、何でしたらその女性をお召しになりますか？　しばし交際でもなされば、気持ちが落ち着くかもしれませぬよ？」

モリブデン様の発言に、僕は憤慨《ふんがい》する。その程度で気が済む想いであれば、二月《ふたつき》もの間、陛下も悩んだりなさらなかっただろうに。

僕が口に出すまでもなく、陛下は一瞬息を呑み、勢いよく振り返って激昂《げっこう》した。

「余はいっときの関係を求めているのではない！　生涯の伴侶《はんりょ》として求めているのだ！　遊び相手に召して舞花の名誉を汚《けが》すつもりはない！」

陛下はこれほどまで真剣なのに、モリブデン様はすまし顔で事もなげに言う。

「ならばいっそのこと、その女性に求婚なさるとよろしい」

モリブデン様の口から出たとは思えないその提案に、僕は目を剥《む》いて絶句する。

陛下も呆然とし、信じがたい様子で訊《たず》ねられた。

「い……いいのか……？」

何を考えてらっしゃるのか、モリブデン様は含みのある笑みを浮かべて頷《うなず》いた。

「求婚であれば、相手の女性の名誉を汚すこともないでしょう。陛下が政務をきちんとこなし、公《おおやけ》の場で腑抜けたりなさらないとお約束くださるのでしたら、どうぞご存分に求婚なさってください」

「モリブデン、わかっておるのか？　求婚とは結婚を申し込むことなのだぞ？　余が王家の血を引かぬ女性と結婚してもよいと申すのか？」

「ええ。相手の女性が陛下の求婚を受け入れたなら、結婚も認めましょう」

陛下の困惑した顔が、みるみる喜びにあふれていく。

モリブデン様は、陛下に代わって国の政《まつりごと》を取り仕切っているため、発言力も大きい。そのモリブデン様が言われることは絶対だ。陛下でさえも、モリブデン様の意見に反対されることはない。またモリブデン様が許可したことは、何であろうと誰も反対しない。

それをよくご存じの陛下は、モリブデン様の言葉を疑うことなく、嬉々《きき》として僕に申しつけた。

「ロット！　バラをありったけ集めさせよ！」

「は⁉　『バラ』をですか⁇」

僕は驚きすぎて大きな声を上げてしまう。今の話とバラとがどう繋がってくるのかさっぱりわからない。――いや、嫌な予想はついているけれど、それを認めることを頭が拒否しているのだ。

とはいえ、驚いているだけではお世話係として失格だ。僕はおそるおそる訊《たず》ねた。

「『バラ』なんか集めてどうするんです？」

「花束にして、舞花に贈るのだ！」

予想通りの答えが返ってきて、僕はますます困惑する。

ありったけ集めなければ、確かに『花束』になるほどの量にはならない。だが、大変貴重な高級珍味とはいえ、あれを女性に贈るのはどうか。それに、求婚する相手に精力剤にもなりうる食材を贈るなど、あからさますぎやしないだろうか？

　下手すると嫌われるのでは？　と思いながらも、陛下のお考えに水を差すのは憚《はばか》られ、僕は執務室の外で待機する侍従《じじゅう》たちに指示を出しに行く。城の栽培所だけでなく城下も回って開花した『バラ』をすべて調達してくるように申しつけると、侍従たちも理解しがたいという顔をしながら手配に向かった。

　執務室に戻ると、そわそわ身体を揺らしながら窓の外を眺める陛下を横目に、モリブデン様に耳打ちした。

「いいんですか？　王家の血を引かない女性への求婚を許可なさったりして。もし相手の女性が陛下の求婚を受け入れたりしたら……」

　いや、どんな女性が陛下の求婚を断ったりすると言うのだろう。属国の王たちをも平伏させる王の中の王。そんな陛下の求婚は命令にも等しい。いやいや、身分を差し引いたとしても、陛下の美貌に惹かれない女性などいるはずもない。

　意中の女性に求婚を受け入れてもらい有頂天になるであろう陛下を、モリブデン様はどうなさるおつもりなのか。

　先のことを考え焦る僕に、モリブデン様はしたり顔で言った。

「問題ない。許可したのは『求婚』まで。その女性としばし逢瀬《おうせ》を重ね戯《たわむ》れれば、陛下の恋の熱に浮かされた頭も落ち着くだろう。ロット、おまえも先ほど言ったように、陛下はご自分のお立場をよく理解しておられる。これまでとて、一度も色欲に惑わされることなく、国の繁栄のためにもっともふさわしい花嫁を選ぼうとなさっていた。――此《こ》度《たび》のことは気の迷い。熱が冷めれば、自覚を取り戻してくださるはずだ」

モリブデン様は下手に反対して煽《あお》るような真似をしなければ、いずれ陛下は自ら正しい道に戻られると信じているのだ。

「あとはその舞花という女性が求婚を受け入れないよう、陛下に内密で釘を刺しておけばいい。求婚を受け入れようとした段階で、このお遊びは終了だ。ロット、君もそのことを忘れることなく、陛下が飽きるまでお遊びの時間が続くよう気を配って差し上げるように」

「はあ……」

僕は気の抜けた返事をする。

モリブデン様は〝気を配る〟という言葉を使われたが、要するに女性が陛下の求婚を受け入れてしまったらその段階でお二人を引き離すと仰せなのだ。だから、せめてお二人に少しでも長く共に過ごしていただくため、付かず離れずの関係が保たれるようにせよと。

　結婚は許されないのだから、陛下の求婚が成功してはならないというのはわかる。しかしあれほど夢中になっている陛下が、モリブデン様の思惑通り相手の女性に飽きる日が来るのだろうか。

　僕の懸念をよそに、モリブデン様はふと表情を和らげておっしゃった。

「王位を継ぐ者であるという自覚ゆえに、幼少の頃から我儘《わがまま》らしい我儘を一つもおっしゃらなかったのだ。そんな陛下の初めての我儘は、よりにもよって叶えて差し上げられぬものだが、少しくらいは譲歩してもよいだろう。――万が一、陛下がいつまで経っても飽きなかった場合は、多少強引な手を用いてでも相手の女性を引き離す。時期はわたしが判断するが、ロット、おまえもそのつもりでいるように」

　やっぱりそういうおつもりでしたか。

　求婚は許可しても、結婚まで許可する気はさらさらないのだ。

　モリブデン様の本意を知った時の陛下の落胆を思うと心が痛む。いや、いっときとはいえ逢瀬を楽しめることは幸せなのかもしれない。今現在は、逢瀬どころかすれ違うことさえないのだから。

　モリブデン様もそのことに気付いたらしく、顎《あご》に手を当て少し首をひねりながら訊《たず》ねてこられた。

「そう言えば、陛下はいつの間にその女性に出会ったのだ？」

「わかりません」

正直に答えると、モリブデン様は咎《とが》めるように目をつり上げた。

「わからないだと？　そんなわけがあるか。陛下にはお前や護衛官も含め、四六時中誰かが張り付いているというのに」

「だからこそわからないのです。陛下のお側《そば》についている者は、信頼の置ける者ばかりです。ここ二か月あまりのことを詳しく聞いて回りましたが、いずれの者も片時も目を離したことはなく、該当する女性との接触は見られなかったと話しております。もしかすると陛下は、夢の中でその女性と出会われたのでは、と思うことすらあります」

陛下の一番お側にいながらこんな見逃しをするなんて、僕は自分を恥じている。けれどそれが事実である以上、恥を忍んで報告するしかない。

僕の職業意識を評価してくださっているモリブデン様は、怠慢《たいまん》だと僕を責めることはなかった。眉根を寄せて考え込みながらおっしゃる。

「おまえでも気付くことができなかったとは、陛下がよほど巧妙に立ち回られたのか」

「もしくは、本当に夢の中で出会われたのかどちらかですね。僕も陛下の夢の中まではお供できないので」

「夢オチか。そうであってくれたほうがいいのかもしれないな」

しみじみ呟いたモリブデン様は、ふと先ほどの話を持ち出した。

「それにしても、上部と下部で髪の色が違う？　その女性は珍しい頭髪をしているのだな」

「珍しいどころか、僕は初めて聞きます。どういう生え方をしたらそんな風になるのか全く見当もつきません。そういう髪を『プリン』と呼ぶのだそうですが」

「『プリン』？　髪色をそのように呼ぶなど聞いたこともない」

「はい。僕もです」

どこの国の民でもないことといい、実に謎の多い女性だ。そんな目立つ髪をしていたら見落としようがないはずなのに、その女性はいったいどこにいるのだろう？

先ほどまでとは打って変わって、生き生きとした様子で窓から外を眺める陛下に、モリブデン様と僕は同時にため息をついた。

2　それはあたしの望むところではない

蒸《む》れる……

あたしは心の中でそう呟《つぶや》きながら、三角巾で覆った頭を掻くのを我慢する。

ここはお城の台所。お城で暮らすたくさんの人の胃袋を満たすため、朝から晩までかまどで火が焚《た》かれ、大鍋でお湯やスープがぐらぐら煮えている。あたしは調理補助を任される下働きで、台所でも洗い場のほうにいるんだけど、洗い場は火を使ってる調理場と繋がってるから蒸気がこっちにも来るのね。

救いは多少汗をかいても辛いほどじゃないってことと、毎日お風呂に入れること。ありがたいことにこの国には温泉がたくさん湧いてて、お城で一番身分が低い下働きでもお風呂に入らせてもらえるんだ。

ただ、ここの照明は電気じゃなくて、油やろうそくを使ったランプ。すごく貴重ってわけじゃないいけど無駄《むだ》に消費してはいけないってことで、城を上げて節約につとめてる。下働きともなると限りなく節約が求められてて、二十畳はありそうな大浴場に三つしかランプをつけさせてもらえない。事情があって頭を隠したい今のあたしには、これもすごくありがたい。

もう一つ、ここでは仕事中、三角巾をつけるのが決まりになってることもありがたい。朝は夜明けとともに働き始め、仕事が終わるのは薄暗くなってから。つまり日中は三角巾をつけたままにできるってこと。

おかげで、今のところあたしがひた隠しにしている秘密は誰にも知られていない……はず。

で、三角巾以外に服装規定はないんだけど、ここのみんなはほとんど同じ格好をしてる。

長袖シャツを肘上までまくり、膝下までのスカートは濡れたコンクリートの床に擦《こす》らないよう、低い椅子に座った後で腿《もも》の下にたくしこんでる。シャツとスカートの前身ごろを覆うのは大きなエプロン。足は素足にベタ靴。水を使う仕事だから、靴下を履いてると撥《は》ねた水でぐしょぐしょになっちゃって気持ち悪いの。

台所の下働きの仕事は主に、野菜の下ごしらえと食器洗い。みんなはいろんな仕事を代わる代わるやってくけど、あたしはもっぱら野菜の皮剥《む》きを任されてる。

それは私物の包丁のせい。

あたしが使ってるのは、薄くて錆《さ》びにくい包丁。ただ、何度「包丁」と言っても「そのナイフは～」という言葉が返ってくるので、ここでは野菜の皮剥《む》きに使う刃物は全てナイフと呼ぶのだと納得することにしている。

ここの人たちが野菜を剥いたり切ったりするのに使うのは、手のひらほどの刃渡りのナイフだ。刀身に厚みがあり、刃の部分はよく研《と》がれて銀色だけど、他の部分は黒い。あたしの包丁の三分の二くらいの長さしかないのに、重さは倍以上。しかも錆びやすいので、こまめに研ぎ直ししなくちゃならない。錆びが入ると切れにくくなるし、料理の味が落ちるからね。

だけど、あたしは研ぐ時の音がダメなんだ。自分が使うナイフの手入れは自分でしなきゃならないんだけど、研ぐ時の甲高い音が耐えられなくて、とてもじゃないけど研げなかった。だからといって、研ぐのを誰かに代わってもらったら悪いでしょ？　それで、自分の持ち物の中から包丁を持ち出してきたんだ。

ちなみにそれを初めて使おうとした時、ちょっとした騒ぎになった。で、気付いたんだけど、お城に外から刃物を持ち込むのって禁止なのね。偉い人たちが住んでて厳重な警備がされてる場所なんだから、凶器になるものを持ち込んじゃいけないに決まってる。だけどあたしは特殊な伝手《つて》でお城に入ったせいで、荷物検査とかもなくて持ち込めちゃったのよね。

包丁をみんなに見せた時は没収っていう話も出たんだけど、あたしが「遠い故郷から持ってきた大切なものなんです」と言ったら、みんな内緒にしてあげると言って、使うのも許してくれた。

話を戻すけど、こんなに軽くて切れ味がよくて、研ぐ手間もいらない刃物はこの世界には存在しないらしい。だもんだから、ここでお世話になり始めて一か月も経つのに、この包丁は未だ興味と垂涎《すいぜん》の的だ。

今日も、一緒に野菜の皮を剥いている仕事仲間の一人、キルナが、あたしの手元をちらっと見てため息まじりに言った。

「舞花のそのナイフ、やっぱりいいなぁ」

何度言われたかわからないその言葉に、あたしは曖昧《あいまい》に微笑んで答える。

「ごめん。あたしはこれでしか仕事できないから」

するともう一人の仕事仲間ロメラが、たしなめるようにキルナに言った。

「物欲しげにしたって、手に入らないものは仕方がないんだから諦めなさいよ。だいたい、どこで手に入るかわかったって、あたしたちみたいな普通の下働きにはとてもじゃないけど買えないって。ね？」

ロメラは〝そうでしょ？〟と言わんばかりに目配せしてくる。

あたしは「ははは……」と笑ってごまかした。


言えるわけがない。

これが、実は百円（税抜価格）で売られていたものだなんて。


あたしが以前住んでいたのは、こことはまるで違う世界だった。夜でも街のあちこちに街灯やらなんやらが点いて辺りを明るく照らし、日が暮れるからという理由で閉まる店はまず見かけない。

ＯＬだったあたしは、一月二十日の会社帰りに買い物をした。

立ち寄ったのは百均ショップ。買ったのは調理器具。

その前日、あたしは一年以上付き合っていた彼氏に振られた。理由は『他に好きな娘《こ》ができたから』。だけど彼氏――いや、元彼氏というべきか――は、自分は悪くないと主張したかったんだろう。あたしを振っただけでなく、その娘と散々比較してプライドまで傷つけてくれた。さすがにあたしも頭にきて、

――こっちだって、あんたみたいな男となんか付き合いたくないわ！

と啖呵《たんか》を切って別れてやった。以来、元彼氏のことなんてすっぱり忘れようと思ってた。なのにただ一つだけ、耳について離れなかった言葉がある。

――彼女はすごい料理上手だけど、舞花は料理なんて作ったことないだろ?

あたしだって料理くらい作ったことがあるわよ。あまりにムカついたんで早速台所に立とうとしたんだけど、自宅に調理器具が揃ってないことを思い出す。仕事が忙しい中でばたばたと一人暮らしを始めて、自炊する暇もなかったもんだから、調理器具を揃えずにきちゃったのよね。

そこでまず、百均ショップで揃えられるだけ揃えて、足りないものだけ別のお店で買おうと思った――んだけど、百均ショップってすごいね。何でも揃うっていうのはホントだった。あんまり期待してなかったから、パッケージングされた包丁が並んでるのを見てびっくり。まな板もあったし、かわいらしいサイズだけど鍋もフライパンもあった。それらとお玉やフライ返しとかも買って、考え事をしながら自宅アパートに向かって歩き始めた。

――これがあたしの運命の分かれ道になるなんて、その時は思ってもみなかったの。

アパートは、駅から歩いて十五分ほどの住宅街の一角にある。駅から離れるにつれ街灯が乏しくなるから、途中あまり明るくない場所がいくつかあるんだけど、最初はそういう道に差し掛かっただけだと思ってたの。考え事してて、注意力が散漫になってたのよね。アパート近くのスーパーに寄って食材を買って帰ろうか、どうしようかって。

そんなことで悩んで注意を怠《おこた》るんじゃなかった。

雪でも降りそうなくらい底冷えした路上に急に生温かい空気が流れてきて、「ガラ～ン、ガラ～ン……」と近所では聞いたことのない鐘が急に鳴り始めた。驚いて辺りを見回した時には、全然知らない場所にいたってわけ。ヨーロッパ風の古い街並みで、足下は石畳。遠くを見ても街灯は一個も見あたらず、明かりと言えば家々の窓からほんのわずかに漏れてくる光だけ。道を間違えたのかと思って振り返っても、暗がりにかすかに見えるのは知らない景色ばかり。

それでも来た道を戻れば駅にたどり着けるんじゃないかと思い、あたしはすぐに方向転換して覚えのない緩《ゆる》やかな坂道を下り始めた。けれど歩いても歩いても、知ってる場所にたどり着かない。おかしいと思ってスマホを開けば、右上に圏外の表示。電話もメールも繋がらない。

途方に暮れてべそをかきそうになった時、馬車がすぐ側《そば》に停まってあたしの涙は引っ込んだ。

だって、馬車だよ馬車。

日本の公道を走ってる馬車なんて、つい最近某大使が就任した際に皇居に行くのに使われたってニュースしか記憶にない。ウチの近所がその馬車の通るルートなわけないし、遊園地や観光地とかいった特別な場所に迷い込んだ覚えもないんだから、唖然《あぜん》とするしかないでしょう。

しかも、そこから出てきた人にもまた驚いた。ナニコノ王子様！　襟元《えりもと》や袖口にフリルのあしらわれた衣装。ツヤツヤの黒髪に、西洋人っぽいイケメン顔。笑顔もぽうっと見惚《みと》れちゃいそうなくらい綺麗なんだけど、馬車から出てきたってだけであたしにとってはすでに怪しい人。内心冷や汗だらだらで、〝こんな人、ご近所さんにいたっけ？〟ってボケたこと考えたわよ。

――夜道を一人で歩いていたら危険です。さあお乗りなさい。

次々降りかかる出来事に、脳の許容量を超えたんだろうね。思考停止してしまったあたしは、王子様に言われるまま馬車に乗り込んだ。

あとで考えてみたら、見知らぬ人の車（馬車だけど）に乗り込むなんて、なんつーキケンなことをしたんだと焦った。でもあの時は〝こんなこと現実にありえない。夢に違いない〟って思っちゃって、楽なほうへずるずる流されちゃってたのよね。

王子様はあたしの自宅の住所に心当たりがないとわかると、自分のお屋敷に連れて帰ってくれて、夕食と寝床を提供してくれた。

そして翌朝。夢じゃなかったことを認識して、あたしはまたパニックに陥《おちい》ったんだ。

王子様――ディオファーンという国の貴族だというコークス・ウィークソンさんは、明るい日差しの中で改めて見ても、やっぱり王子様みたいだった。少し長めの艶《つや》やかな黒髪。淡い水色の瞳をした、少し垂《た》れ気味の優しげな目。高めの頬骨にほっそりした頬。西洋人顔にしては鼻が低めだけど、日本人顔を見慣れてるあたしにはこれくらいがちょうどいい。身体は一見細身。けど、馬車の乗り降りの際にあたしを支えてくれた手が力強かったことを考えると、結構筋力があると思う。

そしてすごくいい人だった。

帰る手段が見つかるまで屋敷に滞在するよう勧めてくれて、当座必要なものを整えてくれた。あたしが何者か追及することもなくて、〝そんなに疑うことを知らなくて大丈夫なの？〟と心配したくらい。それだけでなく、帰る方法を見つけたがっているあたしのために、拾った道まで馬車を出してくれた。

そんなわけで改めて現場を確認できたんだけど、その途中、昼間の明るい日差しの中で街のあちこちや遠くの景色を見てまたもやボーゼン。ご近所なんて影も形もない、全然知らない場所。家の外に出れば必ず見えた、電柱やアスファルトの道や車、それどころか近代的なものが何一つない。街の周辺は草木がちらほら生えてるだけの荒野で、石畳の道のはるか先には、小さな街や農村らしきものが見えるだけ。

〝日本にこんな地方あったっけ？〟とかすかな望みをつないだけど、コークスさんと話すうちにあたしはとうとう認めるしかなくなった。


ここは日本の存在しない世界――異世界だって。


だってあたし、ディオファーンなんて名前の国を知らないんだもん。他の国名や地名も教えてもらったけど、知ってる名前が一つもない。あたしも知ってる国の名前を片っ端から言ってみたものの、コークスさんは全部知らないと言った。

何がどうなってこういうことになったのかわからないけど、どうやらあたしは不思議な現象に巻き込まれてこの世界に迷い込んでしまったらしい。

コークスさんも、あたしが異世界から来たことを信じてくれて、あたしが帰る方法を見つけるために色々協力してくれた。こちらに来た時と似たような状況を再現してみたり、その流れを逆行してみたり。けどどれもこれも空振りで、万策《ばんさく》尽きた頃にコークスさんの妹が教えてくれたの。

お城に、不思議なことについて研究してる学者さんがいるって。

でも、この時あたしは疑ってかかるべきだった。コークスさんの妹はすんごいブラコンで、いつもコークスさんにべったり甘えて、あたしに警戒の目を向けてたんだよね。人見知りが激しくて見ず知らずのあたしに馴染《なじ》めないだけかと思ってたんだけど、どうやらコークスさんに親身に世話されてたあたしが目障《めざわ》りだったみたい。親切にもお城に入る手はずを整えてくれたのはいいけれど、行き先はお城の台所。あたしはそこで下働きとして雇われちゃったってわけ。

下働きは高貴な人たちの目に触れちゃならない。ということは、身分が高いだろう高名な学者さんへのお目通りも叶わない。

ブラコン妹に嵌《は》められたと気付いて腹が立ったけど、その日のうちにあたしは前向きに考えることにした。あのままお世話になり続けるのも気が引けたし、ここなら仕事をもらえて、住む場所と食事にも困らない。だったらひとまずここに居着いて、次にどうするか考えたほうが建設的だもんね。

話が長くなったけど、あたしは今、その仕事の真っ最中なのよ。

食器洗いの当番の子たちがたてる食器や水の音を聞きながら、せっせと野菜の皮を剥《む》く。ここだけで、高貴な人から下働きまで、お城で暮らす全ての人が口にする食事の下ごしらえをするんだから、数人がかりでも剥き終わるのに一日かかっちゃう。

台所の下働きは女性ばかりで、しかも比較的若い子が多い。というのも台所の仕事に就く場合、まず食器洗いや食材の下ごしらえを任されるからなんだそうだ。そこから徐々に腕を磨いて、台所で最高の地位である料理人を目指すんだとか。下働きは下は十五、六歳から、上は二十歳くらいまで。あたしが二十四歳だと答えると、「十代だとばっかり思った！」と驚かれた。ここの人たちは西洋人っぽい顔立ちをしてるから、まるっきり日本人顔のあたしは幼く見えるのかもしれない。にしても、年齢より若く見えるってちょっとウレシイ。

でまあ、そんな若い子が多い職場だもんだから、自然と話題は恋バナに集中するわけよ。

食器洗いしてる子たちも交ざって、ひとしきり知らない人たちの恋の噂で盛り上がった後、ロメラがため息まじりに言った。

「それにしても、もったいないよ、舞花。バドルさんの求婚を断っちゃうなんて」

また始まった。あたしはいたたまれなくなって肩をすぼめる。

どういうことなのか、順を追って話していくとまた長くなるんだけど。

みんなは最初、あたしの薄っぺらい包丁なんてすぐにダメになっちゃうと思ってたんだって。

ところがあたしの包丁は、研《と》がなくてもまったく切れ味が落ちない。どんな手入れをしてるのかと訊《たず》ねられて、使い終わった後にきれいに洗って水気を拭き取ってるだけと答えたら、「信じられない！」って叫ばれちゃって、ちょっとした騒ぎになった。その時に、ここにはあたしの包丁みたいな刃物が存在しないってことも教わったんだ。

それでもみんな最初に約束してくれた通り、包丁のことは黙っててくれたと思うんだけど、噂というのはどこかから漏れ出てしまうものらしい。

騒ぎのあった翌日、一人の鍛冶職人《かじしょくにん》さんが訪ねてきた。それがバドルさん。バドルさんは今より性能のいい刃物を作る研究をしてて、あたしの包丁を見せてほしいと頼み込んできた。あたしが手放したくないと思ってることはあらかじめ聞いてたんだろう。包丁を手渡すと、すごく欲しそうな顔をしながらも決して譲《ゆず》ってくれとは言わず、手に持って熱心に眺めてた。おまけにあたしが仕事をしたいからって言うとすぐに返してくれて。その熱心さと誠実さに心打たれ、あたしはそれまで黙っていたことを話しちゃったのよ。「それはステンレス包丁です」と。

――『ステンレス《サビない》』？　鉱物の名前か？　変な名前だな。わかりやすいって言えばわかりやすいけど。

自動翻訳おかしいよ。そこまで翻訳しなくたっていいのに。

自動翻訳っていうのは、あたしが勝手にそう呼んでる謎の現象のことだ。包丁と何度言ってもナイフと言い直されちゃうのは、その現象が勝手にあたしの言葉を翻訳するせいっぽい。

日本とは明らかに違うこの世界で、日本語が話されてるわけがなかったのよ。ここで使われてる文字って、どう見ても日本語読みするとは思えないしね。けれど何故か、相手の言っている言葉があたしには日本語に聞こえて、相手にはあたしの言葉がこちらの国の言葉に聞こえているようだ。そのおかげか、あたしの名前も日本で呼ばれてたのと同じように聞こえるの。

自動翻訳にはずいぶん助けられた。全然知らない場所で言葉も通じなかったとしたら、コークスさんの親切にも気付かないで逃げ出して、今頃どうなってたかわからないし。けれど、ごくたまに変な翻訳されちゃって困るのね。

あたしは異世界から来たってことをここのみんなには内緒にしてる。あたしを助けてくれたコークスさんは理解を示してくれたけど、コークスさんのブラコン妹は「頭おかしいんじゃないの？」と実際に口にしながら胡散臭《うさんくさ》げな目であたしを見てたもの。当然っちゃ当然よね。コークスさんみたいな人が珍しくて、普通なら異世界なんてものを信じることはできないと思う。

みんなには『簡単には行き来できない遠い国』と説明してるけど、それ以上については言葉を濁してるうちに、誰も訊《たず》ねてこなくなった。あたしが故郷のことを話したくないって察してくれたんだろうね。包丁のことを黙っててくれることといい、ここのみんなっていい人だわ。

そんなわけで自動翻訳のことも内緒にしてるから、変な翻訳がされちゃったりするとごまかすのが大変なの。

――えっとですね。そういう名前が付いてますけど、サビにくいってだけでサビないわけじゃないんです。あと、ステンレスっていう鉱物があるわけじゃなくて、鉄とクロムとニッケルと、その他の錆《さ》びにくかったり硬かったりする鉱物を少量ずつ混ぜ合わせて作られてるそうです。

何でこういうことを知ってたかというと、百均で包丁を選んでる時にどれもステンレス包丁って書いてあって、それで気になってスマホで調べたからなの。

あたしがステンレスと聞いて真っ先に思い浮かべたのは、キッチンの流し台。シンクの部分なんてお湯を流したりするとベコって鳴って、何だか軟らかいイメージがあったのね。それで心配になって調べてみたの。そしたら逆じゃない。鉄は単体だと弱いから、色々混ぜて強くするんだそうな。

今はもうインターネットも繋がらないけど、記憶が曖昧《あいまい》に残ってて、それをバドルさんに伝えたんだ。

バドルさんは半信半疑で帰っていったんだけど、その数日後、大喜びで報告に来てくれた。今までより質の高い刃物が作れそうだって。で、その時バドルさんは、あたしの水仕事で荒れた手を取って言ったんだ。「あんたみたいなお嬢さんが下働きをして、手を荒れさせていくのを見るのは忍びない。よければ俺のとこに来ないか？」って。

これってもしかするとプロポーズ？　みんなにはやし立てられて赤くなりながらもバドルさんは否定しなかったから、あたしの認識は間違ってなかったらしい。

彼は勤勉で才能もある職人さんだそうで、口の周りから顎《あご》にかけて赤茶色の髭《ひげ》を生やしてるから顔立ちはよくわからないけど、優しい目をした真面目な人だ。そんな人だからモテたし縁談もたくさんあったそうだけど、三十五歳になった今まで仕事一筋で、浮いた話の一つもなかったんだそうな。

あたしをいいところのお嬢さんだと勘違いして同情してくれたっていうのはわかってるけど、真面目で仕事一筋だった人にプロポーズされるそのシチュエーションにときめいちゃったのよね。いきなり結婚というのは考えられなかったけど、「まずはお付き合いからお願いします！」って言いたくなった。

でも、既《すんで》のところで思い留《とど》まりましたよ。だってあたしは家に、日本に帰ることを諦めてない。もし帰れることになったら、彼とのことはどうなるの？　帰ったら二度とこちらには来られないかもしれないでしょ？　遠距離恋愛どころじゃない。一生会えなくなるかもしれないのに、無責任な返事はできないよ。

けど、別の世界から来たことを打ち明けられないんだから、みんなはそんな事情なんてわかりっこない。この国では下働きから鍛冶職人《かじしょくにん》の嫁になるのは結構な玉《たま》の輿《こし》らしく、プロポーズから数日経った今もみんなこうしてしきりにもったいないと言う。

ロメラに続いて、キルナも諭《さと》すように言った。

「ホントだよ。鍛冶職人のおかみさんになれるんだよ？　下働きなんてしなくてよくなるし、家事だってしなくたっていいのに、何で断るの？」

この国だけかどうかは知らないけど、鍛冶職人さんは裕福で、大抵人を雇うため、鍛冶職人の奥さんというのは家事を一切しないのだそうだ。仕事も家事もしなくていい生活に心惹かれないわけではないけど、そんな生活を提供してくれるっていう人に申し訳ないことはしたくない。

「あたしには、バドルさんのプロポーズを受ける資格はないから……」

残念に思いながらも微笑むと、ロメラが彼女なりの解釈をして苦笑する。

「そうよね。舞花はバラの花束をプレゼントしてくれる人と結婚したいんだもん、バドルさんにはその資格ないわよね」

正反対に受け取られてしまって焦るけど、あたしはそれを訂正できない。

知らなかったこととはいえ、あのプロポーズの時、そう受け取られても仕方ないことを言っちゃったんだもん。

自分でもアホをしたって後悔してるのよ。

バドルさんはいい人だから、傷つけてしまうことは避けられなくても、恥はかかせたくない。本当の事情を話すわけにはいかないし、職場のみんなは興味津々《きょうみしんしん》に成り行きを見守ってる。となると、バドルさんがプロポーズを撤回してくれるよう仕向けるしかないじゃない？　後になって、その場で返答はせずに後日こっそり断ればよかったたって思いついたけど、あの時は人生初のプロポーズだったこともあってテンパっちゃってたのよね。

それで、我ながら訳の分からんことを口走ってしまったのよ。

――あたし、大きな薔薇《ばら》の花束を持ってプロポーズされるのが夢なんです。

言う前は、そんなこっ恥《ぱ》ずかしい真似までしてあたしにプロポーズするわけないって思ってたの。

ここの人たちはまつげバサバサ唇ボッテリといった華やかな顔立ちの人が多くて、平均的な日本人顔のあたしは明らかに見劣りする。そんなあたしにバドルさんがプロポーズしたのは、やっぱり同情としか思えないじゃない？　だから図々しい要求をすれば、プロポーズを考え直してくれるんじゃないかと考えたの。

おバカな話だけど、言った直後に〝プロポーズのやり直しを要求してるようにしか聞こえなくない？〟と気付いて焦ったわけ。

なのに意外にも、その婉曲《えんきょく》すぎるお断りに効力があったのよね。

キルナとロメラはそのことを思い出したのか、苦笑いしながら顔を見合わせる。

「舞花って変わってるよね。いくらバラが好きだったとしても、あたしはバラを花束にされたりしたらぞっとしちゃうわ」

「バドルさんも唖然《あぜん》としてたじゃない。いくら高級珍味だからって、ねえ？」

自動翻訳は便利って言えば便利だけど、これにもちょっと困ってる。こちらの世界にないものについて口にすると、そのままの音で伝わるらしいのよね。さらにその音と同じ名称のものが存在すると、それと混同されてしまうというのが今回のことでわかった。

彼女たちの言う『バラ』が、あたしが言ってる花とは全く違うことはわかったけど、今の話からはどんなものかさっぱり想像がつかない。

ぞっとするような高級珍味？

かなり高価なものらしくて、バドルさんは残念そうに微笑みながら「一本二本ならともかく、花束にできるほど手に入れるのは難しいな……」と呟《つぶや》いて帰っていった。その背中は打ちひしがれてるみたいで、こんなことになるなら普通に断っておけばよかったと申し訳なさでいっぱい。〝そんなに高価なものを大量にねだるなんて、あたしってば何て鼻持ちならない女なの！〟と、今も心の中でのたうち回ってる。

「でもまあ、その錆《さ》びないナイフを手に入れられるほどのお嬢様だもん。いつかバラの花束を持って求婚しに来てくれる王子様が現れるかもね」

そういえば、あたしの話す『プロポーズ』って言葉も、『求婚』って訳されちゃうのよね。あたしは『求婚』って言葉が何となく気恥ずかしいので、『プロポーズ』って言い方に固執《こしつ》してるけど。

「それにしても、なんでそんなお嬢様が下働きになっちゃったの？　舞花っておっとりしてるから誰かに騙《だま》されてここに連れてこられちゃったんだろうけど、いつまでも下働きしてるとお嬢様に戻れなくなっちゃうかもよ？」

「うん。元の生活に戻れるなら戻ったほうがいいよ。まあ事情があってここにいたいってことなら、仲間として歓迎するけどさ」

ロメラもキルナも、嫌味のない優しい言葉をかけてくれる。騙されてここに連れてこられたってのは当たってるからぎくっとしたけど、あたしはお嬢様なんかじゃないのよ。……そう考えたほうが彼女たちの中でつじつまが合うみたいだから訂正しづらかったりするんだけど。ちょっと考えてから、あたしは正直な気持ちを伝えた。

「ここにいたいです。他に行く当てもないし。そんなわけで改めてよろしくお願いします」

そう言ってぺこっと頭を下げると、二人は「ホントにお嬢様らしくないよね」って言って苦笑した。

あたしがこの世界に迷い込んだ日――ユニの月二十六日から早二か月。恩人コークスさんのブラコン妹に騙されて下働きになったけど、待遇は悪くないしみんないい人だから居心地もいい。

そしてみんなから聞いた話によると、お城の中に不思議なことについて研究してる学者さんがいることは間違いないみたい。フラックスさんといって、やっぱり身分が高くて、普段はお城の本館か資料館にいるらしい。下働きがその人に会うのは難しそうだけど、地道に会う手段を探していくつもり。

コークスさんにはちゃんとお別れを言ってきたし、他にあたしを探したり迎えに来たりする人もいない。――そのはずだったのよ。

お城の塔の一つにあるという鐘が鳴り始め、料理長が声を上げた。

「休憩にするよー」

みんな「はーい」と元気よく返事してから手元の仕事にキリをつける。サボりさえしなければおしゃべりもできて比較的自由な職場だけど、休憩時間はやっぱり特別だ。

何たって、軽食が出るの。

この国の食事は一日二食。台所の下働きは、朝と晩の二回。日本にいる時、一日三食きっちり食べてたあたしには、これだけはちょっとツラいんだよね。だから午後二時か三時くらいのこの時間に、パンを一切れとかでも食べさせてもらえるのはありがたい。

ステンレス包丁を桶《おけ》の水で洗い、乾いた布に包んで刃物の棚に置く。人がたくさんいる場所だから、刃物の扱いは慎重にってことで。それから列に並んで果実水とスライスされたパンを受け取ると、さっきまで座っていた小さな丸椅子まで戻った。

そこは刃物を使うからという理由で、一番光が入ってきやすい入り口付近にある。あたしは新入りということもあって、その中でも少し暗めの、入り口に背を向けた場所を選ぶようにしてる。でもってこの世界のことをほとんど知らないあたしにとって、みんなの話は他愛のない雑談でも貴重な情報源。集中して理解しようとしてると、背後の物音とか耳に入ってこない。なので、人が来たのに気付かないことが多々ある。

みんなも仕事とおしゃべりに夢中だから、声をかけられても気付かないことがあるんだ。

でも今日は様子が違った。

「何か外が騒がしくない？」

ロメラが顔を上げて耳をすますと、キルナも戸口に耳を向けるようにして顔を傾ける。入り口に背を向けてるあたしの耳にも、何やらざわざわとした物音が聞こえてきた。

「ホントだ。何かあったのかな？」

キルナが怪訝《けげん》そうに言う。

あたしはというと、お腹が減って仕方なかったので「何だろうね？」と適当に相槌《あいづち》を打ちながら、早速パンを食べ始めた。あたしにとっては、騒ぎの理由より空腹を宥《なだ》めることのほうが大事。

ところがざわめきはどんどん近付いてきて、洗い場で働くみんなの視線が入り口――つまりあたしの背後に集まった。そしてその全員が、目を見開いたりぽかんと口を開けたりしている。

その中で、キルナが間延びした声で言った。

「わー……バラの花束。初めて見ちゃった」

薔薇《ばら》？　噂の薔薇と聞いて反射的に振り返ったあたしは、それを目にした瞬間、大きく息を吸い込んだ。

「ぎゃ――――――――――――！」

あたしはその息が途切れるまででかい悲鳴を上げ続ける。

目の前に突きつけられたのは、毒々しい色の太い紐が何本も垂《た》れ下がった何かだった。赤や黄色や黒が折り重なったような模様をしたそれは、一本一本がそれぞれ独立した動きでうねうねと揺れていて、今にも鎌首《かまくび》をもたげて襲ってきそう。

そのイメージから連想されるある生き物が死ぬほど嫌いなあたしは、椅子から転げ落ちて、濡れたコンクリートの床に尻餅をついた。全力で逃げ出したかったけど、腰が抜けて動けない。

これが『バラ』!?

肺の中の空気を使い切ったあたしは、酸欠で喘《あえ》ぎながら心の中で叫ぶ。恐ろしさのあまり目も逸《そ》らせずにいると、あたしの常識では決して薔薇《ばら》には見えない不気味な固まりの向こうから、信じられないほどの美丈夫が顔を出した。

その瞬間、あたしは恐怖を忘れる。

きりっと上がった眉。切れ長の目の奥からは、青く澄んだ瞳があたしを見つめてる。高くて真っ直ぐな、形のよい鼻。頬から顎《あご》にかけて流れる、すっきりとした男っぽいライン。唇は大きすぎも小さすぎも、厚すぎも薄すぎもせず、魅惑的な弧を描《えが》く。そんな造形美を、艶《つや》やかな銀髪が縁取っている。

ぼうっと見惚《みと》れていると、美丈夫はにこっと魅惑的な笑みを浮かべてこうおっ

自主規制

しゃった。

「結婚してください」

そしてずいっと、おぞましい物体を差し出してくる。その途端、あたしは夢見心地から叩き起こされた。

ひー！　やめてよして近づけないで！

さあ受け取れと言わんばかりにそれを突き付けられ、あたしはガタガタと震える。そんなあたしの耳に、かなり離れたところからロメラの呆然としたような声が聞こえた。

「よかったね、舞花。夢が叶って」

いや、違う！　あたしが言った『薔薇《ばら》』はこんなんじゃありませんから－！

今にも触れてしまいそうなところまで近づけられ、あたしはとうとう泣き出してしまった。


台所で働く人たちが、あたしを遠巻きにしてひそひそ話をする。

「泣くほど嬉しかったのね」

「これ全部自分で食べるの？　強すぎない？」

「ばっかねえ。二人で食べるに決まってるでしょ」

「それにしたって多すぎると思うけど」

「どっちみち、料理しなきゃ食べられないわよね」

声は耳に入ってきても、恐怖で脳も凍りついてるのか意味がほとんど理解できない。

ふと気付くと、料理長がよだれを垂《た》らさんばかりの顔をしていた。そういえばコレ、高級珍味だとかいう話だったよね？　あたしは、強張《こわば》った舌の根を懸命に動かして言った。

「た……食べ切れないんで、料理して、皆さんで……」

「舞花がそう言うのであれば」

美丈夫は鷹揚《おうよう》に答えて、料理長のほうにそれを向ける。料理長は恭《うやうや》しく受け取ると、

「こんなにたくさんのバラを、一度に料理できるなんて！」と感激の声を上げて調理場に戻っていった。

視界から恐ろしい物体が消えてようやく、あたしはがちがちの身体からほんの少し力を抜くことができた。

すると、料理長にあれを手渡した美丈夫が、あたしの前にしゃがんで手を差し伸べてくる。

「腰を抜かして身動きが取れなくなるほど感激してくれるとは。余は嬉しく思う」

それを聞いてあたしは呆気にとられる。この格好のどこが感激してるように見えるの？　――と言い返してやりたいとこだけど、彼の背後にずらっと並ぶ人々を見た瞬間、〝下手なことは言わないほうがいい〟という警鐘が頭の中で鳴り響く。

あたしは彼らの視線にびくびくしながら、丁寧に訊《たず》ねた。

「恐れ入りますが、どちらさまでいらっしゃいますでしょうか？」

すると美丈夫は、嬉しそうに目を細めて答えた。

「余か？　余はディオファーンの王、ソルバイト・フェルミオンである」

その途端、あたしの背後でばたばたと人が動く気配がする。

え？　この人今、王様だって名乗った？

目の前に王様がいるという状況にまるで実感が湧かない。

けれど視界の端に正座をして頭を下げる人が見えたので、あたしも慌ててそれに倣《なら》った。そのあたしの頭上から、ぞくっとするような低くて心地いい声が聞こえる。

「成宮《なるみや》舞花。して返答は？」

え？　何であたしのフルネームを知ってんの？　初対面だよね？　こんなかっこいい人、一度会ったら忘れられるわけがない。あたし、どこかからこっそりと見られてた？

ううん、そんなわけない。王様って立場の人が下働きのことをこそこそ見るとは思えないし、身分を隠してたとしても、この容姿じゃ目立ってしょうがなかったでしょ。そんな人がどーしてあたしにプロポーズなんかしてくんの？

ぐるぐる考えた末、あたしはどもりながら答えた。

「しっ……しばらく考えさせてください！」


あたしが返事を保留すると、王様はお付きらしき人に促《うなが》されて、台所から出ていった。

足音が十分遠ざかったところで、あたしはほっと息をつく。いったい何だったの？　衝撃的なことが立て続けに起こったせいで頭が働かず、まだ状況を把握できてない。

呆然としながら顔を上げると、台所のみんなにわっと囲まれた。

「王様から求婚なんてすっごーい！」

「そうよね！　バラの花束を用意できる人なんて王様くらいだもん。舞花は王様からの求婚を待ってたのね！」

「やっぱり舞花っていいとこのお嬢様だったんじゃない！　何でこんなとこで働いてるの!?」

混乱してるところに口々に言われ、頭が完全に停止してしまう。

「えっと、あの……あたしにもさっぱり……」

あたしはしどろもどろになりながら、腰を抜かした時に放り出してしまったパンと、果実水がこぼれてしまったコップを恨めしげに見た。貴重な食べ物だったのに。くそう、何てタイミングが悪かったんださっきの王様は。

そんな時に再び入り口に人が立ったので、みんなして条件反射のように土下座し直した。

「舞花とやらは誰だ？」

しらばっくれたいけど、そういうわけにはいかない。あたしは少し顔を上げておずおずと手を挙げた。

あたしのほうへ一歩足を進めてじろじろと見下ろす男は、王様よりほっそりした感じの美形だった。眉は細く、唇も薄く、頬は少しこけている。髪は黄色みがかった不思議な茶色をしていて、眉間の深い皺《しわ》に隔《へだ》てられた二つの切れ長の目は大層冷ややかだ。

男は偉そうな口調で声をかけてきた。

「わたしはこの国の宰相、モリブデン・ヒーレンスである。……何と貧相な。二十四歳だと聞いていたが、これではまるで子どもではないか。おまけに顔も未発達で、色気のかけらもない。陛下は何故このような女を見初《みそ》められたのか」

何で年齢まで知られてんの？　さっき王様があたしのフルネームを言い当てたことと

いい、知らないとこで監視されてたみたいで何か怖いよ。

それにしても、ひとの身体的欠点をわざわざ口にしなくたっていいじゃない。ただでさえここの人たちのスタイルのよさと美人な顔を見て自信喪失してるんだから。で、顔が未発達って何？　身体だけじゃなく顔も育ち足りないとおっしゃりたいんでしょーか。

あたしが色々考えてる間も、宰相と名乗る男は話し続けていたらしい。不意に言葉を切って怒り出す。

「聞いているのか!?」

「はいっ、聞いてます！」

慌てて返事したけど、聞いてなかったことはバレバレみたい。宰相サマはこれ見よがしなため息をついて言った。

「繰り返すが、貴族でもない、魅力に乏しい、しかも下働きであるおまえが、陛下の求婚を受けるなどおこがましいにも程があるのだ」

この言いぐさにはかちんときた。だけど、刃向かったところで何の得にもならない。一時的に気分はすっきりするだろうけど、下手に反感を買えばそれだけで罪に問われる可能性がある。宰相ってことはかなり高い地位にあるってことだもんね。

なのでとりあえず従順なふりをしておくことにする。

「まったくもって、その通りでございます」

そう言って顔を伏せると、上のほうからふんと鼻を鳴らす音が聞こえた。

「物分かりはいいようだな。今後も陛下の求婚をお受けすることのないように」

へーへー、あたしの態度がお気に召したようで何よりですよ。――と心の中で呟《つぶや》いてから、殊勝《しゅしょう》な返事をする。

「はい、おっしゃる通りにいたします」

宰相サマはこれで満足したらしい。頭を深々と下げて周囲が見えないあたしの耳に、すぐ近くでざっとコンクリートの床を蹴る音が聞こえてくる。複数の足音が遠ざかっていくのを聞きながら、あたしはあっかんべをした。――心の中でだけどね。

宰相サマに言われなくたって、王様のプロポーズを受けるつもりはさらさらない。あたしには日本に帰るっていう目的がある。だから王様に限らず、この国の人のプロポーズを受けるわけにはいかないんだってば。

それに、あたしだって無知じゃない。

『結婚してください』

『はい、喜んで』

こうして王様とシンデレラは幸せになりましたとさ。めでたしめでたし――なんて風に、簡単に物事が運ぶわけがないことくらいわかってる。王様が得体のしれない女と結婚するなんて、誰も反対しないわけないでしょ。王様の結婚相手ともなれば、競争率も高いはず。その上、政治的思惑もからんでくるだろうから、あたしって既にいろんな人にとって目障《めざわ》りな存在になってると思うの。ここって中世くらいの文明っぽいから、命に関する倫理観が薄そうで怖い。ある日誰かがあたしを消すよう命令して……なんてことはまっぴらごめん。

でもってそれ以前に王様よ。

あんなもん持ってプロポーズするなんてありえない！　ロメラがぞっとするって言ってた意味がわかりすぎるほどわかったわ。つまりここの人たちの感性でも、あれは気持ち悪い部類に入ってるってことよね？　全く別のものを指してたとはいえ、確かにあたしは「『バラ』の花束でプロポーズされたい」って言ったわよ？　それをどこで聞いたか知らないけど、実行に移す前に本当にプレゼントにふさわしいかどうか考えてよ！

あれについてはできるだけ早く忘れることにして。まさかバドルさんのプロポーズの一件が教訓として生かされることになるとは思わなかったわ。とりあえず保留に持ち込めたので、あたしは一晩じっくり断る理由を考えた――空《す》きっ腹を抱えて。

だって、今日の夕食には絶対にあれが出てくるじゃない。見るのも嫌だし、食べるなんて死んでも嫌。けど、「『バラ』の花束でプロポーズ」が夢だと言ってしまった手前、そんなこと言い出せない。

体調が悪いから夕飯は食べないと言うと、「王様の求婚に驚きすぎちゃったのね」とみんな同情してくれた。夕食を終えて戻ってきた同室の人たちからも、「見た目はあれだけど、なかなかいけたわよ。舞花は食べられなくて残念だったわね」と言われて、どれだけほっとしたことか。

かくしてあたしはその夜、落としてしまったパンの残りを惜しむと同時に、その原因を作ってくれた王様を恨みながら、眠れぬ夜を過ごしたのだった。

王様は、翌日も台所にやってきた。

「すまない。開花していたバラは昨日、すべて採り尽くしてしまったゆえ、今日は贈ることができないのだ」

「気になさらないでください。わたくしごときがバラをいただくなんて、本来分不相応なんですから」

バラがないと聞いて、あたしは嬉しくなってこっそりにやけてしまう。

そんなあたしに気付いてない王様は、感激した様子で言った。

「贈り物ができない余を許してくれるとは、なんと心優しい。ますます気に入った。結婚してくれ」

あたしの言葉を好意的に受け取ってくれるのはありがたいけど、残念ながら王様のプロポーズを受けるつもりは一切ない。

あたしは、一晩考えてひねり出した言葉を口にする。

「下働きごときが王様のプロポーズを受けるなど、恐れ多いことにございます。わたくしはこの国の貴族でもなければ、この国の生まれでもありません。ですので、わたくしは王様のプロポーズを受けるにはふさわしくないのです」

この国の王様は、【救世の力】とかいう謎の能力を子孫に伝えていくため、王様と血の繋がりのある人としか結婚してはならないっていう掟《おきて》があるんだって。んで、その王家に連なる血筋の人達を〝貴族〟というのだと、昨日みんなが教えてくれた。「やっぱりいいとこのお嬢さんだったんじゃない！」と騒がれたんだけど、「あたしの両親は遠い祖国で健在で、この国の貴族とは縁もゆかりも絶対にないんです」と説明して誤解を解いた。日本に暮らす両親がこの国の貴族の血を引いてないのは確実だ。そんなことあってたまるか。

なのにあたしが精いっぱい考えた断りの返事を聞いてもなお、王様はご機嫌だった。

「身分も生まれも気にせずともよい。余がそなたを望んでおるのだ」

お願い、気にしてよ！

あの宰相、あたしに釘刺す前にまず王様をお止めすべきなんでない？　ああいう人は、大好きな王様が下働きごときに振られるのも我慢ならないでしょうからね。宰相って地位から考えるに、あたしがストレートにプロポーズを断ったりしたら、台所の下働きをクビにしてお城を追い出すのも簡単なハズ。この国の文明の遅れようを見ていると、某童話の女王様のように『首をちょんぎっておしまい！』と言い出してもおかしくないような気がする。日本に帰るためにはまず命が大事だからね。生き残るためならプライドくらい捨ててやるわよ。


あたしは土下座したまま（実は王様が来てからずっと土下座してる）王様に言う。

「わたくしはご覧の通り、顔は地味で体型は凹凸《おうとつ》に乏しく、女らしい魅力に欠けた女にございます。王様もすぐに飽き飽きしてしまわれるでしょう」

ううっ、自分で自分の欠点をあげつらうのって辛いよ。

肩を震わせて耐えてると、あたしの前で膝を落としてしゃがんでた王様が動いた。脇の下に手を差し入れ、土下座するあたしをそっと抱き起こす。

大事なものを扱うような優しい手つきに胸が高鳴る。何この親密なスキンシップは。お姫様扱いされてるみたいで照れるじゃない。

王様は視線の高さが同じになるようにあたしを起こすと、麗《うるわ》しいお顔に魅惑的な笑みを浮かべておっしゃった。

「心配せずともよい。余は舞花を捨てる気などさらさらないからな」

それを聞いて、あたしははっと我に返る。

話の焦点はそこじゃない！

そもそも、何で王様はあたしにプロポーズするのよ？　この国の王様は、貴族の女性としか結婚できないんじゃなかったの？　お付きの人たちは何で止めないの？

王様の後ろから注がれるいくつもの視線に冷や汗をかきながら、あたしは自分の背後も気になって仕方なかった。振り返れないから見えないけど、みんなはきっとまだ土下座してるだろう。刻々と時間が過ぎてしまって焦ってるかもしれない。

時間外労働はないし休憩もちゃんと取らせてくれるけど、ここの人たちは誰一人として暇じゃないのよ。一日の間にやらなきゃならないことがいっぱいで、みんなおしゃべりしながらも仕事の手は休めない。

なのにこうして仕事を中断させられちゃうと、後でその分、急がなくちゃならなくなる。

仮にも国の中枢《ちゅうすう》で仕事してる人たちなら、下々《しもじも》の仕事が円滑に行われるよう、そういったことにも気を配ってほしい。

そう抗議したかったけど、ご機嫌な王様の背後から、宰相サマが『下手なことを言えばただじゃすまさんぞ』と言わんばかりに睨《にら》みつけてくるので、あたしは口を閉ざすしかなかった。


そんなわけで、翌日昼過ぎにまた王様がやってきた時、宰相サマのお姿がなかったのはチャンスだと思ったの。

前日と同じく土下座でお出迎えした後、あたしは思い切って言った。

「お願いがございます」

「願い事なら何でも叶えてやるぞ。遠慮なく申してみよ」

あたしの目の前で膝をつく王様は、やけに嬉しそうに答える。顔は見えない。三つ指ついて頭下げてるから。でもこの様子なら、上手く話せばここに来ないでほしいって訴えも怒らず聞いてくれそうじゃない？

ただ、王様の後ろに控えてる人たちには『下働きの分際で王様にそのようなことを申し上げるなんて無礼な！』と怒られるかもしれない。だから王様以外の人には聞かれないようにして、王様にも強く他言無用をお願いしなきゃなんないけど。

そんなわけで、あたしはかしこまってお願いした。

「ここは別の場所で、二人きりでお話させていただきたいのです」

「それは気が利かなくて悪いことをした。すぐに部屋を用意させよう」

王様が鷹揚《おうよう》な口調でそんなことを言うので、あたしは驚いて顔を上げる。

「え？　わざわざお部屋を用意していただくまでも……」

ほんのちょっと立ち話できればいいだけだもん。ここから少し離れた所に移動して、人払いしてもらえれば十分だと思ったのに。

ところが王様は、あたしの言葉を別の意味で受け取ったようだ。唐突に立ち上がると、嬉々《きき》として指示を出す。

「ロット、一等いい客室の用意を！　舞花が快適に暮らせるよう調《ととの》えよ！」

は!?

あたしは唖然《あぜん》として王様を見上げ、なんて言ったらいいかわからず口をぱくぱくさせる。

十代後半と思われるかわいい顔立ちをした少年が、王様に近寄って声をかけた。

「陛下、そんなことをしたらモリブデン様が何とおっしゃるか」

王様は少年を振り返って胸を反らす。

「モリブデンがいいと言ったのだ。構うまい」

「モリブデン様は求婚を許可しただけだと思うんですけど。——あ、お部屋へはすぐにお通しできると思います」

あたしより少し背の高い少年は、ぴかぴかな十円玉みたいなきれいな赤銅色の髪をしていて、身体は痩せてるけど、顔は少年らしくちょっとふっくらしてる。年齢の割に地位が高いのか、他のお付きの人たちに客室の空きがあるか確認してくるよう命じていた。

「それでは参りましょう」

少年がそう言って歩き出すと、王様はあたしの手を引いて立ち上がらせようとする。

あたしはその手を引っ込めつつ抵抗した。

「ちょ——ちょっと待ってください！　部屋って！」

驚きすぎてまともに話せない。『暮らせるように』ってどゆこと？

王様は昨日と同じ魅惑的な笑みを浮かべて言った。

「舞花、これからは何不自由ない生活が送れるよう、何でも揃えさせよう」

「違います！　あたしがお願いしたかったのは、誰にも聞かれず王様と話がしたいってことだけで」

「舞花の部屋でなら、存分に愛を語り合えるぞ。さっそく参ろう」

立ち上がろうとしないあたしを、王様は両腕に抱え上げる。

手つきが優しすぎて、抵抗するのも忘れちゃったわ。気付けばお姫様抱っこされてて、みんなの驚きと羨望《せんぼう》の視線を浴びたあたしは慌てた。

「下ろしてください！」

「遠慮することはないぞ」

あたしが遠慮してると勘違いした王様は、軽々とあたしを抱え、ずんずん歩き出す。お付きの人たちの目もあってろくに抵抗できないまま、あたしは洗い場から連れ出された。


あたし、プロポーズされたんだよね？　プロポーズしたってことは、王様はあたしに対してそれなりの好意があるってことだよね？

なのに何であたし、苦行させられてんの？

洗い場を出て高貴な方々が暮らす区画に入ると、どこからともなく人が集まってきて、王様が通る廊下の両端に並んで頭を下げた。王様が見かけない女を抱いて歩いていることに興味津々《きょうみしんしん》なんだろう。きらびやかな衣装や洗練されたお仕着せを着た人たちは、頭を下げながらも好奇心丸出しの目をあたしに向けてくる。そんな中あたし一人、実用重視の野暮ったい服だもんだから、いたたまれないことこの上ない。王様にお姫様抱っこされ羞恥《しゅうち》に身を縮こまらせながら、何の試練かと自問し続けたわよ。

ようやく下ろしてもらえた時には、すでに部屋の前。

こうなったら部屋の中で話をさせてもらうしかないと足を踏み入れた先は、下働きの格好には到底似つかわしくない贅沢《ぜいたく》な内装になっていた。

広さは十二畳か、それ以上はあるだろうか。天井から床まで、白地に唐草っぽい細かな文様が描《えが》かれた壁。そこに金額縁の絵画と金の燭台が交互に据え付けられてる。床と天井にも緻密《ちみつ》な幾何学《きかがく》模様が描かれ、金銀の塗料が多く使われてるせいか、模様自体が光を放ってるみたい。そんな部屋の真ん中には、大きめの応接セット。赤系の細かな織り模様が入ったソファーが向かい合わせに置かれ、その間には縁に金色の装飾が施《ほどこ》された大理石らしきテーブルがある。

明るいところで見る王様の髪は、まるでプラチナのようにきらきらと輝いていた。元の世界にも銀髪の人はいたけど、ここまできらきらしてなかったような気がする。

それで気付いたんだ。王様って背が高かったのね。百五十九センチのあたしの目線が王様の肩甲骨《けんこうこつ》付近なのよ。ここまで背の高い人は今まで周りにいなかったから、ちょっと新鮮。

王様があたしに背を向けてるのをいいことにまじまじと見上げてると、王様のハリウッドスター張りの顔がこっちを向いてどきっとする。

「好きなところに掛けるがよい」

……へ？　あの高価《たか》そうなソファーに座れってこと？

「――！　ダメです、座れません！」

あたしの今の格好じゃ、ソファーどころかこの部屋の床に座り込むのも気が引けるよ！

なのに王様は優雅なしぐさであたしの手を取ると、ソファーのほうへ誘《いざな》う。

「遠慮することはない」

「遠慮じゃなくて！　汚したらマズいんじゃないですか!?」

あたしの格好は水仕事してた時のまんまなの。スカートの裾《すそ》はちょこっとだけど濡れてるし、低い椅子に座るあたしの周りでは何人もの人が歩き回っていたから背中とかにも泥水が撥《は》ねてるはず。おまけに布張りのソファーなんて、汚したらキレイにするの大変そうじゃない。

王様って身分からして、掃除なんてしたことないはずだから、わかんないんだろうな。

案の定、有無を言わさぬ力を込めて、あたしの手をぐいぐい引っ張る。

「気にすることはない。舞花は遠慮深いのだな」

「ですから遠慮じゃないんです！　人としての礼儀というかマナーというか！」

パニクって同じ意味の言葉を繰り返すあたしの背後からは、ここまで付いてきた人たちのざわめきが聞こえてくる。分厚い木のドアに隔《へだ》てられてるというのに、結構な音量だ。ふと、そのざわめきを大きな声がかき消した。

「こら！　野次馬しに集まるんじゃない！　散れ散れ！」

声を張り上げたのは、かわいい少年とは別のお付きの一人だ。ここに来る間も何度か声を張り上げてたけど、効果がないどころか余計に人を集めたんだよね。

そんな騒ぎが起これば、宰相サマが駆けつけないわけがなかった。

扉が勢いよく開くと、入り口に鈴なりになってた人たちをかき分けて宰相サマが入ってくる。

「この騒ぎはいったい何事ですか!?」

足を突っ張ってソファーを拒《こば》んでるあたしに気がつくと、宰相サマは顔を思いきりしかめてから王様に目を向けた。

「陛下！　客室は下働きを連れてきていい場所ではありません！」

王様はあたしの手を離して宰相サマに向き直る。

「舞花はもう下働きではない。今日からこの本館にて、何不自由なく暮らせるよう手配した」

〝これで文句はあるまい〟とでも言わんばかりに堂々とおっしゃるけど、下働きにそんな待遇を与えること自体が問題だと思うんだけどな。それにあたし、下働きを辞めるつもりないし。

思った通り、宰相サマは怒りに息を呑んだ。

「何故そのような勝手なことをなさったのですか！」

「舞花に言われて、余の気が利かなかったことに気付いてな」

王様の手から解放されてほっとしていたあたしは、それを聞いてぎょっとする。

ちょっと、何言い出すのよ！

宰相サマは心底軽蔑した目でちらっとあたしを見た。うわー怒ってる怒ってる。でもあたしはそんなこと頼んでないんだって。

「あの、わたくしは」

訂正しようと思って話しかけたけど、宰相サマはそれを無視して王様に苦言を呈《てい》する。

「この者に何を言われたか存じませんが、下働きごときに分不相応な待遇を与えてはいけません」

「いえ、ですから」

あたしが要求したわけじゃないんです。——と言いたかったのに、王様の憤慨《ふんがい》した声に遮《さえぎ》られる。

「分不相応なものか。舞花はいずれ余の伴侶《はんりょ》になるのだから、王族並みの待遇が与えられて当然であろう」

えええ!? あたし、いつの間にプロポーズを受けたことになってるんですか??

王様の暴走（?）を止める術《すべ》がわからずおろおろしていると、今度は宰相サマが言葉を返す。

「何であろうと下働きごときに特別な待遇を与えては、他の者たちに示しがつきません。この者が下働きだったのは、下働きにふさわしい身分だったからです。それをわきまえず、陛下の求婚をいいことに王族並みの待遇を要求するなど、考え違いもはなはだしい。この者にはよくよく言って聞かせますから、陛下はご自分の部屋へお戻りを」

宰相サマの言葉に、あたしはかちんとくる。『考え違い』? 人の気も知らないで勝手な思い込みしてるんじゃないわよ。『よくよく言って聞かせ』なきゃならないのは、あたしじゃなくて王様のほうだっての。

「だが——どうした、舞花？」

反論しかけた王様は、あたしがすたすたと出口に向かっているのに気付いて声をかけてくる。

あたしは怒りを押し殺し、できるだけ淡々と答えた。

「仕事に戻ります。早く戻らないと、他の人たちに迷惑をかけるので」

二の腕を掴んであたしを引き戻した王様は、困惑した顔で見下ろしてきた。

「そなたはもう下働きではない。余があの場から連れ出した段階で、そのようになっているはずだ。——そうだな、ロット？」

声をかけられたロット君は、「はい、そのように申し付けてあります」と答えてから、あたしににこっと笑いかけた。

「陛下の想い人であり、お城の賓客《ひんきゃく》となられる方に、下々《しもじも》の仕事をしていただくわけにはいきませんから」

それって、あたしはもう台所の下働きをクビになっちゃったってこと？

あたしの意見も聞かないで勝手に辞めさせないでよ！　あたしは焦って訴えた。

「困ります！　あそこをクビになったら、あたしはどこで働けばいいんです？　あたしが急に抜けたら、洗い場のみんなも困るでしょうし！」

「代わりの者は至急手配させよう。──ロット！」

王様に呼びかけられたロット君は、恭《うやうや》しく頭を下げた。

「かしこまりました。今すぐに」

言葉の通り、ロット君は頭を上げてすぐにドアのほうへ向かう。

そんなことされたら完全に戻れなくなっちゃう！

あたしは慌ててロット君を追いかけた。

「ちょっと待って！　あたしの仕事！」

その途端、身体がぐんっと後ろに引っ張られる。──違った。王様があたしの二の腕をまだ掴んでたから、バランスを崩したんだ。

理由がわかった時には、あたしは王様の身体に背中を預ける格好になってた。

王様はあたしを抱きしめるように支えて、頭上からお腹の底に響くような低くていい声で囁《ささや》く。

「舞花は責任感が強いのだな」

そういう話じゃなくて、仕事がなくなっちゃうのは困るんだってば！

王様から離れようともがくあたしに、宰相サマが冷ややかな目を向けながら言った。

「陛下、騙《だま》されないでください。この女は己《おのれ》の欲深さを指摘され、それをごまかすために演技しているのです。仕事に対する責任感を持ち出して自らの体裁を取り繕《つくろ》おうとは、何と狡賢《ずるがしこ》い」

これみよがしにため息をつく宰相サマに、堪忍袋《かんにんぶくろ》の緒が切れる。暴れて王様の拘束から逃れると、あたしは仁王《におう》立ちになって怒鳴った。

「勝手な解釈つけないでよ！　こっちが気を遣って色々考えてるってのに、あたしの話を聞きもしないで好き放題言いやがって！」

自動翻訳はあたしの口の悪さも伝えたらしい。宰相サマは怒りのあまり、目をひん剥《む》いて口をぱくぱくさせる。それを見て少し溜飲《りゅういん》を下げたあたしは、ふんっと鼻を鳴らして話を続けた。

「いい？　あたしは王様と二人きりで話したいって言っただけで、王族並みの待遇をしてほしいなんて一言も言ってないの。ほんのちょっと話せれば用は足りたのよ。ただ、宰相サマや皆様にはお聞かせしてはいけない内容だと思ったから、洗い場の外に出てちょっと人払いをお願いしたかっただけ。王様があたしの言ったことを取り違えて、部屋を用意するって話になっちゃったけど、あたしはそのご厚意に甘える気なんてさらっさらないの。これでも常識人なので、身に余る待遇を受ければその報《むく》いが返ってくることは想像がつきますのでね！」

お城でお客扱いされて仕事もしなくていいって言われても全然心惹かれなかった――なんてことは言わない。けどね、『タダより高いものはない』って言うじゃない。今回の場合、お言葉に甘えてお世話になったりしたら、いつの間にか結婚しなくちゃならない状況に追い込まれてるって可能性が大いにある。それに、あたしを目障《めざわ》りだと思った人がぐさーってやりに来る心配もあるしね。……ここにいる宰相サマを筆頭に。

その証拠に、宰相サマの視線は思わずぶるってしまうくらい冷ややかだった。けど、一度啖呵《たんか》を切ってしまったからには引っ込みがつかない。あたしは足を踏ん張って、宰相サマを睨《にら》み返す。

「それで、わたしや他の者たちに聞かせられない話とは何だったのだ？」

そのことまで言ってしまった以上、すでに話したも同然。あたしは場の勢いに乗ってぶちまけた。

「いくら遠回しに言っても迷惑してるってわかってくれない王様に、プロポーズはお断りするのでもう来ないでくださいって言いたかっただけなの！　あたしなりに気を遣ったのよ。自分のとこの王様が下働きなんかに振られたりしたら、王様だけじゃなくって王様の下で働く人たちのプライドも傷ついちゃうでしょ？　あたしがそういったことまでちゃんと考えて神経すり減らして上手いお断り方法を考えてたってのに、人の話は聞かないわ、侮辱《ぶじょく》してくれるわ、こっちは大迷惑だっていうの！」

ほとんど息を継がずにまくし立てたので、言い終えた時には酸欠で頭がくらくらしてきた。あたしは大きく深呼吸しながら、王様と宰相サマを睨みつける。宰相サマは怒りで顔を真っ赤にしてぶるぶる震えてるけど、王様はぽかんとしたままあたしを凝視《ぎょうし》するばかり。こんなことを言われるなんて思わなくて、未だ状況が理解できないでいるんだろう。

あたしは王様のプロポーズを断った。しかもはなはだ無礼な方法で。

自分が愚弄《ぐろう》されたのだとわかれば、王様も寛大ではいてくれないかもしれない。でもいいんだ。少なくともプロポーズを続行する気は失せるはず。

無礼を働いたからって打ち首にでもする？　上等だ。一昨日《おととい》はプライドより命を大事にしたけど、あたしは元の世界に帰れなくなったってプライドを捨てないことにしたわ。

そう心の中で強がって顎《あご》を上げ、二人を冷ややかに見つめる。

しんと静まり返ったところに、場違いにのんびりした声が響いた。

「聞き覚えのある声だと思ったら、舞花じゃないか」

あたしも相手の声に聞き覚えがあって、とっさに戸口を見る。

「コークスさん」

つややかな黒髪にアクアマリンのような水色の瞳。相変わらずフリルの似合う、甘いマスクのイケメンさん。

まさかここで会うことになるとは。貴族とはいえ、めったにお城に入れない身分なんじゃないかと思ってたの。あたしがお城に行ったって知ってるはずなのに、ここ一か月会いに来たこともなかったし、あたしを探してるって噂も聞こえてこなかったしね。もともとコークスさんは、あたしに対して何の責任もない。すごく親切にしてもらったけど、お屋敷から出たあたしには関心が全くなくなったんだろうなって。

宰相サマがコークスさんを振り返って、怪訝《けげん》そうに訊《たず》ねた。

「コークス、おまえはこの者が誰だか知ってるのか？」

「ええ。一か月と少し前まで、ウチの屋敷でお世話をしていたお嬢さんですよ」

「おまえのところの客人？　それが何故下働きなどに？」

「え？　舞花が下働きを？　道理で会えなかったわけだ。お城に行くって言って屋敷を出たのに、一向に姿が見えないから心配してたんだ」

コークスさんは軽く驚きながらも、ほっとしたように顔をほころばせる。

道ばたで拾っただけのあたしを気にかけてくれてたのはありがたいけど、一か月以上も再会できなかったのにその反応っておっとりしすぎてない？

何と答えたらいいかわからずビミョーな笑みを浮かべてると、コークスさんは宰相サマの隣に並んで言った。

「舞花の持ち物は全部お城に運んであるよ。そんな薄汚い服は脱いで、綺麗なドレスを着てくつろぐといいよ」

悪気は……ないんだろうな。あたしを含め、こういう服を着て仕事をしてる人たちに対して。小綺麗な場所に通されちゃうとさすがに肩身が狭く感じるけど、この服を着て仕事してた自分を恥じたことは一度もないのよね。

気づけば、宰相サマが苦々《にがにが》しい顔をしてあたしを見ていた。

「ウィークソン家の客人か。それならそうと何故最初に言わない？　言っていればこのような騒動など起こさずに済んだものを。――ウィークソン家の客人を迎えるために用意された客室があるはずだ。ロット、この者――舞花をそちらに案内せよ」

「はい」

宰相サマとロット君が話してる間に、王様は嬉しそうにあたしに言った。

「ウィークソン家ゆかりの者ならば、城の賓客《ひんきゃく》として遇するのに何の不都合もない。そなたが賓客《ひんきゃく》となれば、二人で語らう機会も多くできよう。楽しみだな、舞花。だがまずコークスが言ったように、そのみすぼらしい服を着替えてくつろぐがよい」

ちょっと待ってよ。宰相サマも王様も、あたしのあの暴言を聞いてなかったの？

コークスさんから話を聞いた途端ころっと態度を変えるなんて、宰相サマもずるいんじゃない？

てか、冗談じゃない！　どのみちあたしはこの国の貴族の血を引いてるわけじゃないんだから、王様の結婚相手として認められないんでしょ？　あたしにだって都合があるし。

イケメンの王様からプロポーズなんていう、女性なら誰しも憧れそうなシチュエーションだけど、日本に帰りたいあたしにとってそれは望むところではない！

日本に帰る方法を知ってるかもしれない人に会える確率が高くなった——とはちらりと思ったけど、これ以上面倒ごとに巻き込まれてたまるもんですか！　あたしがこぶしを震わせて文句を言おうとしたその時、コークスさんはあたしににっこり笑いかけた。

「舞花のために可愛い部屋を確保しておいたから」

「はい？」

困惑して間抜けな声を上げるあたしに、コークスさんはさらににっこりして言った。

「舞花にぴったりな、とてもかわいらしい部屋なんだ」

あたしが絶対に気に入るとでも言いたげな様子に二の句が継げなくなる。

そこに、戸口で誰かに指示をしてたロット君が戻ってきて、戸惑った表情であたしとコークスさんを見比べた。

「コークス様が取っておいた部屋って、舞花様のためのものだったんですね。……ホントにいいんですか？　あの部屋で」

やっぱり、そう言いたくなるような部屋なんだ。

コークスさんって何でか知らん、あたしのことをブラコン妹と同じ十代くらいのお嬢さんだと思ってるみたいで、あたしが止めるまで妙に乙女チックなものばかり揃えようとしたのよね。可愛いものは好きだけど、あたしの性格には似合わないと思うの。親切にしてもらえたのはすごくありがたかった。でもそのフィルターだけはどうにかならんかと何度思ったことか。

「舞花様のお世話をする侍女ですが、テルミットさんにお願いすることになりました」

ロット君の報告に、コークスさんは弾《はず》んだ声を上げる。

「テルミットに？　いいのかい？」

「陛下が求婚なさってる女性ですから、厳重にお世話させていただかないと」

『厳重にお世話』って意味わかんない。——ってそれはともかく、あたしを無視してどんどん話を進めないで！

王様と宰相サマには腹が立って言いたい放題したけど、あたしは基本、平均的な日本人並みに控えめなの。『そういうことでいいですか？』とか聞いてもらえないと、人が善意でやってくれてることに対して『やめてください』とは言い出せない。

呆然としながら事の成り行きを見つめていると、コークスさんがあたしのほうを見て三度《みたび》にっこりと笑った。

「陛下に求婚されるなんてさすがだね、舞花。幸せになってね」

何が『さすが』なの!?

でもって、あたしは王様と幸せになるつもりなんてないんだってば！

3　目的は果たせたけど……

状況に流されるままにあたしが連れてこられたのは、最初の部屋と同じくらい豪華な部屋。こちらは鮮やかな赤やピンクや水色といった明るい色が多く使われてて、壁に掛けられてる絵は若い男女が仲良く寄り添ってたり踊ってたりという乙女チックなものばかり。うーん、どこをどう見ても恋に恋する十代の女の子が好きそうな感じで、二十代で可愛い性格でもないあたしにはいたたまれないというか落ち着かないというか。

あたしがそわそわしながら部屋の中を見回していると、案内してくれたお嬢さんが振り返った。

小顔で大きめの目がくりっとしてて、お人形さんみたいに手足の細い、可愛らしいお嬢さんだ。濃紺のスカートがふわっと膨らんだワンピースに、フリルのついた真っ白なエプロンをつけてる。同じ服装の子を何人か見かけたから、多分侍女のお仕着せなんだろう。青みがかった黒髪を低めのサイドポニーにしてて、尻尾を肩から手前に垂《た》らしてる。頭の上にはメイドカチューシャって言うのかな？　フリルになってる白い布が載っている。

お嬢さんは恐々《こわごわ》と部屋の中を見回すあたしに気づいて、面白がるように目をきらきらさせて言った。

「この部屋は、コークス様が一か月以上前から調《ととの》えてらしたんですよ。お城を訪ねたいと言って急にお屋敷をご出立《しゅったつ》なさったお客人をびっくりさせたいんだとおっしゃられて、お客人の身の回りのものも運び込まれて。ですのに、待てど暮らせどコークス様のおっしゃるようなお客人はおいでにならないじゃないですか。そうこうしてるうちに一か月が経ってみんな忘れかけてたんですけど、まさか台所におられるとは思ってませんでした」

ええ……あたしもコークスさんがそこまで気を遣ってくださってたなんて、思ってもみませんでした……。このお嬢さんにこう言ってもいいのか判断つきかねたので、あたしは心の中で呟《つぶや》く。

道ばたで拾っただけの見ず知らずのあたしに、コークスさんは何でこんなにも親切なんだろう。

お嬢さんが〝お客人の身の回りのもの〟と言ったのは、きっとコークスさんがあたしのために用意してくれたものだ。この国に迷い込んじゃった時に着てた服や持ってたものは、屋敷を出る時に全部持ってきたから。服から身の回りのものまで色々揃えてくれて、すごくありがたかったんだけど、何もそれらをわざわざお城に運び込まなくてもよかったと思うの。おかげで宰相サマはあたしがお城の客人になるのにふさわしい身分の人間だって思い込んじゃったみたいだし、王様は下働きしてた時より近付きやすくなったと大喜び。ますますこの不毛な事態から抜け出せなくなっちゃったじゃないですか。

「あの……舞花様？　どこかお加減が悪いのでしょうか？」

お嬢さんに心配そうに声をかけられ、あたしは我に返る。

「あ――すみません。ちょっと考え事してただけです」

人前で我を忘れるほど考え込むなんて恥ずかしい。照れ笑いしながら返事すると、お嬢さんはほっとした笑みを浮かべて、スカートをつまみお辞儀をした。

「ご挨拶《あいさつ》が遅れましたが、わたくし、これから舞花様のお世話をさせていただくことになります、テルミット・グルーオンと申します」

あ、この人がさっきのコークスさんたちの話に出てきた侍女さんなのね。

「ご丁寧にどうも。わたくし成宮舞花と申します。本来このような扱いをしていただくような者ではございませんが、少しの間お世話になります。ところで『様』付けなんてやめていただけますか？　そんな身分の者じゃありませんから」

恐縮してお願いしたんだけど、テルミットさんはとんでもないというように目を瞠《みは》る。

「そういうわけにはまいりませんわ。舞花様は陛下の求婚を受ける方ですもの。それなりの礼儀を尽くさせていただかないと」

この人も、あたしが王様と結婚すると思い込んでる一人か。

「あたしは王様のプロポーズを受ける気はさらさらないんですけどね」

一応否定してみると、テルミットさんはくすくす笑って言った。

「コークス様のおっしゃったように、控えめな方でいらっしゃいますのね。モリブデン様も舞花様をお客人と認めたのですから、そんなにかしこまらずお気軽にどうぞ」

今のあたしのセリフって控えめだった？　むしろずけずけ言った気分なんだけど。テルミットさんにも微妙に話が通じないな。けど、目的を達成するまでお世話になることにしたからには、下手に主張して波風を立てないに限る。

そう、あたしにはお城に来た理由があったのよ。不思議なことについて研究してるという学者さんに会って、元の世界に帰る方法を訊《たず》ねること。

不本意ながらもお城の客になったからには、その目的を達成するのに利用しない手はない。で、目的を達成したらとっととお城から出よう。

テルミットさんが次に案内してくれたのは、扉一つで繋がった隣の部屋。青系の落ち着いた内装で、部屋の真ん中には大きなベッド。隅《すみ》にはドレッサーやテーブルがある。こっちが寝室で最初に入った部屋が居間ってことだよね？

何だか怖くなってきて、あたしは前を歩くテルミットさんを呼び止めた。

「あ……あのっ、隣の部屋もこの部屋も、あたしに用意してくださった部屋ってことはないですよね？」

振り返ったテルミットさんは、不思議そうに小首を傾《かし》げる。

「どちらも舞花様のお部屋ですよ？　この他に衣裳部屋と食事室もあります。舞花様に十分おくつろぎいただけるよう、コークス様は最上級のこのお部屋を確保なさったんですわ」

それを聞いて、あたしは額《ひたい》を押さえる。

これも何でかさっぱりわかんないんだけど、出会った瞬間からコークスさんはあたしのことをお姫様か貴族か何かと思ってるみたいなのよね。日本では庶民だったと散々説明したのに。庶民の分際でセレブ扱いされるって何ともいたたまれない。……それもあって、コークスさんがお城に連れてってくれると言ったのを断って、ブラコン妹の世話になったのよね。単に遠回りしただけの結果になっちゃったけど。

にしてもコークスさんって、こんな贅沢《ぜいたく》な部屋を一か月以上も確保できちゃうような身分の高い人だったの？　一か月もお世話になってたのに、彼のことをあまり知らないのに気付いて申し訳なくなる。コークスさんがどういう身分の人なのかすごく気になるけど、今更訊《たず》ねるというのも恥ずかしい。とはいえ、知ってるそぶりをし続けるのも恥ずかしいから、思い切って訊ねようかと迷っていると、テルミットさんはあたしの手を引いてベッドの脇に立たせた。

「それでは着替えをお手伝いいたしますね」

テルミットさんが後ろに回ってエプロンを外そうとしたので、あたしは慌てて言った。

「あたし、自分で着替えられます」

するとあたしの後ろから顔を覗《のぞ》かせ、テルミットさんがにこっと笑う。

「着替えのお手伝いもわたくしの仕事のうちですから、遠慮なさらなくていいんですよ」

「ちょ……！　あの！」

テルミットさんは抵抗をものともせず、ぱぱっとあたしの服を脱がせる。

「お手足を拭かせていただきますね」

言うが早いか、下着姿になったあたしの肘から下を水で絞った布でささっと拭く。足を拭く時にあたしをベッドの端に座らせたついでに、膝下までのブーツを履かせて驚くほどの速さで紐を編み上げた。それからクリーム色のアンダーシャツとアンダースカート、その上から水色のオーバードレスを着せられる。オーバードレスの前をガウンみたいに重ね合わせて、幅が十センチくらいある太いベルトを締めればおしまい。

ゆったり重ね合わされた前身ごろの間に、レースがふんだんに使われたアンダーシャツが覗く。スカートはアンダースカートのたっぷりとしたひだひだに沿って膨らみ、前合わせの間から多少見えるようになってるの。

着替えが終わるとすぐ、テルミットさんはあたしを鏡台の前に座らせた。そしてはっとしたあたしが手で押さえる前に、三角巾を取り去ってしまう。

「わあ、ホントに頭頂部だけが黒いんですね。珍しい」

その言葉にあたしは脱力する。

必死に隠し続けたのに、何でテルミットさんが知ってるの？　てか誰がこの秘密をバラしたの？

真っ黒で太くて多いあたしの髪は、どんなに梳《す》いても重たく見えちゃう。会社の規則がゆるかったから、明るめの茶色に染めてたんだけど、そろそろ生え際が目立ちそうだから染め直さなきゃなと思っていた矢先、あたしはこの世界に迷い込んでしまった。

日を追うごとによりはっきりとしたプリンになっていく髪に、あたしは帰れないこととは別に気が動転。〝黒髪ブーム到来って聞いた時、黒に戻しておけばよかった！〟と後悔しても、もう遅い。タダでお世話になっておきながら髪を染めさせてくださいなんてお願いできるわけがないし、そもそもこの国には髪を染める習慣がない模様。

最初はショールをかぶったりしてごまかしてたんだけど、コークスさんに心配されて仕方なくプリンを披露した。そしたらコークスさんってば、頭頂部だけ黒いあたしの髪を珍しいと言いながら興味津々《きょうみしんしん》に眺めるのね。日本だったら事情を察して見て見ぬふりしてもらえるのに（泣）。こんなことで文化の壁にぶち当たるなんて思ってもみなかったわよ。

プリン頭をまるで珍品のように扱われるのに耐えかねて、コークスさんに「頭頂部を自然に隠せるものがほしいです」って頼んでしまった。

〝縁もゆかりもないのにお世話してもらってて、その上さらに物をねだるなんて何て図々しいの！〟と内心悶《もだ》えるあたしをよそに、コークスさんは嬉しそうにヘッドドレスを買ってくれた。ヘッドドレスっていっても、フリルやレースがふりふりのかわいらしいのじゃないよ？　あたしにそういうのは似合わないから。できるだけシンプルなデザインのものを選ばせてもらいましたよ。

下働きの時は三角巾と省エネ活動に助けられたからお城の中では隠し通せたはずなの

よ。誰にも指摘されなかったし（↑希望的観測）。――って、今はどこからバレたかより、この場をやり過ごすことが重要だ。

テルミットさんはあたしの髪をいじりながら声をかけてくる。

「せっかくの珍しいお髪《ぐし》ですもの。この部分が映えるように結ったほうがいいですよね」

冗談じゃない。これ以上珍品扱いされたくないわよ。

「いえっ、隠してください！　隠したいんですっ！」

「そうですか？　コークス様がお持ちになった荷物の中にヘッドドレスが何枚かございましたので、それをお持ちいたしますが……」

テルミットさんが残念そうにヘッドドレスを取りに行くのを見送って、あたしは〝相手の知らないことを理解してもらうのってムズカシイ〟と考えながらぐったりした。

日没が迫り辺りが暗くなってきた頃、客室をこっそり抜け出し、台所に向かう。

着替えの後、客室に運ばれてきた私物を見て初めて、あたしは自分がこれまで寝泊まりしていた部屋のことを思い出した。今日は色々ありすぎて、頭がパンクしかけてたから。

王様があたしの離職を宣言したからには、台所の仕事には戻れない。台所で働けなくなったんだから、あの部屋も明け渡さなくちゃならない。

私物を持ってきてもらえたことに感謝しつつ、あたしは中身を確認した。そしたら包丁だけがないことに気付いたの。客室に連れてこられる直前まで仕事してたから、台所にきっとまだあるはず。

夕暮れ時は一番慌ただしく、しかも明かりがまだ灯されてなかったりすることもあるから、夜より視界が利きにくい。そのおかげか、あたしは誰にも呼び止められることなく台所に戻ることができた。

明かりがもったいないので、この時間になると洗い場で働いてるみんなは仕事を終える準備を始める。

あたしはその場に、こそっと顔を覗《のぞ》かせた。調理場のほうから漏れてくる明かりの中、みんな片づけをしながら楽しそうにおしゃべりをしてる。

数時間離れてただけなのにちょっと気後れしてしまい話しかけられずにいると、振り返ったロメラが、戸口から覗き込むあたしに気付いた。

「舞花！　来ると思ってた！」

ロメラは手近にあった布包みを取り上げ、あたしに近寄ってくる。

「さっき舞花の荷物を取りに来た侍従《じじゅう》さんがいたんだけど、ナイフは没収されちゃうかもしれないって思って、隠しておいたの」

渡された包みから、慣れ親しんだ包丁の形と重みを布越しに感じる。もし侍従さんに預けられていたら、二度と手元に戻らなかったかもしれない。

「ありがとう……」

気遣いが嬉しくて涙ぐむと、ロメラだけでなく、集まってきたみんなが残念そうに微笑んだ。

「舞花はそれを置き土産にしてくれるつもりはないみたいだね」

それを聞いて、あたしの頬は熱くなった。お世話になっておきながら、お礼のことを考えてなかったなんて。お城の客人扱いになるなら、これを使うことはなくなる。だったらみんなに譲《ゆず》ってあげればいいのに……

決心がつかずに俯《うつむ》くと、みんなは弾《はじ》けるように笑い出した。

「冗談だって、冗談！」

「やっぱりお嬢さんだったのに、違うって言い張ってた罰よ」

あたしはぽかんとして顔を上げる。

「舞花が遠い故郷から持ってきた大事なものなんだから、取ったりなんかしないって」

「バドルさんも、試作品の錆《さ》びないナイフを使わせてくれるって言ってたしね」

「使い勝手とか、色々調べたいからって。試作段階とはいえ、いいナイフを使わせてもらえるなんて幸運だわ」

「それが舞花からのあたしたちへの置き土産《みやげ》よねー」

みんな「ホントホント」と言って笑い合う。いい人たちに巡り会えたな。できるなら、いつかちゃんとお礼をしたい。

それはともかく、あんまり長くここにいて、片づけの邪魔しちゃったら悪いよね。

「ありがとう。お世話になりました」

挨拶《あいさつ》をしてこの場所から離れようとすると、みんな口々に言った。

「元気でね！」

「王様と幸せになってねー」

「え!?　いや、違――」

驚いて訂正しようとしたけど、みんなにこにこと手を振ってくれるので声が喉《のど》にひっかかる。

王様に連れられて出て行ったんだから、そういう考えになるのはわからんでもないけど、あたしは学者さんと会うためにお城に留《とど》まってるんであって、断じて王様と幸せになりに行くんじゃありませんから！　——と否定したところで、聞いてくれるとは思えない。みんないい人なんだけど、自分たちの好きな解釈をして楽しんでるところがあるのよね。

そんなわけであたしは否定することを諦め、手を振り返してすごすごと立ち去った。

さてと。

包丁をオーバードレスの内側に隠して、客室のある棟まで来たところで、あたしは困って立ち止まる。

部屋がどこなのかわからなくなっちゃった。

忘れないよう気を付けてたつもりなのに、台所に行く時に道に迷ってしまったせいか記憶があやふやだ。

幸い、部屋が三階にあることだけは覚えてる。とりあえず三階まで行ってみたけど、同じようなドアがずらっと並んでるので、〝この部屋のはず〟と思ってもドアを開けるのを躊躇《ちゅうちょ》してしまう。

すると、すぐ近くから声をかけられた。

「その部屋で合ってるよ」

誰もいなかったはずなのに、いつの間に近づいたの!?

驚いて振り返ると、廊下の壁に灯ってるランプの明かりに照らされて、男性がにっこりあたしに笑いかけた。

知らない人だ。王様より白っぽい銀の髪。その前髪を長く伸ばして左右に分け、後ろの髪を三つ編みにして左の方から胸元まで垂《た》らしている。中性的な顔立ちで、女性に見えなくもない。けど、頬や顎《あご》の骨張った感じとか、低めに響く声からして男性で間違いないと思う。着ている服も男性のものだし。白に薄茶色の縁取りや縫いとりのある上着は、他の男性の上着と違って膝下まである。

男性はあたしの前に割り込み、ドアを三回叩いて返事を待たずに開け放った。

「ただいま。舞花を連れて戻ったよ」

「ありがとうございます、フラックス様」

中から聞こえたのは、テルミットさんの声。男性の脇から部屋を覗《のぞ》くと、テルミットさんからにこやかな笑みを向けられた。

「舞花様、お帰りなさいませ」

勝手に抜け出したのに、怒ってないいんだろうか。

「えっと、あの……」

口ごもると、テルミットさんはにこにこしながら言った。

「舞花様がお部屋を出られたことには気付いておりましたわ。こっそり付き添わせていただこうと思ったのですが、ちょうどフラックス様がいらして代わりに付き添うとおっしゃってくださったので、お任せしたんです」

じゃあずっと後をつけられてたってこと？　さっき「連れて戻った」って言ってたし。全然気付かなかった。――ん？　『フラックス』？

あたしは部屋の中にすたすた入っていく男性を凝視《ぎょうし》した。男性はあたしの視線を感じたのか、振り返ってにこっと笑う。

「自己紹介が遅れたね。僕はフラックス・ハイベロン。【救世の力】研究の第一人者なんだ」

こっ……この人だ！　洗い場のみんなが教えてくれた人！　この人に会いたくて、あたしはお城に来たのよ！

念願叶って興奮するあまり、あたしはアンダースカートの内側に持っていた包丁を落としそうになった。

こんなに早くお目当ての人に会えちゃっていいの？

あまりの幸運に、心臓がばくばくする。

これで元の世界に帰れるかもしれない。いや、期待しすぎちゃ駄目だ。彼が帰る方法を知らない可能性だって大いにあるんだから。それどころかコークスさんのブラコン妹みたいに信じてくれないかもしれない。

ここは慎重にいかなきゃ……

あたしは逸《はや》る気持ちを抑えて、にこやかに話しかける。

「ご高名《こうめい》はかねがね聞いてます。ぜひともご研究についてお伺《うかが》いしたいです」

友好を示すためには、まず相手のことを聞かなくちゃね。

友好作戦が成功したのか、フラックスさんは中性的で美しい顔に魅力的な笑みを浮かべて答えた。

「それでしたら、夕食をご一緒させていただいて話をするというのはいかがですか？」

〝はい、喜んで〟と即答したかったけど、お世話になっている身で勝手なことを言うわけにもいかず、テルミットさんにお伺いを立てる。

「えっと……いいでしょうか？」

テルミットさんは得意げに微笑んだ。

「こういうことになると思いまして、食事室のほうにフラックス様の分もご用意してあります」

あたしが寝室に包丁を隠しに行って戻ってくると、テルミットさんは寝室とは反対側の部屋に案内してくれた。

その部屋は、居間よりも小さめだった。それでも八畳くらいありそう。壁はオフホワイトで金色の小さな模様が施《ほどこ》されていて、木の床はワックスか何かで磨かれただけで模様は一切描《えが》かれてない。部屋の中央にはシャンデリアが吊《つ》るされていて、ろうそくやランプの光を反射してきらきらと輝いていた。

あたし、こういうシンプルな部屋のほうが好きだわ。隣の居間は最初に案内された部屋と違って同系色でまとめられてる分、落ち着いた感じだけど、シンプルな壁を見慣れてるあたしの目には少し疲れる。――部屋についてあーだこーだ注文つけられる身分じゃないから言わないけどね。

で、部屋の中央にはチョコレート色の長方形のテーブルが置かれていて、長い辺のほうには同じ色の椅子が一脚ずつ。真っ白なランチョンマットも、その上に置かれたグラスやお皿なんかも二つずつ。フラックスさんの分も用意してあるってテルミットさんが言ったからには、一つはフラックスさんの席で、もう一つはあたしのだよね？

「王様は一緒に食べないんですか？」

何か意外。あの王様だったら、こういう機会を逃さず押し掛けてくると思った。

あたしの何気ない質問に、テルミットさんは申し訳なさそうに答えた。

「陛下は今日の騒ぎのおしおきとして、モリブデン様に執務室に閉じ込められていますわ。片づけなければならない政務がたまってるんですって。陛下とご一緒できなくて、残念でしたわね」

「いえ、全然残念ではないんですけど……」

あたしは呆れてしまい、返事が適当になる。おしおきって……この国の王様ってそんなに権威がないの？　それとも自動翻訳がいかれてるの？

とはいえ、王様がいるとフラックスさんとの話を邪魔されるに決まってるから、あたしにとっては好都合。

席に着くと、テルミットさんが料理を並べてくれる。煮込まれた肉と野菜と豆に、濃厚なソースがかかった料理。炒めたひき肉と野菜を小麦粉の皮で包んで焼いたもの。魚や野菜のフライ。焼き立てのやわらかいパン。果物がたくさん入った蒸《む》しプリンのようなもの。この国の料理は元の世界の洋食っぽいので、口に合わないってことがそんなになくて助かってる。

全てを並べてもらったところで、フラックスさんは額《ひたい》に人差し指を当てて「いと高き山のもたらせし恵みに感謝を」と唱える。多分「いただきます」って意味なんだろう。コークスさんもブラコン妹も食事の前には必ずやってたから。あたしもフラックスさんの真似をしてから、フォークを持って食事を始める。この国には食事用のナイフはなくて、フォークとスプーンを食べるものに合わせて持ち替えるの。

食べ始めて少ししたところで、あたしは早速フラックスさんに訊《たず》ねた。

「フラックスさん――じゃなかった。フラックス様はどんな研究をなさってらっしゃるんですか？」

『様』なんて付けて他人を呼ぶ習慣がなかったから、『様』付けはちょっと抵抗があるわ。『様』が名前の一部のような『王様』や、皮肉を込めた『宰相サマ』ってのは平気だけどね。

あたしが言いにくそうにしてるのに気付いて、フラックスさんは微笑みながら「『さん』付けでいいですよ」と言ってくれる。親しみやすそうないい人だな。

「僕の研究について説明するためには、まずはこの国のことについて語らなくてはなりません」

フラックスさんはこう前置きをして話し始めた。

この国ディオファーンは、天高くそびえ立つ山を中心に、ほぼ円形に広がる平原を領土とする国だそうだ。古くから山を守る一族の長が王に立ち、平原に住む人々はその王を敬ってきた。

ところが周辺にいくつもの国が興《おこ》り、領土争いが繰り広げられるようになると、一族が守る山を欲しがる国が出てきた。この山は良質な鉄鉱石の塊《かたまり》で、山肌が風雨に削られることで砂鉄が産出される。その砂鉄から作られた武器は他で作られた武器より丈夫でよく切れるのだ。

良質の武器を大量に手に入れられれば、戦いにおいて他国より優位に立てる。国々は他国より多く砂鉄を手に入れるため、やがては自国が直接鉄鉱石を採掘できるようにするため、金銀財宝をかき集めて取引を持ちかけたんだけど、一族はそれを全て拒《こば》んだ。『山を崩せば毒の川が溢れる』っていう言い伝えがあって、砂鉄は採っても山を削って鉄鉱石を採掘してはならないって掟《おきて》があるんだとか。砂鉄も量に限りがあるから、少しずつ大事に使って、決して他国に売ることはなかったんだって。

交渉に応じない一族に業《ごう》を煮やした国々は、彼らと戦って鉄を手に入れようと、次々に戦争を仕掛けた。

それを時の王は、己《おのれ》の力一つで制圧し、自国の民を守り切ったと言う。

たった一人の王に退《しりぞ》けられた国々は王の力に崇敬《すうけい》の念を抱き、ディオファーンの属国になることを申し出た。時の王はそれを受け入れ、属国となった国々が忠誠を誓う代わりに、その国々を庇護《ひご》することを約束した。

ちなみに、属国といってもあたしが知ってるのとは違うみたい。圧政を敷いたり、厳しい搾取《さくしゅ》をするとかは一切なくて、属国は『他国を侵略しません』という誓いを守りさえすれば、どの国の侵略からも守ってもらえるようになるんだとか。それだけでなく、国が大きな災害に見舞われた時に援助を求めれば、この国と他の属国が力を合わせて援助することになってるんだって。文明が遅れてるってイメージがあったんだけど、この辺の決まりごとは意外に近代的。

その誓約は今も受け継がれ、誓約が始まって以来、ディオファーンと属国は一度も戦《せん》禍《か》に晒《さら》されたことがないのだと言う。

「我が国を守った力は【救世の力】と呼ばれ、以来この力のみが我が国と、我が国と誓約を交わした国々を守ってきました。他国と違って我が国は軍を持ちませんが、その他の国が攻め入ってきたことはありません。ひとたび発動すれば一国をも滅ぼすと言い伝えられている【救世の力】を怖《おそ》れているからです。ですが、【救世の力】には未知の部分も多い。なので、僕はその未知の部分を解明するために研究をしているというわけです」

フラックスさんの話は終わったらしいけど、あたしは何と言えばいいのかわからなかった。何しろ【救世の力】っていうものがピンとこないんだもん。超能力の一種？
そんな得体の知れないもん一つでたくさんの国から自国を守ったなんて信じられない。
でもこの国では大真面目な話みたいだから、そんなことは口が裂けても言えない。

いまいち理解できなかったのは、あたしが今の話に興味を持てなかったせいもある。
一つ知りたくてたまらない話があると他はどうでもよくなっちゃうことってない？　あたしはフラックスさんが日本に帰れる方法を知ってるかどうか探りたくて、申し訳なく思いながらも適当に相槌《あいづち》を打って話を終わらせようとした。

「大変なお仕事をなさってるんですね」

「ううん。不思議なことを探求するのが好きなだけ」

さっきまで真面目に話していた人が急に子どもっぽい言い方をするので、あたしはつい笑ってしまいそうになる。それは失礼だと思って口元を手で覆い隠していると、フラックスさんが衝撃的なことを口にした。

「でさ、君、異世界ってところから来たんだって？」

内緒にしてきたのに、何でフラックスさんが知ってるの⁉

あたしは警戒して、フラックスさんを凝視《ぎょうし》する。

「ど……どうしてそれを？」

慎重に訊《たず》ねると、フラックスさんはきょとんとしながら答えてくれた。

「コークスがそう教えてくれたよ？」

これを聞いて、あたしはあらかた食べ終えたお皿の上に突っ伏してしまいそうになった。そういえば、コークスさんはあたしの言うことを何でも信じてくれたもんね。疑問一つ持たずに信じてくれるってことは、〝他の人には内緒にしたほうがいいかも〟っていう考えに至らないってことなんだ。

てか、フラックスさんとコークスさんって知り合いだったの？　だったらお城に来なくても、コークスさんに紹介してもらえばよかったんじゃない。無駄《むだ》な遠回りをした上に厄介事に巻き込まれて、あたしってば馬鹿すぎる。

あたしの脱力っぷりが気にならないのか、フラックスさんはわくわくした調子で言った。

「この世界にはない珍しいものを色々持ってるんだってね。それが見たくて会いに来たんだ」

あれ？　フラックスさんもあたしの話を全然疑ってない？　不思議な力が信じられてる国だから、本当は不思議な現象についても抵抗がないのかな？

頭を上げて、ちらっとテルミットさんを見る。職業柄かもしれないけど、テルミットさんも顔をしかめたりせず、にこにこと聞いている。

こんなにあっさり信じてくれる人たちがいるなら、別の世界から来たことを隠さなくてもよかったのかも。そうすれば台所のみんなの変な誤解も解きやすかったし、バドルさんのプロポーズにも下手な断り方をしなくて済んだのに。

でもって、信じてくれてるってことは、単刀直入《たんとうちょくにゅう》に訊《き》いてもいいってことじゃない？

あたしは期待で胸が膨らむのを感じながら、できるだけ気持ちを落ち着かせて言った。

「お見せするのはかまわないんですが、先に一つ聞かせていただけませんか？」

「いいよ。どんなこと？」

フラックスさんは気前よくＯＫしてくれる。あたしは気持ちを抑えきれず意気込んで訊《たず》ねた。

「元の世界に戻る方法を何かご存じではないでしょうか？」

「ううん、知らない」

即答されて、あたしは一瞬がっくりする。でも、これだけで「はいそうですか」と諦められるわけがない。一つと言ったくせに、あたしは続けて質問してしまう。

「じゃああたしみたいに他の世界から来た人をご存じではありませんか？」

気を悪くした様子もなく、フラックスさんは答えてくれた。

「そういう話も聞いたことないな。――テルミットはどう？」

フラックスさんに訊ねられて、テルミットさんは申し訳なさそうにあたしに微笑む。

「はい、わたくしも存じ上げません」

「そんなわけで前例を全く知らないから、君を元の世界に帰す方法もわからないんだよ」

あたしはがっくり肩を落とした。そうだよね。別の世界から人がやってくるなんて珍事は、めったに起こるもんじゃないよね。前例がないってことは、帰った人もいないってことで。だからあたしが元の世界に帰る方法を知ってる人なんているわけないんだ。

「お役に立てなくてごめんね？」

フラックスさんに遠慮がちに声をかけられ、あたしは慌てて顔を上げる。

「いいえ！　フラックスさんが謝ることなんて何もないです！　質問に答えてくださって、ありがとうございました」

何とか微笑んでみたけど、最後の手掛かりが失くなったことが正直ショックで、ちゃんと笑顔を作れている自信がない。

フラックスさんはそんなあたしを気遣ってか、席を立ってあたしの隣まで来た。

「世の中は不思議で満ち溢れていて、僕が知らないこともたくさんあるはずだからね。君が帰還するための手がかりになりそうなことを見つけたら、何でも知らせるようにするよ」

「ありがとうございます……」

初対面なのにこんなに気遣ってもらえて、あたしは思わずほろりとくる。フラックスさんってやっぱりいい人だな。——と思ってたら、フラックスさんはあたしの椅子を引こうとする。あたしがそれに合わせて腰を浮かせると、彼はエスコートするようにあたしの手を取った。

「そんなわけで、君の持ってる不思議なものを見せてくれると嬉しいな」

……何だ、それで親切にしてくれたのか。理由がわかって少々がっかりする。とはいえ気遣いが全くなかったわけでもないし、そもそも見せるって条件で質問に答えてもらったんだもんね。それに、大人の男性が好奇心に目をきらきらさせてるのってちょっと可愛い。整った顔立ちをしてるから余計そう見えるんだろうな。

肩に手を回してドアへと急《せ》かすフラックスさんを見てるうちに、笑いがこみ上げてくる。いいなぁ、無邪気で。失礼かもしれないけど、まるで子どもか動物を相手にしてるような感じがして、救われる思いがする。ほら、アニマルセラピーとかってあるじゃない。無邪気な動物を相手にしてると心が癒《いや》されるっていうか。

ま、悩んでたって解決することじゃないしね。気長に方法を探そう。

気が楽になって、自然に口元がゆるんだ。そうしてフラックスさんに目を向けたその時だった。

廊下に繋がるドアが大きな音を立てて開き、王様が飛び込んでくる。

何が起こったのか、その時点では理解できなかった。

「フラックス！　貴様――」

怒りの形相になった王様は、あたしの腕を引っ張ってフラックスさんから引き離し、自分の胸元に抱き寄せる。そしてもう一方の腕を上げると、手のひらをフラックスさんに向けた。

と同時に、気圧が急に下がった時のように耳鳴りがして、次の瞬間「どんっ」という音と共に部屋の中がめちゃくちゃになる。

食器もテーブルも椅子も竜巻に巻き込まれたように舞い上がり――フラックスさんは

窓を突き破って吹っ飛んでいった。

話を聞いてたのに、あたしはやっぱり王様が持つという不思議な力を信じてなかったんだと思う。実際に目《ま》の当たりにして、その威力にぞっとする。

けどそれも、テーブルや食器類がどんがしゃんと音を立てて落ちるまでのことだった。

我に返ったあたしは、この部屋が三階にあることを思い出す。

窓を突き破った上に三階から落ちたのだから、無傷でいるはずがない。下手をすれば――

「きゃ――――！」

数瞬遅れであたしは悲鳴を上げ、王様の腕を振りほどいてガラスの散乱する窓辺に駆け寄る。

「舞花様、足下が危ないです！」

声をかけてきたテルミットさんに、あたしは振り返って叫んだ。

「そんなこと言ってる場合じゃないでしょ⁉　フラックスさんを早く助けなきゃ！」

大声で叫べば、下にいる人が駆けつけて救命活動をしてくれるかもしれない。ぽっかり空いた穴から身を乗り出し大きく息を吸い込んで叫ぼうとした時、あたしは思わずその息を呑んだ。

「あ、心配してくれたんだ。ありがとう」

窓の外から、フラックスさんがにこにこと笑いかけてくる。髪や服はぼろぼろ。額《ひたい》からはだらだらと血を流してる。

そしてその身体は、宙にぷかぷかと浮いていた。

「ぎゃ――――！」

あたしは吸い込んだ息のすべてを使って悲鳴を上げ、そのまま気を失ってしまった。


三階の窓から落ちた人が、その窓から戻ってくるなんてありえない……

悪夢から目を覚ますと、目の前にドアップな王様の顔があった。相変わらず――って
ほど顔を合わせてるわけじゃないけど――いい男だ。つるつるのお肌に男っぽく骨張った顔立ち。あ、まつ毛長い。うらやましい。

そんなことをぼんやり考えてたら、王様は目を潤《うる》ませて抱きついてきた。

「気がついたか！　よかった――」

心底ほっとした声が耳元で響く。あたしが気絶しちゃったから、心配してくれたのね。

あまり大げさに安心してくれるもんだから、照れくさくなる。だから『大丈夫』って言

おうとしたんだけど――

「どさくさに紛《まぎ》れて何やってる」

あたしは王様の手が身体をまさぐってくるのを感じて、反射的に王様の側頭部にチョップをかました。

王様は両手で頭を抱えてソファーの脇にうずくまる。痛いだろうとも。あたしの手もじんじん痛いよ。人に暴力を振るうのはいけないことだけど、こういう時は別。女性はどんなことをしてでも自分の身を守らなければならない時があるのです、うん。

あたしはいつの間にか、居間に運ばれたみたい。寝かされてたのは三人掛けのソファーだ。テーブルを挟んで置かれた一人掛けのソファーにはフラックスさんが座っていて、背後に立ったテルミットさんに包帯を巻かれてるところだった。

それを見て、あたしはさっきの出来事を思い返した。

王様が手のひらをフラックスさんに向けた瞬間、部屋がめちゃくちゃになってフラックスさんは吹っ飛んで――

記憶を辿《たど》るうちに、あたしの血の気は引いていく。

チョップの痛みが引いたのか、王様はあたしの隣に座って声をかけてきた。

「舞花、どこも痛くないか？」

あたしを心配してくれるのはいいけど、先にすべきことがあるんじゃないの⁉　あたしは身体ごと王様のほうを向いて怒鳴った。

「痛いのはあたしじゃなくてフラックスさんでしょ⁉　どーしてあんなことしたの⁉」

超能力だか何だか知らないけど、あの状況からして王様が何かやったに違いない。その考えは正しかったらしく、王様は叱られた子どものように、口をとがらせてぼそぼそと言った。

「それはフラックスが、余を差し置いて舞花と仲良くしてたから……」

「たったそれだけのことで、フラックスさんを窓の外へ吹っ飛ばしたの⁉　信じらんない！　下手すればあんたは、ひっ、ひっ、ひとご……」

とてもじゃないけどそれ以上言えなくて、あたしは引きつけを起こしたように言葉を詰まらせる。

そんなあたしを助けるためか、王様を弁護しようとしたのか、テルミットさんが話しかけてきた。

「あの程度なら問題ありませんわ。フラックス様も王家の血を引いていらっしゃるので、【救世の力】をお持ちなのです。【救世の力】を持っていると、防御力も高まります。ほら、額《ひたい》をちょっと切ってしまいましたけど、ぴんぴんしてらっしゃいますでしょう？」

包帯で目元までぐるぐる巻きにされたフラックスさんを示して、テルミットさんはにこやかに笑う。けれどあたしは憤然と言い返した。

「いえ、そういう問題じゃありませんから！」

あたしは王様のほうに向き直って、説教を始める。

「つまりそれって、【救世の力】を持たない人にやったら大けがじゃ済まないってことでしょ!?　二度とやるな何があってもやるな！　よい子が真似したらどーすんのよ！」

フラックスさんが無事だったことにほっとしたせいか、あたしは王様のことを全力で詰《なじ》る。

「ちょっとやきもち焼いたくらいで他人に危害を加えるなんて、いくら王様でも、いや王様だからこそやっちゃいけないでしょ!?」

腹が立つあまり、最後のほうは若干涙声になった。

そんなあたしを宥《なだ》めたのは、被害者であるフラックスさんだった。

「いやいや、【救世の力】を振るうのは、陛下の大事な役目だよ。【救世の力】を示すことで我が国と属国の民を安心させ、他国の民を恐《おそ》れさせるんだ」

「――」

そんなアホみたいな国防があっていいんですか？　――と言いたかったけど、あたしはかろうじて口をつぐむ。大真面目だったら失礼だもん。実際にそれで国を守れてるみたいだから、その可能性は非常に高い。

けど、どうにも腑《ふ》に落ちないのよね。

確かにすごい威力だったけど、これで国が守れるなんて信じがたい。もっと威力が出たとしても、たった一人の力で複数の国を退《しりぞ》けられるとは思えないんだけど。

考え込んでると、フラックスさんは面白そうにニッと口の端を上げた。

「〝あの程度の力で、何で国を守れるんだろう？〟って思ったんじゃない？」

言い当てられて、あたしはうろたえてしまう。

「そ……そんなことは……だって、実際には守れてるんでしょ？」

フラックスさんはにっこり笑って言う。

「うん、守れてるよ。伝承のおかげでね。でも現代の【救世の力】には、国を守れるほどの威力は確認されてないんだ」

え？　ちょっと待って。そんな話、あたしにしていいの？

「フラックス様！」

離れたところから、動揺した声が飛んでくる。聞き覚えのある男の人の声。どこから？　あたしが見回す前に、その人は早歩きでフラックスさんに近寄っていった。王様のお付きの少年ロット君だ。

「舞花様に何を話そうとなさったんです⁉　いくら陛下の求婚を受ける方でも話していいことと悪いことがあります！」

ロット君は、年上のフラックスさん相手にかなりの剣幕《けんまく》で怒る。

やっぱりあたしが聞いていい話じゃないよね！

フラックスさんは怒られたというのに全然気にしてないようで、ちょっと肩をすくめて言った。

「舞花はとっくに感づいちゃってるよ。だったら事情を話して取り込んじゃうほうがよくない？」

「よくないです！　あたしは関わるつもりはありませんから！」

だからヤバい話はしないで！

あたしの叫びは彼らには届かず、ロット君は思案げに「そうですね……」と呟《つぶや》く。

王様も名案だと言わんばかりに大きく頷《うなず》いて言った。

「いずれ舞花は我が后《きさき》となる。夫婦間では秘密を作らないつもりであるから、今の内から教えておくのもよかろう」

何勝手に決めてんだ！

「あたしは王様のプロポーズを受ける気がないって、何度言ったらわかるんですか⁉」

あたしの叫びはやはり聞いてもらえず、フラックスさんは話し出してしまう。

「舞花の想像通りだよ。今の【救世の力】には国を守れるほどの力はない。伝承が広く根強く信じられてることで、属国は我が国に忠誠を誓い続け、その他の国々は我が国を恐れて攻め入ってこないだけなんだ。【救世の力】は持たざる人々には得体の知れない恐ろしい力に見えてるみたいでね。ちょっと使っただけでも恐怖に震え上がっちゃって、伝承を一層信じるようになるんだよね。――このことが知れ渡れば、我が国と属国を虎《こ》視眈々《したんたん》と狙ってる他の国々は好機とばかりに攻め入ってくる。今後も平和を維持していくために、【救世の力】の秘密は決して外部の者に知られてはならないんだ」

「あたしはカンペキ部外者だと思うんですけど！」

そんなあたしに国の重要機密を聞かせないで！

「いや、君にはぜひとも部内者になって協力してもらいたいね」

包帯を目の上まで上げたフラックスさんは、にやっと笑ってソファーから立ち上がった。そして、歩いてあたしの背後に移動すると、顎《あご》に指を引っかけて持ち上げようとする。強い力じゃないけど意図がわからなかったあたしは、抵抗することなく上を向いた。

「【救世の力】を研究している者としては、データは多ければ多いほどありがたいんだ」

フラックスさんの顔が近付いてくる。言ってることとやろうとしてることが違いすぎて、あたしは数瞬反応が遅れた。

「へ？」

間抜けな声を上げた瞬間、またしても王様に抱き寄せられ、部屋の中には爆発音と同時に突風が吹き荒れる。

少しして、王様の腕の中でそろりと顔を上げた時には、居間はめちゃくちゃで、フラックスさんの姿はなかった。

「あーあ、せっかく手当したのに……」

テルミットさんは、壊れた窓を眺めながらため息まじりに言う。

フラックスさんのさっきの行動はわざとだよね？　わざと王様を怒らせて力を使わせたよね？　そういうことをするのがこの国では正しいことなのかもしれないけど、あたしは理解なんかしないわよ。こんな習慣に馴染《なじ》んだりしたら、日本に帰った時に困るじゃない（↑ちょっと錯乱《さくらん》してる）。

頭の中で〝よい子はもちろん、よい子でなくても真似しちゃいけません〟と唱《とな》え続けてると、不意に前髪をかき上げられて額《ひたい》に温かいものが押しつけられた。

それが何なのかわかった瞬間、あたしは反射的に拳を振り上げる。

拳は王様の顎《あご》に見事にヒットして、王様はあたしから手を離してソファーに沈んだ。

「あーびっくりした。いきなり何すんの、このエロ王様は」

これは正当防衛です。女の子はどんなことをしてでも自分の身を守らなくちゃいけません。でもキケンですので、おふざけで今のような技を繰り出さないでくださいね――と自分に言い訳をしてる最中に、ロット君と目が合った。驚いて目を丸くしてる。そりゃそうだろう。王様にアッパーカットを食らわせる人なんて普通いないから。

王様に暴力振るうってやっぱマズいよね。マズいどころの話じゃないような気もするけど、とりあえず謝ることにする。

「えっと、その……ごめんなさい」

ぺこりと頭を下げると、ロット君は苦笑して言った。

「舞花様の許可も得ず、いきなり額《ひたい》にキスをなさった陛下がいけないんです。求婚を受け入れてもらいたかったら、手順を踏んで親しくなるべきだとアドバイスしているんですけどね。――あ、自己紹介が遅れて申し訳ありません。僕はロット・ユニタリーと申します。陛下のお世話係をしています」

「ご丁寧にどうも。あたしは成宮舞花と申します。――でもマズいですよね？　王様に危害を加えちゃったからには、罰を受けなきゃならないでしょうか？」

おそるおそる訊《たず》ねると、ロット君は小さく手を振って、驚いたように否定した。

「陛下自身が望まれたことなのに、罪に問うなんてとんでもない」

へ？　『陛下自身が望まれた』？

「あの、それはいったいどういう……？」

困惑するあたしに、今度はテルミットさんが答えてくれた。

「先ほどお話ししたように、【救世の力】は防御力にもなるんです。【救世の力】には、自身を害するものを、無意識に跳ね返す性質があります。ですから舞花様が陛下を叩こうが殴ろうが、本来であれば当たるはずがないのです。なのに当たるということは、陛下が意識的に防御を解いたということに他なりません」

それで王様が望んだってことになるのね……

罰せられないとわかってほっとしたけど、簡単に防げるんだったら、何だって王様は自分からわざわざ痛い思いをしたがるの？　あたしは暴力に慣れてないんだから、勘弁してよ。

「ちなみに、フラックス様は陛下より力が弱いので攻撃を防ぎ切れませんでしたが、ある程度防御の力を発揮していたので先ほどのようにぴんぴんしてらしたんです。ですが、さすがに二度目ともなるとダメージが大きかったようですわね。まだ戻ってこられないみたいですから」

そう言いながらテルミットさんが窓のほうに目を向けるので、あたしもつられてそちらを見る。両開きの窓が一つ完全に吹っ飛び、腰の高さまである壁の上半分が削り取られ、衝撃で壊れたと思われる窓枠が今にも落ちそうにぶらぶらと揺れている。

テルミットさんたちが平然としてる理由は、理屈ではわかったよ。けど、力のことを未だ信じ切れずにいるあたしには、窓どころか壁も突き破って三階から落ちた人が無事だなんて、実際に目にしてても納得できない。

あたしが呆然と穴を眺めてる間に、ロット君とテルミットさんが「舞花様には部屋を移っていただいたほうがいいですね」「そうですね」と話し合っていた。

ロット君が廊下に続くドアのほうに歩いていくのを横目に、あたしはテルミットさんを振り返る。

「あの……大丈夫なんでしょうか?」

「ええ、問題ありませんわ。フラックス様は攻撃をもう一回食らっても死ぬことはないと判断して、陛下を挑発なさったんだと思います」

し……死ぬことはないって……。テルミットさんに向けた目を、再び元窓だった穴に向ける。この国だとごく当たり前のことかもしれないけど、あたしには受け入れられない。受け入れたくない。

自分にそう言い聞かせてるあたしを見て勘違いしたのか、テルミットさんは慰《なぐさ》めるように言った。

「ですから、フラックス様のことも陛下のことも心配なさることはありませんわ。お二人ともご自分の望み通りになさっただけですもの」

「その通りだ」

すぐ近くで王様の低くてよく響く声が聞こえてぎょっとする。とっさに声のほうを見ると、ソファーに沈んだはずの王様が起き上がってて、あたしの顔のすぐ側《そば》でゆったりとした笑みを浮かべてた。

「余は舞花のすることなら何でも許す。舞花がしてくれることは何でも受け入れたいのだ」

臆面《おくめん》もなく言われて、あたしのほうが赤面しちゃう。何だそのベタ惚れと言わんばかりのセリフは。よく素面《しらふ》でそんなこと言えるよ。

あたしが恥ずかしくて動揺してるっていうのに、言った当人は平然と話を続ける。

「それはそうと、待たせたな。ようやくモリブデンに解放されたから、愛を語り合いに来たのだ」

は？　何の話⁇

抱き寄せられそうになり、あたしは既《すんで》のところで王様の腕を押しやった。

「何すんですか！」

「何故拒《こば》む？　語らいたいと言ったのはそなたではないか」

それを聞いて思い出した。プロポーズを断るために、二人だけで話がしたいって言った時のことだ。その話題はとっくに終わったと思ってたのに、何でわざわざ蒸《む》し返すのよ。

「あたしが語らいたかったのは愛じゃありません！」

「ならばそなたの好きなことを語ればよい。そなたの言葉はすべて、心地よい愛の言葉に聞こえるであろう」

ぎゃー！　何この王様！　どっからそんなキザったらしい言葉が出てくるの⁉

王様が伸ばしてくる手を、あたしが真っ赤になりながら押しやってると、ロット君が遠慮がちに声をかけてきた。

「長引くようでしたら――いえ、長引かなくても別の部屋に移動しませんか？　ここはお話をするには不適当ですので」

その時あたしは、窓から吹き込んでくる風と舞い上がる埃《ほこり》に気付く。確かに、話し合いするには適切な場所じゃないよね。王様も「おお、そうだな」と鷹揚《おうよう》に答えた。

それからしばらく後。

廊下から、「今日はこれ以上部屋を壊されたら困りますから、フラックス様は入室禁止です」「えー？　そんなぁ……」というやりとりが聞こえてくる。『今日は』ってことは、明日ならいいってこと？　と、心の中でしょうもないツッコミを入れながら、あたしは正面のソファーに座る王様に目を向けた。

新しい部屋に移ってきてから、王様は少々不機嫌だ。あたしと並んで座りたかったのに、あたしがそれを拒否したからだ。並んで座ったりなんかしたら、さっきみたいにまともに話なんかできないでしょ。

王様の背後にはロット君。彼は王様があたしに近寄ろうと腰を上げるたびに、肩を押さえて止めてくれてる。ありがたいわ。

それにしても、王様ともあろう人が何であたしにご執心《しゅうしん》なのかわかんない。この国の人たちみたいに美人じゃないし、スタイルもよくないし。性格のほうはそんなに悪くないと思うけど、怒鳴りつけた上にチョップやアッパーカットを食らわせたら、百年の恋も冷めるってもんじゃない？

そもそも、王様はどこであたしをオミソメになったたっていうの？　あたしは王様と会ったこともなければ、王様がいる場所に近付いた覚えもない。もし王様が物陰からこそ覗《のぞ》いてたとしても、こんな目立つ人、誰かが気付いて騒ぎ立てたハズ。たとえ服を質素にして身分を隠したって、王様の見目麗《うるわ》しい姿を見た人たちが、その話で盛り上がって噂を広めるはずだもん。

大いに気になるとこだけど、あたしは王様に問い質《ただ》せずにいた。だって、こんなこと聞いたらプロポーズに前向きになったみたいじゃない。王様にははなはだ迷惑してるけど、ぬか喜びさせて突き落としたいと思うほど恨んでるわけでもない。

そんなわけで、プロポーズを断る本当の理由を話すべきだとあたしは思った。コークスさんが色々バラしてくれたおかげで、話しやすくなったしね。信じてくれる人もいるってわかったから、打ち明けるのがあんまり苦じゃなくなったし助かるわ。

とはいえ、自分でも〝そんな馬鹿なことあるか〟と思ってることを話すのは勇気がいる。あたしの声は緊張で強張《こわば》った。

「聞いてください。あたしは王様のプロポーズをお受けできないんです」

「それは昼間に聞いたが、納得がいかぬのだ。何故余の求婚を受けられぬと申す？　そなたを躊躇《ためら》わせているものは何なのだ？」

王様って話を聞いてる時もあるのね。

ちょっと見直した（？）けど、今はそういった話をしてるんじゃないのよ。

あたしは姿勢を正して言った。

「あたしはこの世界の人間じゃないんです。あたしが元いた世界はここは簡単には行き来できないところにあって、あたしは自分の世界に帰りたくてその方法を探してます。自分の世界に帰ることができたら、多分二度とこちらの世界には来られません。いつかお別れする日が来ることを知りながら、プロポーズをお受けすることなんてできないんです」

あたしが話してる最中、王様は口を挟まなかった。話し終わった今も、あたしを凝視《ぎょうし》して何も言わない。

わかってくれたってことでいいのかな？　それともあたしの話が信じられなかった？

判断つきかねて困ってると、王様はおもむろに口を開いた。

「して、元の世界に帰る方法は見つかったのか？」

これは信じてくれたってことでＯＫ？　いまいちわからないけど、とりあえず返事をする。

「まだですけど……」

おずおず答えたあたしに、王様は満足げな笑みを浮かべた。

「ならば、帰る方法が見つかるまで余と交際して、この世界に残ることも検討すればよい」

これで何も問題はないだろ？　と言わんばかりに胸を張る王様に、あたしは唖然《あぜん》とする。

何その自分本位な考え方は。あたしは帰りたいって言ってんのにそう言うか。

それで気付いた。事情を話してわかってもらおうとしたのが間違いだった。最初から本音を言うべきだったんだ。

あたしは怒鳴りたいのをこらえて、静かに呼びかけた。

「王様」

「なんだ？」

ご機嫌に返事をする王様に、あたしはきっぱりはっきり言う。

「あたし、王様のことを好きになれそうにありません。なのでプロポーズはお断りします」

相手が王様だからとかあたしが他の世界から来たとか色々考えすぎて遠回りしたけど、一番肝心なのはこれなのよ。あたしは王様のことが好きじゃない。だいたい、初対面でプロポーズしてくる人なんて怪しすぎて好きになれないよ。

プロポーズしてきた人にそれをストレートに言うなんて、我ながらキツいと思う。でも、王様ってばあたしの言葉を都合よくねじ曲げるんだもん。わかりやすく言わなきゃまた誤解されちゃう。

王様は驚きに見開いた目であたしを見つめてきた。

「余のどこを好きになれないというのだ？」

その低く押し殺された声に、あたしはびくっとする。お……怒らせちゃった？　さすがにはっきり言いすぎたか。

いつ怒りを爆発させるかと怯えて肩をすくませていると、王様は一転、自信満々に笑って言った。

「要するに、そなたが好きになれないところをなくせば、余を好きになってくれるのであろう？　遠慮なく申せ。そなたのためならば、余はいくらでも変わってやるぞ」

今度こそ不敬罪《ふけいざい》に問われると思ってたあたしは、これを聞いて脱力する。何そのポジティブシンキングは。びくびくして損した。

ほっとしたのと同時に、王様のわかってない発言に腹が立ってくる。

あたしは額《ひたい》を押さえて言った。

「あのですね……相手の嫌いなところがなくなれば好きになれるってほど、人は単純なものじゃありません。それに変わるって簡単におっしゃいますが、人はなかなか自分を変えられないものです。ですからそんな風に安易に言われたって、信じられないんです」

王様はむっとしたように言った。

「余は本気である」

自分が言ったことに無理があると認めない王様に、あたしもむっとして言った。

「その本気を疑うと言ってるんです」

「余は嘘偽《いつわ》りなど申しておらぬ！　そなたが変われと言うならいくらでも変わってみせる！」

「あたしは変わってほしいなんて言ってません！　ただ、王様のプロポーズは受けられないってわかってほしいだけです！」

王様が傷ついた表情をして息を呑む。あたしは良心の呵責《かしゃく》を覚えて付け足した。

「それに、この国の王様は貴族の女性としか結婚できない掟《おきて》があるって聞きました。あたしは貴族どころか、この国の人間でもありません。王様がプロポーズしたところで、あたしとの結婚は認められないんじゃないですか？」

だからこんな不毛なやりとりは終わりにしましょうよ――と続けたかったのに、王様は満面の笑みを浮かべてそれを遮《さえぎ》った。

「そのようなことを心配していたのか。問題ないぞ。そなたへの求婚はモリブデンが許可したことだからな」

は？　何その理論。あたしはふつふつと湧き上がってくる怒りを押し殺して訊《たず》ねる。

「それってどなたですか？」

「余とそなたが客室に入った時、怒鳴り込んできた男だ」

そういえば台所で初対面した時、宰相サマがそう名乗ってたっけ。――って、あの宰相！　王様のプロポーズを受けるなとか脅《おど》しておきながら、この面倒な状況を作り出した張本人だったんじゃない！

怒りに打ち震えていると、王様は嬉しそうに説明した。

「モリブデンが許可したことには、誰も文句は言わない。つまり、余とそなたの仲は公認なのだ。だから安心して余の求婚を受けるがよい」

しまった。何でこんな話になった？　あたしが話を逸《そ》らしちゃったのか。軌道《きどう》修正しなくちゃと、あたしは焦って訂正する。

「違います！　心配なんかしてません！　あたしには王様のプロポーズを受けられない理由がありますけど、王様にもあたしと結婚できない事情があるんじゃないかって言いたかっただけです！」

「だからその心配はないと言っているではないか。モリブデン公認だからな」

だから何なの、その理論は。この国って専制君主制っぽいから、普通は王様が一番偉いんじゃないの？　――って、それはどうでもよくて！

「あたしが言ったことをもう忘れたんですか!?　あたしは王様のことを好きになれそうにないって言ったんです！　そんな人との結婚なんて考えられません！」

「だから余も言ったではないか。余の好きになれないところを申してみよと。余は必ず変わってみせる！」

「だから変わってほしいんじゃなくて、プロポーズを諦めてほしいって言ってるんです！」

――とまあ、こんな風に堂々巡りを繰り返した末、「話し合いは明日になさったらいかがでしょう？」とテルミットさんとロット君に言われて、その日は決着が付かないままに終了した。

それから一夜明けて。

久しぶりにふかふかなベッドで休んだんだけど、あたしはよく眠れなかった。一日の間に色々ありすぎて神経が高ぶっちゃって。

これからどうしよ。フラックスさんには会えたけど、元の世界に帰る方法はわからなかったし……。

先のことが見通せず不安な夜を過ごした翌朝、食事室の前にやってくると憎たらしいほど上機嫌な王様に出迎えられた。

「おはよう、舞花。よく眠れたか？　余はそなたと食事をするのが楽しみで、なかなか眠れなかったぞ」

寝不足の頭に、そのテンションはツラいわ……。

「……さようでございますか」

あたしがげっそりしながら相槌《あいづち》を打つと、さすがの王様も気付いたのか心配そうに顔を覗《のぞ》き込んでくる。

「どうした？　顔色が悪いようだが」

『あたしも寝不足です』って答えたら、王様を喜ばせることになりそうだな。

「何でもありません」

あたしがそう答えるが早いか、王様は後ろを振り返る。

「ロット、じいを呼べ。大至急だ」

「じいって誰?」

呼べって言ってるからには人だよね?

あたしの疑問には、王様でなくテルミットさんが答えてくれた。

「お城に勤めるお医者様のことですわ」

それを聞いて、あたしは慌てた。

「ちょっと待って! お医者に診《み》てもらうことなんてないったら!」

じいって侍医《じい》のことだったのね。漢字で書かれたならわかるけど、口頭で言われたせいで『どこのおじいさん?』って思っちゃったよ。ベタな聞き間違えだ。

王様はあたしに向き直って、真剣な表情をして言った。

「重大な病気かもしれないではないか。病気は早期発見・早期治療が肝要である」

この国で『早期発見・早期治療』って言葉を聞くことになるとは思わなかったわ。——ってそれはどうでもよくって。

「だから病気じゃないんです! 単に寝不足なだけで」

そう言った途端、王様はまばゆいばかりの笑顔になる。

「そうであったか。舞花も余との朝食を楽しみにしていてくれて嬉しいぞ」

やっぱり喜ばれちゃった……。

今の騒ぎでさらにげっそりしてしまったあたしは、否定する気力もなくて項垂《うなだ》れる。

「さっそく朝食にしよう」

上機嫌な王様にエスコートされて入った食事室のテーブルには、ベーコンやソーセージっぽい肉の燻製《くんせい》が数種類とスクランブルエッグ、グリルされた野菜、塩味が利《き》いた硬めのパンと、果汁を水で薄めた果実水が並べられていた。

美味《おい》しそうなのでありがたいんだけど、何で用意されてる席が向かい合わせじゃなくて隣同士なんだろう？

ロット君が引いてくれた椅子に座ると、隣に座った王様があたしの鼻先にスプーンを突きつけてきた。スプーンにはほんのり湯気が立つスクランブルエッグ。

何ですか、これは？　寝不足でぼんやりしたままそれを見つめてると、王様が焦《じ》れたように声をかけてくる。

「ほら、『あ～ん』」

はあ!?　らぶらぶカップルじゃあるまいに、そんなこっ恥《ぱ》ずかしいことできるか！

あたしは真っ赤になってそれを押し退《の》ける。

「自分で食べれます！」

「遠慮するな」

「遠慮なんかじゃありません！」

口で言っても、身体をひねって避けても、手で払い退けても懲《こ》りずにスプーンを突き付けてくる。寝不足でいささか短気になってたあたしはすぐに我慢の限界が来て、自分のスプーンを置いて王様の頬にパンチを見舞った。身体のひねりを利かせて勢いをつけた右ストレートは見事に決まり、王様は椅子から転げ落ちる。

素人《しろうと》の拳でここまで派手なリアクションをされると、前夜に聞かされた通り、当たるのを望んでるとしか思えない。それを裏付けるがごとく、椅子に座り直した王様はあたしに嬉しそうな笑みを向けた。

「いいパンチだった」

「王様はマゾですか？」

あたしは呆れすぎて、ついつい本音を口にする。

パンチを境《さかい》に『あ～ん』攻撃は収まったけど、王様は自分の朝食を食べながらあたしに話しかけてくる。

「ソールと呼んでくれまいか？」

「はい？」

わけがわからず首をひねってると、ロット君が説明してくれる。

「陛下の愛称です。陛下のお名前がソルバイト様ですので」

「両親以外、誰からも呼ばれたことはないのだが、そなたには名で呼ばれたい」

うわーそれって殺し文句だよね。『おまえだけが特別』ってヤツ。

イケメンにそんなことを言われたら舞い上がってしまうところだけど、あたしには懸案事項《けんあんじこう》が多すぎる。元下働きの、身元も知れない女がそんな栄誉にあずかったと知れたら、どんな騒ぎになるかわからない。少なくとも宰相サマは目くじらを立てるよね。それ以前に、あたしは王様と親しくなりたいわけじゃないし。

「気が向いたらそうさせていただきます」

遠回しに断ったつもりだったんだけど、王様はすごく嬉しそう。

「ああ、気が向いたら呼んでくれ」

疑うことを知らないような笑顔に、罪悪感がちくちく。こういうのが育ちの良さなのかな。世俗にまみれて疑ってばかりのあたしにはマブシイわ。

王様は機嫌よく次の話を持ち出した。

「今日は庭でも散歩しないか？　バラはないが、他にもいろんな花が咲いているぞ」

相手との共通の話題を持ってくるところは、口説《くど》く方法として間違ってないと思う。でも、いい加減バラのことは忘れてほしい。

「遠慮します」

うっかり思い出しかけたバラを頭の中で必死にもみ消しながら、あたしはそっけなく答えた。

すると王様は即座に続けてくる。

「遠慮することはないぞ」

「『遠慮します』とは相手を傷つけないようにやんわり断るための方便です。わかってくださらないようなので、はっきり言います。王様とお庭を散歩したくありません」

王様にはストレートな言い方をしないと都合のいい解釈をされちゃうってこと忘れてた。それと同じで、下手に王様の誘いに乗れば、王様はあたしがプロポーズを受けたと思い込みかねない。

「では、舞花は何がしたい？」

しつこく訊《き》いてくる王様に、ロット君が声をかけた。

「陛下、政務がたまっています。求婚するのを許可する代わりに政務をきちんと行うと、モリブデン様とお約束したでしょう？」

何そのお約束は。宰相サマは王様に仕事させるために、プロポーズをけしかけたの？　あたしに断りなくそんな約束をした宰相サマには腹が立つけど、そんな約束をしなくちゃ仕事をしない王様にも呆れてしまう。

とりあえず今は王様と距離を置きたかったので、ロット君の言葉に便乗した。

「約束を守らない人は嫌いです」

「ほら、舞花様もこうおっしゃってますよ。そろそろ政務を始めていただくお時間です」

ロット君は、食事が終わったのにぐずぐずと座り続ける王様を立たせ、腕を掴んで歩き出す。

腕を引っ張られて歩きながら、王様はあたしに涙目を向けてきた。まるで、でかい図体をした子どもだ。フラックスさんも子どもっぽいとこがあったけど、彼を小中学生くらいとすると、王様は幼稚園児って感じ。〝大の大人がそれってどうよ？〟と突っ込むべきところなんだろうけど、ちょっと可愛いと思ってしまった。

いかんいかん。イケメン顔に惑わされて血迷っちゃいかん。

気の迷いを頭から振り払った後、「ごちそうさまでした」と言ってあたしも席を立つ。

居間に移動すると、テルミットさんがあたしにソファーを勧めながら訊《たず》ねてきた。

「舞花様って、本当に不思議な方ですよね。陛下に求婚されても全然嬉しくないんですか？　ご事情がおありなのはお聞きしましたが、それでも国王というご身分とあのご容姿を目の前にしたら、女性は誰だってよろめいちゃうと思うんですけど」

テルミットさんが座らないのに、あたしだけ座るっていうのは抵抗がある。あたしはソファーの傍《かたわ》らで立ち止まり、ちょっと悩んでから言った。

「王様には内緒にしていただきたいんですけど、正直あの容姿に惹かれなかったわけじゃないんです。ただ、何というか、プロポーズされてるって実感があまりないんですよね」

言葉を探しながら答えていくうちに、あたしは自分の中でもやもやしてた違和感の正体に気付く。そうよ、そういうことだったのよ。

「どういうことです？」

あたしは自分が感じたことを慎重に言葉に置き換えながら、ぽつぽつと話した。

「えっと、つまり……王様のプロポーズが本気だとは思えないんです。何というか、そういう遊びに付き合わされてるような気分でして。遊びを真に受けたら、恥をかくのはこっちです。いくら顔が好みでも、好きになるなんて馬鹿なことはするもんかって思うんですよ」

イケメンの王様からプロポーズなんていう夢のようなシチュエーションにときめかないのは、王様の気持ちが信じられないからなんだわ。最初から妙に芝居がかった印象があったし、王様があたしのどこを気に入ったのかもさっぱりわかんない。これで信じろと言われたって、無理な相談よね。

言葉にできたらすっきりした。ほっと息をつくと、テルミットさんは小首を傾《かし》げて言った。

「陛下が本気かどうかはともかくとして、遊ばれたくないって気持ちはちょっとわかるような気がします。——あの、舞花様はもしかして元の世界に決まったお相手がいらっしゃったんですか？　今のお話といい陛下のあしらいがお上手なことといい、男性とのお付き合いについて多少ご存じでいらっしゃるようですもの」

ちょっと突っ込んだことを訊《き》かれ、あたしは気まずく思いながらも答えた。

「そんなに知ってるわけじゃないですけど、男性とお付き合いしたことはありますよ。結婚とかまでは考えてなかったんですけどね。あ、今は」

『いません』と続けようとしたその時、衝撃を伴《ともな》う大きな音に遮《さえぎ》られた。

爆風が廊下との間の壁を吹っ飛ばし、あたしは平衡感覚《へいこうかんかく》を失う。

気付けば、あたしはソファーの陰でテルミットさんに抱きかかえられてた。え？　あたし、ソファーの横に立ってたよね？　突き飛ばされたり引っ張られたりした感じはなかったから、もしかしてテルミットさん、あたしを抱え上げてここに運んだ？　そんな馬鹿な。普通の女の子が、自分より重い人間を抱え上げて運ぶことなんてありえない。

ぱらぱらと砕けた建材が降り注ぐ中、テルミットさんはあたしをそっとその場に座らせた。

それとほぼ同時に、部屋の中にでっかい声が響き渡る。

「舞花！　付き合っていた男がいるとは本当か!?」

この声を聞いて、何が起こったのかすぐに理解したわよ。あたしは勢いよく立ち上がり、怒鳴りつけた。

「あんたね！　部屋の中にいる人のこと考えなさいよ！」

王様相手に口が悪すぎるってわかってるけど、そんなことに構っていられますか！

廊下との間に空いた穴から入ってきた王様は、あたしを見て自慢げに言う。

「大丈夫だ。舞花には当たらないよう、照準はずらした」

「大丈夫じゃない！　テルミットさんに直撃するところだったのよ!?」

自分で言っておきながら、あたしははっとする。そうじゃん！　王様が放った力の軌道は、さっきテルミットさんが立ってた場所をもろに通過してる。焦ったあたしはとっさに隣を見た。

「テルミットさん、大丈夫!?」

声をかけた時にはテルミットさんは立ち上がってて、平気だということを証明するかのように、にっこり笑った。

「大丈夫ですわ。わたくしも多少ではありますけど、【救世の力】を持ってるんです。そうでなければ舞花様の侍女兼護衛にはなれませんもの」

「え!? じゃあテルミットさんも王様みたいな力が使えるっていう――ってか護衛!?」

びっくりすることを次々告《つ》げられて混乱するあたしに、テルミットさんはにこやかに説明してくれた。

「はい。舞花様は陛下のご寵愛《ちょうあい》を受けられるんですもの。護衛はついて当然ですわ。わたくしは侍女だけでなく、護衛官の職務にも就《つ》いております。女性護衛官の長も務めておりますので、身辺の警護は安心してお任せくださいましね」

あたしごときに護衛？　しかも長と名が付く役職の人？

混乱してしまったあたしの口からは、間抜けな質問しか出てこなかった。

「一人で護衛も侍女もって大変じゃない？」

「いいえ。配下の者がたくさんおりますので、大変じゃありませんわ。皆には舞花様を煩《わずら》わせないために姿を見せないよう言いつけてあります。舞花様は他人にかしずかれるのがお嫌いとお見受けしましたので」

昨日会ったばかりなのに、そこまで配慮してくれるとは。あたしより年下だろうに、ろつくづくデキた子だわ。そんな優秀な子に世話された上に守ってもらってたなんて、ろくな取り柄《え》のない我が身が恥ずかしいやらいたたまれないやら。――と思ってたら王様が突進してくるのに気付いた。あたしは怖くなって逃げ出したんだけど、コンパスの差と、あと何というか、執念のようなものには敵わない。あたしはあっさり捕まって、ぎゅうぎゅう抱きしめられた。

「舞花！　付き合っていた男とやらとは、どのくらいの仲だったのだ!?　愛していたのか!?」

「付き合ってたんだから、それなりに好きだったに決まってんでしょ！　てか抱きつかないで！　セクハラ！」

「『せくはら』とは何だ？　いや、それより聞きたいことがある！　それなりとはどれだけだ!?　相手の男にどのくらいのことを許していたのだ!?」

「そーいうこと聞いてくるのもセクハラだっての！　それなりって言ったらそれなりよ！　あとはノーコメント！」

あたしが王様とすったもんだしてる間に、この部屋に入ってきたフラックスさんとロット君が話を始めた。

「何があったんだい？」

「わかりません。この部屋の前で陛下が急に立ち止まって梃子《てこ》でも動かなくなったかと思うと、壁に向けて力を放たれたのです」

ロット君の困惑に、あたしとの言い合いを中断した王様が答える。

「舞花が付き合っていた男がいると言ったから、どういうことなのか問おうとしただけだ」

この王様、廊下で聞き耳立ててたの!?　近くにいる時は下手に内緒話もできないわ……と心の中でぼやいていたら、ロット君が不思議そうに王様に訊《たず》ねた。

「いつそのような話を聞いたんですか？」

「ついさっき、廊下を歩いている最中にだ」

「もしかして立ち止まった時ですか？　僕には全く聞こえませんでしたけど。陛下ってそんなに耳がよろしかったでしょうか？」

「耳のよさは関係ない。どんなに離れたところにいても、舞花の姿と声は見聞きできるのだ」

自慢げな王様の言葉に、あたしはぴしっと固まる。

そんなあたしに気付いた様子もなく、フラックスさんは踊り出さんばかりに喜んだ。

「千里眼《せんりがん》とテレパシーの能力に目覚められたんですか!? 素晴らしい！ 何故そのことをいちはやく僕に教えてくださらなかったんです!?」

「これが千里眼とテレパシーというものなのか？ 恋をすれば誰でもできるようになるのかと思っていたゆえ、【救世の力】と関係があるとは思いもよらなかった」

王様がしみじみと言うと、ロット君が納得したように言った。

「陛下ってたまに天然ですよね。それで接触できたはずのない舞花様のご容姿を、詳細にご存じだったのですか」

ということは、〝バラの花束持ってプロポーズされたい〟って話も、その力とやらで聞いたってこと？

そう考えればつじつまが合う。あたしの頭頂部《プリン》のことをテルミットさんにバラしたのも、きっと王様だわ。王様はあたしと直接出会う前から、誰にも気付かれない方法であたしのことを見聞きしてたってわけだ。

フラックスさんが興奮しながら王様に訊《たず》ねた。

「陛下、詳しく聞かせてください！ その能力の発動条件は？ 持続時間は？」

「発動条件と言えるかわからぬが、舞花から離れれば自然と舞花の姿と声が脳裏に浮かぶ。それは再び舞花に近付くまで続くのだ」

それってつまり四六時中――

「――！　キャー！　キャーキャーキャー！」

気付いた瞬間あたしは絶叫を上げ、すぐ近くにあったクッションをひっつかんで、王様をばしばし叩いた。王様は腕でクッションを遮《さえぎ》りながら、おろおろと言う。

「ど……どうしたのだ？　いきなり……」

「どーしたもこーしたもないでしょっ！　いやったらいやったらいや――!!」

絶叫するあたしの近くから、フラックスさんとテルミットさんの和《なご》やかなやりとりが聞こえてくる。

「舞花はどうしちゃったんだろうね？」

「陛下のお言葉から、四六時中見られていたことに気付かれたんだと思いますわ。お着替えやお風呂の最中、それに」

「言わないで！　それ以上はっっ！」

恥ずかしさのあまりパニックに陥《おちい》ったあたしは、体力が尽きるまで王様を叩き続けた。

その後、あたしがパニクった理由を理解した王様は、「離れている時はそなたの顔しか見れぬ」と説明した。

けど、そんなの信じられると思う？　王様が離れたところからあたしを見聞きできる事実をあんな風に証明されちゃったからには、そんな言い訳じみたこと信用できるわけないじゃない。

もう着替えもできない。おトイレにも行けないよ……

新しく案内された部屋で、あたしはソファーの背にしがみつくようにもたれながら嘆《なげ》いた。

その周りで、テルミットさんは部屋を調《ととの》えるためにぱたぱたと動き回る。手伝ったほうがいいとはわかってるんだけど、ごめんね、その気力がなくて。

しばらくすると、テルミットさんが声をかけてきた。

「舞花様、舞花様。ちょっとこちらに来ていただけますか？」

立つ気力もなかったんだけど、テルミットさんに迷惑をかけちゃいけないと思い、のろのろと立ち上がってついていく。

案内された隣の部屋には、でっかい白い布が蚊帳《かや》のように吊《つ》られていた。

「この中にお入りになる時は、裾《すそ》をこう持ち上げてくださいね」

テルミットさんが布をまくると、布を通して少し弱まった光の中にベッドが見える。

「えっと……これって？」

「千里眼《せんりがん》やテレパシーといった力を遮《さえぎ》る布です」

すぐには理解できず、あたしはテルミットさんを見て目をしばたたかせる。テルミットさんは困ったように微笑んで説明してくれた。

「この布で囲われていれば【救世の力】で見聞きすることはできません。千里眼やテレパシーは珍しい力ですけど、同じ力を持つ方がいらっしゃらなかったわけではないので、そういった方の協力のもと開発されたんデス。誰でもプライベートは大事ですもの」

うん確かに。あんなストーカーじみた力が存在する国じゃ、プライベートを守るための研究も欠かせないよね。

「陛下の能力は、舞花様のことしか見聞きできないそうなので、舞花様のプライベートさえ守ればいいのですもの。幾分楽ですわ。お休みの最中も見られていたくないのではと思い、ベッド全体を囲いました。この中でお着替えしていただければ、陛下には見えません。おトイレにはこれより小さいものが設置済みです」

布で囲われた中をもう一度覗《のぞ》けば、ベッドの下にも布が敷かれているのが見える。

「あ……ありがとう。ここまでしてくれるの、大変だったでしょ？」

感激してお礼を言うと、テルミットさんはにこっと笑う。

「応援を呼んでぱぱっといたしましたから、大した手間ではありませんでしたわ」

「じゃあ皆さんにもお礼を」

「わたくしから伝えておきますね」

「何から何までありがとう！」

あたしはテルミットさんの両手を握ってぶんぶん振る。テルミットさんはあたしにされるがまま、苦笑しながら言った。

「気になさらないでくださいませ。わたくしは陛下の命を受けて、舞花様に気持ちよくお過ごしいただくための手配をしているだけですから」

王様のせいで次々面倒に巻き込まれて辟易《へきえき》してたけど、テルミットさんにあたしの世話を任せてくれたことだけは、ちょっとだけ感謝してもいいかなって気になった。


――のに。

居間に戻ったら、色とりどりのドレスが運び込まれてくるところだった。テーブルの上には金銀がふんだんに使われたアクセサリーがずらりと並び、窓際では箱から次々靴が取り出されている。

あたしは困惑しながらテルミットさんに訊《たず》ねた。

「ええっと、これは……？」

「陛下のご命令です。舞花様の身の回りのものをご用意するようにと」

「あの……コークスさんにいただいたもので足りてるんですけど？」

「陛下は、舞花様が他の男性から贈られた品を身につけているのがお気に召さないそうですわ。ですので新しい品が揃いましたら、コークス様が贈られた品は全て処分するようにとのことです」

何だそれ？　処分って捨てるってこと？

「サイズ合わせをお願いいたします。数が多いですから大変ですわよ」

テルミットさんはうきうきした様子であたしにそう言ってから、「それはあちらに」とか荷物を置く場所を指示している。あたしは眉間にしわを寄せて考え込んでから訊《き》いた。

「念のためお伺《うかが》いしたいんですけど、この中から数点選ぶってことですよね？」

「いいえ。これらは全て舞花様のものですわ」

それを聞いて、あたしはむかむかしてきた。ひとの承諾も得ず、何勝手なことを命じてるのよ。

怒りのあまり、あたしは思わず口走っていた。

「責任者を呼べ！」

「は？」

通じなかったか。よかった。考えてみれば、言われた人間を不愉快にさせる言葉だもんね。別にテルミットさんが悪いわけじゃないし、使う言葉は気をつけなくちゃ。

あたしはばつの悪い思いをしながら言い直す。

「いえ、王様を呼んでください。あたしが出向いてもいいんだけど」


この騒動からほとんど時間を置かずに王様はやってきた。何でもあたしが呼んでると急に言い出し、テルミットさんのお使いの人が到着する前に執務室から出発してたんだとか。王様と一緒に訪れたフラックスさんとロット君は、「王様の能力覚醒《かくせい》はいよいよ本物ですね」と喜びながら、王様の後ろに控えてる。

あたしに呼ばれたことが嬉しかったのか、王様は緩《ゆる》み切った顔をして言った。

「舞花が余を呼んでくれたのは初めてだな。して、何用だ？　舞花の望みなら何でも叶えてやるぞ」

あたしは立ったまま背筋を伸ばし、かしこまって答えた。

「それではお言葉に甘えて、いくつかお願いがあります」

「遠慮なく申してみよ」

「王様があたしのために注文してくださった品は、全てキャンセルしてください」

きっと集められた品々は王様が選んだものじゃなくて、「新しいものを用意せよ」とか一言命じただけのものなんだろう。王様はさして傷ついた様子もなく言う。

「気に入らなかったのなら、別のものを用意させるぞ」

「違います。もったいないと申し上げたいのです」

「〝もったいない〟？」

この天然お坊ちゃんは！

本気でわかってない様子で首をひねる王様に、あたしはイラッとしながら話した。

「今あるもので十分足りてるのに、それを処分して新しいものを買い揃えるなんてもったいないって言ってるんです」

「今あるものとは、コークスが用意したものであろう？　舞花には他の男に贈られたものを身につけてもらいたくないのだ」

あたしは怒りを堪《こら》えて、ひとまず理解を示してみた。

「好きな相手に他の異性から贈られたものを身につけてほしくないっていう考え方は、

理解できないこともありません」

　何故あたしに怒られてるのかわからず居心地悪そうにしていた王様は、あたしがそう言ったのを聞いてぱっと顔を輝かせる。

「そうであろう？　そなたがコークスから贈られたものを身につけているのを見ると、そなたがコークスのことばかり思っているような気がして嫌なのだ。そなたには余が贈ったものを身につけ、余のことだけを思っていてほしい」

　つくづく思うんだけど、この王様、よくこんなクサいセリフを臆面《おくめん》なく言えるよね。歯が浮かないのか？　――とまあ、あたしが恥ずかしがりもせず冷静に考えられるのは、それを言われてるのが自分だという自覚がないからなんだと思う。聞けば聞くほど他人事って気がしちゃうのよね。

　両想いの相手から言われたら嬉しいだろうなあって思うからこそ、非常に残念。――というのは別にどうでもよくって。

　あたしは部屋中を埋め尽くす数々の品物を手で示して言った。

「ですが、これらの代金は誰が払うんです？　ものを手に入れるためには、普通お金が必要です。王様の着てる服にもお金がかかってます。そのお金がどこから来てると思うんですか？」

王様に詰問するあたしに、横からロット君が教えてくれる。

「陛下のために使える予算は毎年確保してありますが、その財源は国民が国に納める租《そ》税《ぜい》ですね」

「教えてくれてありがとう！」

予想した通りの答えが返ってきて、あたしは勢いを得る。

「つまり、国民が汗水垂《た》らして働いて得たお金から支払われてるんです。王様はこの国を治めるっていう重要な仕事をなさっておいでですから、多少の贅沢《ぜいたく》を非難するつもりはありません。ですけど、この部屋を埋め尽くす品々は明らかに無駄《むだ》です。こんなにきらびやかな衣装をもらったって、あたしには着る機会がないんです。先に言っておきますけど、こういった服を普段使いなんてしませんから。ともかく受け取らないし、今あるものも処分しません。でもっていくら贈り物されても、プロポーズをOKしたりなんか絶対しませんから！」

あたしの剣幕《けんまく》に絶句した王様を放って、荷物を運び込んだ業者っぽい人たちに頭を下げた。

「そういうわけで、ご足労をおかけしたのに申し訳ありません。皆さんが持ってきてくださった品物は、あたしにはもったいなさすぎます。ですので、こういう衣装を着るにふさわしい方々に買ってもらってください」

皆さん部屋の隅《すみ》で途方に暮れたような顔をしていたけど、ふとその視線があたしから
あたしの隣に移る。釣られてそちらを向くと、王様はがっくり肩を落として言った。

「舞花の言った通りにせよ」

皆さんは整然と荷物の運び出しを開始する。すると、ものの数分で全てがなくなった。

それを見届けたあたしは、再び王様に向き直る。

「それと、もう一つお願いがあります」

「な……何をだ？」

王様はぎくっと身をすくませて、おそるおそる聞いてきた。あたしのお願いは、王様
には嬉しくないものばかりだって、ようやく理解したらしい。

その〝期待〟を裏切らずにあたしは告《つ》げた。

「あたしは早いうちにお城から出ていこうと思ってます」

それを聞いた王様は、悲愴《ひそう》な顔をして叫んだ。

「何故だ!?」

あたしは率直に理由を述べる。

「宿泊費が払えないからです」

「は？」

　お城の滞在に費用が必要だという考え自体なかったんだろう。ぽかんとした王様に、あたしはくどくどと説明した。

「さっき説明した通り、ものを手に入れるためにはお金を払わなければいけません。ですがあたしは、お城に客として滞在できるほどのお金は持ってないんです。色々調《ととの》えてくれるテルミットさんへの報酬も、ランプとかの消耗品のお金も、お食事の代金だって払えません。王様はあたしを口説《くど》きたくて部屋を用意してくださったんでしょうけど、あたしは王様に口説き落とされるつもりは一切ないんです。なのに無料でお世話になるなんて、納税してる皆さんのことを考えたら申し訳なくてできません。台所の下働きに戻れたらいいんですけど、一旦お城のお客様扱いされたあたしがいると台所の皆さんがやりにくいでしょうから、お城の外に出て何か仕事を見つけたいと思います」

　あたしの話を聞き終える頃には、王様の表情は明るくなっていた。

「仕事がほしいということか。ならば舞花にふさわしい仕事があるぞ」

　王様が妙にはしゃぐので、あたしは嫌な予感を覚える。でも一応聞くことにした。

「それはどんな仕事ですか？」

「まずは朝、余を起こすのだ。『朝よ。起きて』と言いながら、余に優しくキスをする。

食事は『あ～ん』と食べさせ合い、執務の間は隣の部屋にいて、余が休憩に訪れると『お疲れさま』と言って出迎える。夜ももちろん一緒だ。一日を振り返って、『いい一日だったね』と笑い合って、枕を並べて眠る。子どもが生まれたら、余とそなたの間で眠らせ」

「却下!!」

恍惚《こうこつ》としながら語り続ける王様を、あたしは大声で止める。聞いてるうちにぞわぞわしちゃったじゃないの。こういう甘々な生活が好きな人もいるだろうけど、あたしはダメ。他人事として聞くのは平気でも、あたしは期待されるだけで恥ずかしすぎて逃げ出したくなっちゃう。

「何なのそのこっ恥《ぱ》ずかしい妄想は！　そんなの仕事なんかじゃない！」

「ですよね。それじゃまるで新婚生活です」

テルミットさんが的確な感想を言うと、ロット君も呆れたように言う。

「気が早すぎますよ。陛下」

「気が早いって問題じゃないです！　あたしはプロポーズは受けないって言ってるんですから、王様が今言ったようなことが実現する日は絶対来ません！」

〝絶対〟のところに力を入れて断言すると、王様は泣きそうな顔をする。大の大人がなんて顔してんだか。……そういう顔されるとまた弁解したくなるじゃないの。弁解すればまた誤解されるだろうからやんないけど。

渋い顔をしてると、あたしに目を向けたロット君が笑った口元を手で隠しながら言う。

「陛下の提案の是非《ぜひ》はともかくとして、舞花様は十分我が国のためになってくださってますよ。舞花様への求婚を始める前、陛下はしばらくの間ぼうっとなさっておいでで、執務にもほとんど手がつかない状態だったんです。それが求婚する許可をもらった途端、生き生きとなさって執務にも身が入るようになりました」

その〝許可〟を出したのが、あの人なのよね。……宰相サマの意図が読めてきたぞ。

ひとまずそのことは置いておいて、あたしはロット君にきっぱりと告《つ》げた。

「あたしは王様に仕事をしていただくことに関して責任を持てないわよ。だって、王様はまだプロポーズを諦めてないから、張り切って仕事なさってるのかもしれないけど、見込みがないとわかったら今度は全く仕事しなくなっちゃうかもしれないでしょ？　そうなったとしても、あたしは王様のごきげん取りなんかしないから」

当人のいる前だけど、あたしは遠慮なくものを言う。ここまで言えば、さすがの王様もプロポーズを断られてることを理解するでしょ。でなければ、よっぽどおめでたいか。

さあ、どう来る？　顎《あご》を上げて挑戦的に王様を見たけど、王様はやっぱりあたしの意図がわかってないらしい。何故か感極まってあたしに抱きついてきた。

「舞花は余のごきげん取りなどする必要はない。そのままでいいのだ」

やっぱり後者だった。

あたしは王様を引きはがす気力もなくなって、ぐったり肩を落とす。

「どなたか、王様にあたしの言葉を通訳してくれませんか?」

疲れた声で言うと、「くっくっ」という忍び笑いが聞こえてきた。

「陛下相手に苦戦してるみたいだね、舞花」

「そう思うんでしたら助けてくださいよ、フラックスさん」

フラックスさんはにまにまして、あたしの話をスルーした。

「仕事がほしいなら、僕が世話してあげるよ。僕の助手なんてどう?」

あたしにできるんだろうか? ちょっと不安を覚えながら言う。

「フラックスさんの助手って、何をするんですか? あたしにできることなんて、たかが知れてると思うんですけど」

「いやいや、すでにとても役に立ってるよ。君が側《そば》にいると、陛下の【救世の力】が成長しやすいからね。これからも陛下の側にいて、陛下の能力開発に貢献してくれると助かるんだ」

「……それって、さっき王様が言った〝仕事〟を言い換えただけみたい」

むすっとして言うと、フラックスさんは「ははは」と軽い調子で笑った。

「陛下の側にいてほしいって意味では同じだけど、内容は全然違うよ。陛下の【救世の力】には、この国の未来がかかってるんだ。陛下の能力が上がれば上がるほど、この国は安泰《あんたい》になる。陛下の能力向上に君が貢献してるって知れば、君が国費を使って贅沢《ぜいたく》することに誰も文句は言わないさ。――それに、我が国の秘密を知ってる舞花を、そう簡単に城の外へは出せないよ」

含みのある笑みを向けられ、あたしはいやーなものを感じて顔をしかめた。

「もしかして、それを狙ってあたしに国の重要機密を教えましたか？」

「え？　何のこと？」

わざとらしくとぼけられて、そうだったんだと確信する。昨夜からそうやってあたしを取り込もうとしてたなら、かなり食えない人だな。

「ま、それはともかくとして、実際問題、陛下がおとなしく君を城の外に出すと思う？」

「……思いません」

あたしの頭にすりすりし続ける王様の口からは「だから出て行かないで」という懇願交じりの声が聞こえてくる。あたしごときに何でこんなに執着できるのか、ホントわかんないわ。

深く長い溜息をつくあたしに、フラックスさんはにやっと笑いかけてきた。

「君がお城にとどまって僕の研究に協力してくれるなら、君がほしがってる情報について色々調べてあげる」

交渉うまいな、フラックスさん。思いつく限りの方法を試し尽くしちゃったあたしは、この話に乗るしかないじゃない。


今日も疲れた……

千里眼《せんりがん》もテレパシーも遮断できるっていう、特殊な石で囲まれたお風呂に入ってきたあたしは、寝巻に着替えるのは自分でできるとテルミットさんに散々断って、一人で寝室に入った。

寝室に張られた遮断布の中には先に明かりが置かれてて、ほんのりと内側から部屋全体を照らしてる。あたしはクローゼットの中から寝巻を取り出すと、遮断布をめくって中に入ろうとした。

が、めくった布をそのままそっと下ろし、回れ右して居間に戻る。

テルミットさんはまだ居間にいた。

「どうなさったんです？」

あたしは呆然と呟《つぶや》く。

「ベタな展開が待ってたの……」

まさかあたしにこんなことが起こるなんて、思ってもみなかった。ベッドの上に、横に寝そべり肘を突いて頭を支えてる王様。自分が潜り込んでる上掛けをめくり、さあ来いと言わんばかりに微笑んでた。

このシチュエーションってさ、普通モテすぎて困ってるような人に起こるもんだよね？　自分に恋い焦がれる相手が、ベッドに潜り込んで待ち構えるっていうシチュエーションはさ。

内心冷や汗だらだらでいると、テルミットさんは何が何だかさっぱりわからないという風に首を傾《かし》げて言った。

「〝ベタ〟って何です？」

この世界に存在しない言葉で、かつ同一の発音のものも存在しない場合は自動翻訳しないらしい。

今見てきたものを説明するのもはばかられ、あたしは頼む。

「申し訳ないけど、テルミットさんと一緒に休ませてもらえないですか？」

他の部屋を用意してもらうのは悪いし、用意してもらったところで王様が追いかけてこないとも限らない。一番安全なのは、テルミットさんのベッドだと思うのよ。テルミットさんがいれば、王様もさすがにコトには及べまい。

「は？　あの……」

突拍子のない頼みにテルミットさんが目をぱちくりさせてる間に、寝室から王様が飛び出してきた。

「何故ベッドに入ってこない!?」

「あんたがいたからに決まってんでしょう！」

敬語で言うのも馬鹿らしくて、あたしは素《す》の口調で怒鳴り返す。

「何故だ!?　余の側《そば》にいることにしたのではないのか!?」

「王様のこっ恥《ぱ》ずかしい妄想に付き合うためじゃありません！　あたしはフラックスさんの助手として」

あたしの話を、王様は途中で遮《さえぎ》る。

「フラックスと浮気するなど許さんぞ！」

「助手になることが何で浮気になるんですか!?　てか、王様とは付き合ってもいないんですから、浮気にはならないでしょ!?」

「何をしょうもないことで騒いでいるんです？」

ここで聞くとは思ってなかった声が割って入ってきたので、あたしはびっくりして飛び上がりそうになる。王様は全然驚いてないらしく平然とそちらに声をかけた。

「モリブデン、まだいたのか」

「ええ、帰宅しませんでした。こういう事態を想定していたからです。王様をお部屋にお連れしなさい」

後ろからついてきた人たちに、宰相サマは冷ややかな声で指示を出す。両腕を取られて部屋の外へ連れ出されそうになってる王様が縋《すが》るような目を向けてきたので、あたしも宰相サマの口調を真似て冷ややかに言った。

「お連れされなさい」

「舞花～！」

王様は情けない声を上げながら、あたしの視界から姿を消す。

宰相サマがこちらを向いたので、あたしは一応お礼を言った。

「ありがとうございます」

それに対して、辛らつな言葉が返ってくる。

「おまえのためではない。この国のためだ。おまえが王様の誘惑に屈しなくてよかった。

そのまま身の程をわきまえ続けていなさい」

へーへー、あたしのためじゃないだろうってことはわかってましたよ。オトナの礼儀として言っただけですって。

ちょうどいい機会だから訊《たず》ねてみた。

「宰相サマが、王様にあたしへのプロポーズを許可なさったって聞いたんですけど、ホントですか？」

さっさと出て行こうとしてた宰相サマは、振り返ってあたしを見下したような目で見る。あたしはそれに対抗するように睨《にら》み返して話を続けた。

「仕事が手につかなかった王様を懐柔《かいじゅう》するためですってね。オカゲで王様は、あたしと結婚できるって本気で思ってるようですよ？　あたしには迷惑千万《せんばん》な話なんですが」

宰相サマはあざけるような笑みを浮かべて言った。

「おまえのせいで一時的に腑抜《ふぬ》けてしまわれたが、陛下は賢明なお方だ。おまえとの戯《たわむ》れに満足すれば、ご自分の立場を思い出されるだろう。おまえは陛下が飽きるまで側《そば》にいて、求婚を拒否し続ければいいのだ。陛下と結婚できるなどとは、努々《ゆめゆめ》思わぬように」

やっぱりそういうことだったか。この宰相サマは、あたしに王様の遊び相手をせよと言ってるわけだ。あたしの気持ちゃ立場はおかまいなし。あたしのことを人間だとさえ思ってないんじゃないだろうか。むかっ腹が立ち、あたしはツンとして言った。

「よーくわかりました。じゃあ遠慮なくお城に滞在させていただきますね。ただし、あたしの滞在費用は宰相サマのポケットマネーからお願いします」

フラックスさんはあたしが遠慮しなくていいように助手の仕事をくれたけど、王様の側《そば》にいるだけで仕事になるって言われて気が引けてたんだよね。宰相サマがそういうつもりなら、もう遠慮はすまい。この不愉快な状況を甘んじて受ける代わりに、宰相サマのお金でせいぜい贅沢《ぜいたく》させてもらおう。

あたしとしては挑戦状を叩きつけたつもりだったんだけど、宰相サマは何故か感心したように、にっと口の端を上げた。

「陛下に贅沢を控えるよう説教したと報告を受けたが、本当だったらしいな。おまえが国費を使いつぶすような女でなくて何よりだ。好きなだけ贅沢をすればいい。ケチ臭いおまえの贅沢など、たかだか知れているだろうからな」

部屋に溢れんばかりの品々を拒《こば》んだだけでケチ臭いと言いますか、この人は。いつでも嫌味を忘れない人だな。

あたしは部屋から出ていく宰相サマに、「いーっ」とやってやった。例のごとく、心の中でだけどね。

4　お約束な展開が入ります

連日の騒ぎにさすがに疲れ、お城の客になって二日目の晩はぐっすり眠った。

すっきり目覚めた、三日目の朝。


「あ～ん」

性懲《しょうこ》りもなく昨日と同じことを繰り返す王様を、あたしはとっとと拳で黙らせる。

他人に暴力を振るうって、すっごく罪悪感があるんだけどね。ほら日本は、暴力は犯罪って国だから。だけど王様はどんなに拒否してもやめてくれないし、あたしに殴られるのも嬉しいみたいだからやむをえない。

テルミットさんやロット君は、にこにこ眺めてるだけで王様を止めてくれないのよね。王様のすることに異議を唱えられないっていうのもあるんだろうけど、それよりもこの状況を面白がってる節《ふし》がある。あたしが王様を殴って椅子ごとひっくり返しても、食事や食器に被害が及ばないようテーブルをタイミングよく持ち上げて協力してくれちゃう。自国の王様が暴力を振るわれても止めようとしないって、どうにも違和感があるわ。

とはいえ、この国の人間じゃないあたしが気にすることじゃない。王様がひっくり返った隙を無駄《むだ》にすることなく、あたしは朝食をぱくついた。

朝食のメニューは昨日とほとんど同じで、卵の調理法が違うだけ。今日はオムレツ。中にチーズが入ってて、ふわっとろなの。お皿に流れちゃったオムレツの中身を、ふかふかなパンで拭き取って食べる。元の世界でもこうやって食べる国があったけど、この国にもそういう風習があってよかった。そうじゃなきゃもったいないもん。黄金色に輝くオムレツの中身が。

椅子に座り直した王様に、あたしは食べながら訊《たず》ねた。

「何で『あ～ん』したいんですか？」

小さな子とか、怪我《けが》とか病気とかで自分じゃ食べられない人ならまだしも、いい大人になって食べさせてもらうなんて恥ずかしすぎる。さらに言うなら、食べさせるほうも恥ずかしくないか？

ところが、王様はそうじゃないらしい。不思議そうな顔をしながら言った。

「愛し合う者同士は『あ～ん』するものであろう？」

食べ物を食べさせ合って愛情を確かめるカップルを否定するつもりはないけど、あたしは勘弁。恥ずかしくて悶絶《もんぜつ》しちゃう。二人きりになったとしても無理。そもそも王様とは恋人同士でも何でもないし。

「どこでそんな知識を仕入れたか知りませんけど、あたしは遠慮します」

「遠慮することはないぞ」

「言い間違えました。断固としてお断りします」

ここまで言えばさすがに王様も理解できるのか、しょげて哀願《あいがん》するような目をあたしに向ける。あーあ、イケメンが台無し。王様の顔がどうなろうと、あたしには関係ないんだけど。

しょげる王様を見かねて、ロット君があたしを宥《なだ》めた。

「陛下は、舞花様にどれだけ愛情を持っているかわかってもらいたいのですよ。いいじゃないですか。ドレスや宝飾品と違ってお金もかからないですし」

笑いを堪《こら》えてるところを見ると、どうやら他人事だと思ってるらしい。そりゃあロット君は蚊帳《かや》の外だろうけど。

面白がられてるのが面白くなくて、あたしはむっとしながら言った。

「じゃあロット君が『あ〜ん』してもらったらどう？」

ロット君はにこやかに答える。

「陛下に『あ〜ん』していただくなんて恐《おそ》れ多い」

「『あ～ん』がどれだけ恥ずかしいか体験してもらいたいだけだから、あたしがやってあげてもいいわよ？」

何でだろうね？　嫌がらせだと思うと恥ずかしくなくなるの。にやっと笑ってソーセージを突き刺したフォークを差し出すと、面白がってたロット君が急に顔をひきつらせた。

「ええっと……それは遠慮させていただきたく……」

「ほら、やっぱり嫌でしょ？」

あたしは得意げに言う。けど、ロット君はあたしじゃなくて王様を見ながら早口で言い訳する。

「舞花様に『あ～ん』していただこうだなんて大それたことは考えてませんよ？　考えてませんからね？　舞花様も、『あ～ん』が恥ずかしいということを僕に体験させたいだけであって、僕に『あ～ん』したいと思ってるわけじゃないですよね？　今はご用がなさそうですので、陛下、執務室でお待ち申し上げております」

ロット君はお辞儀をして食事室から出て行く。礼儀正しいんだけど、妙に素速い動き。まるで早送りの動画を見てるみたい。

そんなロット君を唖然《あぜん》として見送った後、あたしはちらっと横を見る。

王様はつららのように冷ややかな目を、ロット君が出ていったドアに向けていた。

あまりに予想通りすぎて、あたしは頭を抱えたくなる。自分に忠実な部下さえやきもちで威嚇《いかく》しちゃうなんて、かなり見境《みさかい》がないな。その見境のなさの原因が、特に取り柄《え》のないあたしだというのだから、困惑を通り越して実感ゼロなんだけど。

それにしてもロット君。王様に睨《にら》まれて逃げたくなるのはわかるけどさ、自分から話を振っておいて逃げるなんてずるいと思うの。

恨みがましくドアを見つめてたら、王様の首が目の前に伸びてきた。あたしは間一髪で、自分のフォークを王様の口から遠ざける。危ない危ない。王様に『あ～ん』しちゃうところだった。

あたしがフォークに刺してたソーセージを自分の口に入れると、王様は見るからにがっかりした。それでもめげないらしく、フォークに揚げ野菜を刺してあたしの鼻先につきつけてくる。

「一口くらい、いいではないか。ほら、あ～ん」

ここまでしつこいと執念さえ感じる。けどあたしは、プロポーズを受けるつもりがないって意思表示するためにも王様の要求には屈しないほうがいいと思うのよ。

あたしは王様のフォークを押しのけながら、残り少なかった朝食を食べ終える。

「ご自分の分はご自分で食べてください。あたしは食べ終わりました。ごちそうさま」

あたしがさっさと立ち上がると、王様も席を立とうとした。

「余も朝食はこれで終わりにする！」

あたしは王様を見てびしっと言い放つ。

「食事を残すなんてもったいないことは、誰が許してもあたしが許しません！」

王様は泣きそうな顔をしながら椅子に座り直し、朝食をせっせと口に運ぶ。キライな食べ物を無理にでも食べろと言われてるお子様のようだ。こんなんが王様でこの国大丈夫なの？

王様は食べながらちらちらちらとあたしを見上げて、〝行かないで〟と目で訴えてくる。しょうがないな……

あたしはため息をついて、椅子に座り直した。残すのを許さなかったのはあたしだもんね。これくらいの譲歩はしてやらんと。

椅子に座って腕を組んだあたしに、王様はきらきらした目を向けてくる。嬉しそうだな。まさにお子様だ。

苦笑しながら王様が食べ終えるのを待ってたんだけど、待てども待てども彼の皿は空にならない。それもそのはず。ちょびっとずつ口に入れては長いこともぐもぐしてるから、なかなか料理が減らないのだ。

なんという涙ぐましい努力。そんなにあたしと一緒にいたいの？

こんな風に甘えられると微笑ましい気分になってくる——って、だからあたし！

血迷ってにやけるんじゃない！

顔を引き締めてごまかしてると、廊下側のドアが三回叩かれ宰相サマが入ってきた。

「陛下、まだ朝食を終えてらっしゃらないのですか？　リグナシカ王がお越しになり、謁見《えっけん》を願い出ておられます。お早くお支度を」

「リグナシカ王が？」

王様は一瞬顔をしかめると、わずかな残りをあっという間に食べ終えて席を立つ。

「舞花、謁見を終えたらすぐ戻ってくるからな」

王様は甘々な笑顔と声をあたしに投げかけると、宰相サマに続いて早足で出ていく。

リグナシカ王ってどなた？

名前を聞いた途端、すたこら去っていった王様に唖然《あぜん》としてると、テルミットさんがにこにこと声をかけてきた。

「謁見の様子をこっそり覗《のぞ》きに行きませんか？」

「へ？　何でですか？」

「謁見《えっけん》の行われる儀式の間は、階上の通路から覗《のぞ》けるようになっているんです。陛下のかっこいい姿が見られる、絶好の機会ですわ」

何か勘違いされてる？

「絶好の機会って……あたし、王様のかっこいい姿を見たいわけじゃないんだけど」

「他にすることもございませんし、参りましょう」

やんわりでありながらやけに強引なテルミットさんに促《うなが》されて、あたしは部屋を出た。

テルミットさんは一階に降り、緩《ゆる》やかなカーブになってる長い回廊を延々と歩いた。

一か月もお城で仕事してたのに、こういう場所があるなんて知らなかった。毎日忙しくて移動できる範囲も限られてたから、お城の中なんて見て回れなかったしね。

回廊の左側はギリシャ風の柱が一定間隔に並んで天井を支え、柱の間からは城下の街並みが望める。右側は白く塗られた壁だけで、窓の一つもない。

お城は、国の中央にそびえ立つ山の裾《すそ》野に張り付くように建てられてるんだ。もしかすると、この回廊は山の裾野に沿って作られてるのかもしれない。

その山は、山としてはあり得ない形をしてる。裾野のほうは普通に坂になってるのに、お城のある辺りから、空に向かって垂直に延びてるの。円筒状の山は高くそびえ立ち、その頂《いただき》は雲の中に消えちゃって見えない。まるで人が造ったみたいだけど、人が造れるような規模じゃない。――もしかして、この山って【救世の力】で造られたんだったりして。……んなわけないいか。

歩いてるうちに、ようやく終着点が見えてきた。突き当たりには左側にさらに伸びる回廊、右側に青灰色《せいかいしょく》の石でできた螺旋階段《らせんかいだん》がある。テルミットさんは螺旋階段を上がって、二階の回廊に入った。

二階の回廊からは、プロ野球のグラウンドくらいはありそうな広いホールが見渡せる。

「うわあ……」

あたしは思わず感嘆の声を上げた。

高さは四階か、それ以上はあるだろうか。その天井を、ギリシャ風の彫刻が施《ほどこ》された柱が等間隔に並んで支えてる。その高くて太い柱の色は、輝くばかりの白。回廊の手すりになってる部分は青灰色の壁になってて、蔓草《つるくさ》みたいな金色の模様が描《えが》かれている。

人が造ったものとは思えない。その壮麗さに圧倒される。

壁より濃いめの青灰色をした床の中央には、ふさふさの白髪の男性が二人の男性に支えられて立っていた。

「お言葉に甘えて控え室で休まれたほうが」

「ならん！　ソルバイト陛下がおいでになるのをここでお待ちしなくて、どうやって我が国の誠意を示すことができる!?」

支える人の心配をよそに、白髪の男性は興奮気味だ。声がかなり震えてるけど、大丈夫なの？

状況が呑み込めずにいると、テルミットさんが声をひそめて教えてくれた。

「二か月ほど前に行われた【宣誓の儀】で、病床にあったリグナシカ王に代わって世継ぎの王子が臨席したのですけど、その際に王子が陛下に無礼を申したのですわ。王は、それを謝罪に来たのでしょう」

ということは、リグナシカ王って真ん中で支えられてるあの人のことか。王様がいそいそと出ていくから、てっきり妙齢の美女かと思った。単に、それ以外に若い男の人が急ぐ理由を思いつかなかっただけなんだけどね。

で、無礼って、王子とかいう人は何したんだろ？　立ってることも難儀そうなのに、二か月も前の息子の無礼について直接謝罪に来るって何か違和感あるんだけど？　――という疑問も湧いたけど、まず基本的なことから訊《たず》ねることにする。

「【宣誓の儀】って何ですか？」

「属国が三年に一度、我が国への忠誠を誓い直す儀式ですわ。今回のように謁見《えっけん》に使われることもありますけど、本来ここはその儀式を行うための広間なんです。そのため、【儀式の間】と呼ばれています」

「そうなんだ……それで、リグナシカって国の王子様？　その人ってどんな無礼をやっちゃったの？」

テルミットさんは声を抑えながらも憤慨《ふんがい》して言う。

「【宣誓の儀】の最中に、陛下に妹王女との結婚を勧めたのですわ。しかもその見返りとして、自分の国の軍を貸してやるなどとほざきやがりまして」

結構口が悪いな、テルミットさん。——とは言わず、黙って話の続きを聞く。

「軍を持たずとも自国と属国を守り続けてきたことは、我が国の誇りです。リグナシカの王子の発言は、その誇りを蔑《ないがし》ろにし、宗主国たる我が国を見下したも同然ですわ。しかもすべての属国の王が集まる【宣誓の儀】の最中に。その無礼な振る舞いに他の属国の王たちも怒《いか》っておりましたけど、それを穏便《おんびん》に収められたのが、我らが王ソルバイト様だったのです。陛下はここの硬質な壁に大穴を空けるほどの力を放ちながら、悠然《ゆうぜん》とした態度でリグナシカの王子の無礼を軽くかわされまして。大変ご立派でいらっしゃいましたわ」

テルミットさんは、話し終わった後にうっとりとため息をつく。

妙に芝居がかってるわ。テルミットさんがあたしをここに連れてきたかった理由はわかってたけど、そうまでして王様のことをあたしにPRしたいの？　王様にプロポーズの許可をした宰相サマは、王様と仲良くなりすぎないようあたしに釘刺してきてるのに、いいのかな？

そんなことをつらつら考えながら、何気なく視線を広間に向けた時、あたしは「ん？」と自分の目を疑った。

今、何もないところから人が現れたような……

見間違いかと思ってると、広間の壁に沿って次々と人が現れる。ドアを開けて入ってきたとか、物陰から出てきたとかいうんじゃない。何もないところに一瞬で人が――

「き」

悲鳴を上げかけた瞬間、テルミットさんに口をふさがれ、手すりの陰にしゃがみこまされる。

「瞬間移動の術ですわ。離れた場所に瞬時に移動できる装置がございまして、それを利用すれば、遠く離れた属国からもひとっとびです。リグナシカの王も、その装置を利用して謁見《えっけん》にやってこられました。今、飛んできた者たちは我が国の先触れです。陛下がもうすぐお越しになるのですわ」

は……ははは。この世界には【救世の力】以外にも、不思議なものがあったのね。

ユーレイが現れたかと思ってびっくりしたじゃない。

あたしが落ち着いたのがわかると、テルミットさんはあたしの口から手を離して、身振りで下を見るよう促《うなが》してくる。あたしはそれに従い、手すりの上からそろそろと下を覗《のぞ》く。

広間の床より数段高くなっているところに、ちょうど王様が姿を現したところだった。

朝食の時と、服装が違う。目の覚めるような真っ青な上下に、裾《すそ》を引きずるほど長いマント。それらには金銀のボタンや縁取り、飾り紐がついていてすごく豪華。その衣装が、プラチナみたいに輝く髪をした王様にすごく似合うんだ。

うっかり見惚《みと》れてしまっていると、しゃがれた大声が聞こえてくる。

「いと高き山より崇高なる使命を帯《お》びて我らを統《す》べる、王の中の王、ソルバイト・フェルミオン陛下！　このたびは謁見の許可を賜《たまわ》り、恐悦至極《きょうえつしごく》に存じます！」

支えてくれてるお付きの人たちをふりほどき、リグナシカの王は這《は》いつくばるようにひれ伏した。お付きの二人も、慌ててそれに倣《なら》う。

王様は三人を見下ろしてため息まじりに言った。

「リグナシカ王よ。控え室で待つよう申し伝えたはずだが、聞いておらぬのか？」

リグナシカ王は、遠目にもわかるくらいびくっと震えて言い訳をする。

「謝罪に参りましたからには、控え室にこもり陛下のお出ましをお迎えせぬなど、とんでもないことにございます。愚息《ぐそく》のしでかしたこと、まことに、まことに申し訳ありません！」

「そなたがそういう人物であるとわかっておったから、申し伝えたと言うに。――ロット！　ここに長椅子を持て」

「かしこまりました」

その場を離れようとするロット君に、宰相サマも声をかける。

「ロット、陛下の椅子も」

「はい」

ロット君が広間の壁際に立ってた人に声をかけると、数人が駆け足で動き出す。

「ソルバイト陛下！　そのようなことをしていただいては」

王様は、慌てるリグナシカ王に近づき、その前に膝をついて声をかけた。

「まだ起き上がっていいほど回復しておらぬであろう？　今そなたにもしものことがあったら、リグナシカはどうなる？」

王様に諭《さと》すように言われて、リグナシカ王はがっくりと項垂《うなだ》れる。

そこに長椅子と肘掛け椅子が運ばれてくる。その長椅子の肘掛けの部分にいくつか枕が置かれると、リグナシカ王はおとなしく上半身を預けて口を開いた。

「謝罪に伺《うかが》うのが遅くなって申し訳ありません。我が病状を慮《おもんぱか》った臣下の者たちがひた隠しにしておりましたため、事の次第を知ったのが昨夜遅くでして――げほっげほっ」

勢い込むあまり、咳《せ》き込んでしまう。肘掛け椅子に座った王様は、そんなリグナシカ王を見て前屈みになり、宥《なだ》めるように優しく言った。

「急くでない。ちゃんと聞いてやるから、話し終わったらおとなしく養生《ようじょう》するのだぞ」


リグナシカ王は、年を取ってから生まれた息子を可愛がるあまりに甘やかして育ててしまったことへの後悔を語った。家臣も甘やかしたためプライドばかりが大きく育って、リグナシカがこの国に恭順《きょうじゅん》を示さなければならないことに常々不満を漏らしていたんだそうだ。

リグナシカ王が病《やまい》で伏せって、【宣誓の儀】に臨席できそうにないとわかった時、王様は息子を代わりに寄越せばいいと言った。寛大にも宗主国の王にそう提案されては、王子を出さないわけにはいかない。不安は多々あったものの、リグナシカ王はよくよく息子に言い聞かせて【宣誓の儀】に送り出したのだと言う。

「それが間違いでした。よりにもよって【宣誓の儀】の最中にソルバイト陛下やディオファーンを愚弄《ぐろう》する発言をするとは。昨夜事の次第を聞いて愚息《ぐそく》に問い質《ただ》したのですが、反省の色がないばかりか、誓約を破棄すべきとまで言い出す始末。我が国がディオファーンよりどれほどの恩恵を受けているか、まるでわかっておらんのです。このまま心を入れ替えぬようなら、廃嫡《はいちゃく》も考えております」

仮にもいずれ国を背負って立つ人間が、他国を侮辱して波風立てるような真似しちゃダメだよね。育て方も悪かったのかもしれないけど、リグナシカ王の苦労が偲《しの》ばれるわ。

王様は考え事をするかのように少し押し黙った後、リグナシカ王に提案する。

「そなたの王子を、しばらく我が国で預からせてもらえまいか？　王女を伴侶《はんりょ》に迎えることはできないが、王子との親交であれば歓迎する。――互いをよく理解すれば、よい関係を築くこともできよう」

王様の申し出に、リグナシカ王は慌てた。

「そのような甘いことをなさってはなりません！　【宣誓の儀】で無礼を働いた愚息を厚遇しては、他の属国は不満を抱き、陛下のご威光を疑うでしょう。やはり廃嫡が一番正しいのです」

「その程度のことで威光が失われるというのなら、それは余にそなたらを統《す》べる王として不足があるということだ。その際には、そなたらに認められるよう一層励もうぞ。――それに、そなたは息子に王位を譲《ゆず》りたいのであろう？」

「ソルバイト陛下……」

リグナシカ王がそう呟《つぶや》いたかと思うと、涙を堪《こら》えるようなうめき声が聞こえてくる。

あたしは思わずもらい泣きしそうになった。

廃嫡になんかしたくないよね。そう口にした時のリグナシカ王の声は、すごく辛そうだったもん。でもそれくらいのことをしなきゃ、他の属国やディオファーンに対しても示しがつかないと思ったんだろう。苦渋の選択だったに違いない。

王様はその気持ちを汲《く》んで、別の道を示した。

――その程度のことで威光が失われるというのなら、それは余にそなたらを統べる王として不足があるということだ。

その程度じゃ自分の立場は揺るがないという自信と、たとえ今回のことで失望されても責任は自らにあると言い切る度量。言うことかっこいいじゃん。これまでには見られなかった立派な王様っぷり。ちょっとときめいちゃったじゃない。

リグナシカの王子様がこの国に来ることに関していくつかの話をすると、王様が締めくくるように言った。

「では準備が整い次第、王子を我が国に寄越すように。そなたは約束通り、すぐに国に帰ってしっかりと養生《ようじょう》するがよい」

「ご温情、感謝いたします」

その話の最中、あたしは腰を低くしたままそろそろと移動していた。そんなあたしに、テルミットさんが声をかけてくる。

「どうなさったんですか？」

「うん……そろそろ戻ろうかなって思って」

王様が気付かないうちに退散しときたいな、なんて思いましてね。

けど、うっかりしてたんだ。

「舞花！」

王様に大声で呼ばれてびくっとする。

「そこにいるのであろう？　帰りは瞬間移動で戻ろう」

「え？　いつからバレてたの？」

あたしの疑問に、テルミットさんがさらりと答える。

「最初からではないですか？　王様は千里眼《せんりがん》とテレパシーの力をお持ちですから」

そうだった。遮断布のおかげで一旦安心したせいか、すぐに忘れるのよね。

観念して下に降りていくと、リグナシカ王とお付きの人たちの姿はもうなかった。

妙にわくわくした様子で、王様が訊《き》いてくる。

「どうであった？　余の仕事っぷりは」

「舞花様がいらっしゃるとわかった途端、陛下が浮かれてしまって大変だったんですよ。陛下が普段通りに振る舞われれば舞花様が好きになってくださるかもしれませんよと申し上げて、ようやく落ち着かれたんです」

王様の斜め後ろにいるロット君が苦笑しながら教えてくれたけど、それバラしちゃ台無しでしょ？　〝だったら今のは単なる演技だったんじゃないの？〟って疑ってしまう。

でもまあ、急いで食事室から出ていった理由がわかりましたよ。リグナシカ王の体調を気遣ってのことだったのね。リグナシカ王の病状を思えば当然のことかもしれないけど、うっかり忘れてしまいがちなこういう気遣いができる人っていいなって思う。

「うん……まあちょっと見直しました」

照れもあって抑え気味に言ったのに、王様はぱあっと顔を輝かせた。

「本当か!?」

「いちいち抱きついてこないでください！」

王様が手を伸ばしてくるので、あたしは自分の手を前に突き出して阻止する。何て言うのかな？　恋人繋ぎみたいに手のひらを合わせて、体重をかけるみたいな力比べ状態。あたしのほうが力ないから押され気味だけど。

テルミットさんが脇からにこにこと声をかけてきた。

「よかったですね、陛下。舞花様に認めてもらえて」

「言っておきますけど！　だからといって王様を好きになったわけじゃないですから！ちょっと！　聞いてますか!?」

無言で睨《にら》んでくる宰相サマにひやひやしながら、はしゃぐ王様の誤解を解くのに、それからしばらく時間がかかった。はー、やれやれ。


王様の仕事は、もちろん謁見《えっけん》だけじゃない。

ぐずる王様を何とか言い聞かせて執務に送り出したあたしは、へろへろになりながら部屋に戻った。

居間に入ると、まっすぐソファーに向かってどさっと腰を下ろす。

お城のお客扱いされるようになってからの濃厚な日々はいったい何なの？　まだ三日

目なのよ？　実際は二日前の夕方からだから、まだ丸二日も経ってない。なのに騒ぎが次々起こって、台所で下働きしてた時より疲れたような気がする。

朝っぱらから何だけど、少しの間休んでたい。

そう思って背もたれにぐったりもたれかかってたのに、廊下に続くドアがいきなり開いて、駆けつけたテルミットさんと来客との間で押し問答が始まった。

「舞花様にお伺《うかが》いいたしますから、少々お待ちください」

「んまあ！　舞花ごときにお伺いを立てるために、ヘマータ様をお待たせするつもり!?」

ん？　ヘマータって名前に聞き覚えはないけど、この声は……

ソファーから顔を上げてドアのほうを見ると、来客の一人とばっちり目が合う。やっぱりコークスさんのブラコン妹だ。名前は確か……ウェルティ。彼女はあたしが名前を呼ぶと嫌な顔をしたし、あたしは脳内でブラコン妹って呼び続けてたから、うろ覚えなのよね。

ブラコン妹は、目を吊《つ》り上げてあたしを罵《ののし》った。

「舞花！　ようやくウチから出ていったと思ったら、今度はお城にお客として滞在するなんて、つくづく図々しい女ね！」

テルミットさんはあたしと彼女の間に割り込んで、きつい口調で言う。

「ウェルティ様といえど、陛下が求婚なさった女性にそのような口をきくことは許されませんよ」

あ、名前はウェルティで合ってたんだ。

ウェルティは怒りに鼻を膨らませ、顎《あご》を上げて尊大な態度で言った。

「テルミット、いいこと？　この女はね、王家の血を引いてるどころか、この国の人間ですらないの。どこの国の人間なのかもわからない女に、陛下の求婚を受ける資格などあるわけないいじゃないの！」

そこに、ちょっと深みのあるきれいな女性の声が聞こえてきた。

「ウェルティ。廊下でそのように騒いでは、はしたなくてよ」

「す……すみません。ヘマータ様」

ウェルティが頭を下げてドアのところから離れたかと思うと、代わってそこに別の人物が立った。

「わたくしはヘマータ・リウヴィルといいます。少々お話させていただきたいのですけど、よろしいかしら？」

こんな風に丁寧に言われちゃ、断るのも失礼ってもんよね。

テルミットさんに案内されてあたしの前のソファーに座った女性は、今までに見たことがないくらいの美女だった。

淡い金色の巻き髪に、エメラルドみたいな緑の目。小顔で、頬も唇も女性らしくふっくらしてる。髪と同じ色のまつげは瞳がけぶるほどばさばさ。腕は長袖の上からでもほっそりしてるのが見て取れ、胸はメロンかってくらい大きいのに腰はきゅーっと細くて、同じ女としてうらやましい限り。

彼女の隣に座ったウェルティは、顎を上げて偉そうに言った。

「改めて紹介いたしますわ。この方はヘマータ・リウヴィル様。王家の次に古い家系を持つ名門リウヴィル家のご令嬢ですの」

自慢げに言われたって、この国の人間じゃないあたしにはぴんとこない。それでも相手が友好的であれば理解しようって思うけど、敵意丸出しで見下されちゃその気も失せる。

「はあ……」

あたしが気の抜けた返事をすると、ウェルティは眉を吊《つ》り上げて怒り出した。

「〝はあ……〟って何!?　ヘマータ様は王家の方々に次ぐ身分をお持ちなのよ!?　わた

くしに対する態度といい、バカにしてるの⁉」

キンキン声でわめくウェルティに、あたしはげんなりする。

コークスさんがいないとこんな風になっちゃうなんて残念。お屋敷でお世話になってた時はコークスさんと一緒にいるところしか見たことなかったから、気付かなかったのよね。あの時はコークスさんにべったりくっついてて、睨《にら》みつけられてもちょっとはかわいいなって思ってたのに。

ウェルティも美人の部類に入る子なのよ。艶《つや》やかで少しウェーブのかかった銀灰色の髪。サファイアを思わせる深く澄んだ青の瞳は大きくて、まつげはもちろんばさばさ。ヘマータさんほど胸は大きくないけど、十代らしいからまだ成長する可能性大だし、フリルやレースがすごく似合っててお人形さんみたいなんだ。仲良くなれてたら着せ替えごっことかしてみたかったんだけど、本当に残念。

あたしがこうしてちょっと考え事をしてる間にも、ウェルティの文句は続いた。

「コークスお兄さまに対してもそう！　わたくしたちの家も貴族の中でも古くから続く上位の家系なのに、その次期当主であるお兄さまを『様』付けしないなんて失礼だわ！　お兄さまもあなたのように身分のない者に、どうしてそんな無礼をお許しになったのかしら」

そんなの、あたしも知らないわよ。コークスさんは出会った瞬間から親切すぎるほど親切だったけど、その理由はさっぱりわからない。博愛主義？　あたしに一目惚れしたとか？　——まさかね。あたしは一目惚れされるような美人じゃないし、コークスさんから好意は感じても親しい友人以上のものを感じたことは一度もないもん。

ソファーに楚々《そそ》として座りウェルティの喋《しゃべ》るに任せていたヘマータさんが、おもむろに口を開いた。

「ウェルティ、彼女はこの国の人間ではないのですから、わからないのは仕方のないことだわ。ですからわたくしたちが出向いたのではありませんか。舞花にこの国にとって大事なことを理解してもらうために。——舞花、わたくしが今からする話をよくお聞きなさい。いいですね？」

うわー、完全に上から目線。この態度からしてあたしにとって楽しくない話だと予想がついたけど、この国を知らないことは事実なので、おとなしく拝聴《はいちょう》することにする。

「我が国ディオファーンは、伝承の時代より周辺の国々を従えてきました。……」

厳《おごそ》かに話し始めたけど、内容は一昨日《おととい》にフラックスさんが話してたことと同じだった。それを押しつけるように言われるもんだから、あたしの聞く気はどんどん削《そ》がれていく。

あたしの集中力が散漫になってるのに気付いたヘマータサマ——あたしの中で、この人も宰相サマと同じ扱いにすることに決定――が、目を吊《つ》り上げて怒った。

「聞いてらっしゃるんですの？」

腹は立つけど余計な波風を立てるまでもないと思い、あたしは殊勝《しゅしょう》に答える。

「はい、聞いてます。要約すると、王様に代々受け継がれてきた【救世の力】が、この国を守り続けてるってことですよね？」

「お城に客人として滞在する身分ならば、『陛下』とお呼びなさい」

「ああ、はい。『陛下』ですね」

あたしにそんな身分があるわけじゃないけど、それを言ったら余計面倒なことになりそうなので、黙って素直に言うことを聞くことにする。

話を仕切り直そうとしてか、ヘマータサマはこほんと小さく咳払いした。

「そうです。ですからわたくしたち【救世の力】を持つ者はこの力を守り、受け継いでいかなくてはなりません。そのために我が国は、様々な掟《おきて》を守ってきました。【救世の力】を持つ血族――〝貴族〟の者は他国の民との結婚を禁じられています。貴族や貴族と結婚した者は、基本的に他国に赴《おもむ》くことを許されていません。そして何より守られなければならない掟が、『国王は我が国の貴族としか婚姻してはならない』というものです」

ヘマータサマの話が途切れたところで、ウェルティがあたしを睨《にら》みつけながら話し出す。

「ヘマータ様はね、名門のお家柄というだけでなく、血族の女性の中で一番の【救世の力】をお持ちでいらっしゃるの。陛下とお年も釣り合うし、これ以上ない縁組だから国中がご成婚を期待してるのに、あなたが現れたせいでおかしなことになったのよ!」

げっ、この人も王様――じゃなかった、陛下みたいな力を持ってんの? あんまり怒らせないように気をつけなきゃ。あたしはフラックスさんみたいに軽傷ではすまないから。

でもって、この訪問の主旨がわかってきたゾ。ヘマータサマは陛下のお后《きさき》候補ナンバー1で、そのご結婚を突如阻《はば》むことになったあたしを見に来たって訳《わけ》だ。――いや、お姿をハイケンした段階で、ある程度予想がついてたけどさ。

にしても、ウェルティもそんなことをあたしに言ってもらったって困る。あたしだって陛下にプロポーズされて困ってるんだから。あたしはちゃんと断ってるのに、それを聞き入れない陛下のほうが問題なんじゃないの? ――と文句を言いたいのを堪《こら》えていると、ウェルティは顎《あご》を上げて蔑《さげす》んだ視線をあたしに向けた。

「どうやって陛下に取り入ったか知らないけど、舞花、あなたが陛下と結婚するなんて絶対にありえないことなの。陛下と結婚して贅沢《ぜいたく》な暮らしができるかもなんていう分不相応な夢を見てないで、お城から——いえ、この国から出ておいき！」

最後のセリフは、立ち上がって高らかに言い放つ。

えー……ただ今お約束な展開が入りました。陛下がどこの馬の骨とも知れない女と結婚するのを阻止すべく、意地悪をしに来た女の集団。——って言っても、二人だけだけど。

わざわざご苦労なことだわ。あたしが陛下のプロポーズを断ってるって聞いてないの？

人ってさ、聞きたいことだけしか聞こえないってことあるよね。陛下のプロポーズを断る女がいるわけないっていう思い込みがあって、それと食い違う情報は頭に入らないんだろうな。

話を聞いてくれるかわからないけど、一応説明を試みる。

「そうしたいのは、やまやまなんですけどね」

「そういうわけにはいかないんだな」

あたしの言葉を遮《さえぎ》ってこの場にいないはずの人の声がした。それを耳にしてあたしはソファーから飛び上がる。

話し込んでたから、来てたのに気付かなかったわ。あたしはドアのほうを振り返る。

「フラックスさん……」

「お話中にごめんね。お邪魔していいかな？」

戸口から礼儀正しく訊《たず》ねてくるフラックスさんに、あたしはほっとしながら答えた。

「どうぞ。ぜひ」

ヘマータサマとウェルティがすでにいることだし、フラックスさんがいれば二人の意地悪も少しは控えめになるかな、なんて期待してみたりして。

「あの……僕もお邪魔していいかな？」

戸口に立つフラックスさんの脇から、コークスさんが遠慮がちに顔を覗《のぞ》かせる。フラックスさんと一緒に来るなんて、結構仲良かったりするのね。こういうのを目の当《ま》たりにすると、改めて自分が遠回りしたことを実感するわ。

あたしが〝いいですよ〟と言う前に、ウェルティが勢いよく立ち上がり、弾《はず》むように戸口に駆け寄った。

「お兄さま！」

フラックスさんを押し退《の》けるようにして、コークスさんにしがみつく。

「お兄さま、どうしてこちらに？　まさか、また舞花に関わろうとなさってるんじゃないでしょうね？　舞花は自分からわたくしたちの家を出て行ったの。もうお兄さまが気にすることなんか、これっぽっちも！　ないんですのよ？」

『これっぽっちも』に力を入れて、ウェルティはコークスさんに訴える。

世話になっただけのあたしにもこれだけ敵意丸出しにするんだから、コークスさんに恋人ができたらもっと大変だろうな。

コークスさんは、優しくウェルティを諭《さと》した。

「ウェルティ、舞花はたった一人で、誰も知る人のいないこの国に来てしまったんだ。保護者のいない彼女を、一番最初に見つけた僕が気にかけるのは当然のことなんだよ」

「何をおっしゃってるんですの！　舞花は台所の下働きとしてだって『立派に』！　やってこれたのよ!?　そんな人が保護してもらう必要なんてあるもんですか！」

コークスさんは表情を変えないまま、ふと訊ねた。

「それで思い出したけど、ウェルティ、舞花が城に来る手配は確か君が責任持つって言っていたよね？　舞花が一向に城にやってこない理由を、君は『どこかで道草をくってるんじゃないか』と言っていたけど、舞花は何故お城の台所で働くことになったんだい？」

「そ……それは……」

ウェルティは口ごもる。後ろ暗いもんね。愛するお兄さまに、あたしをお城の裏口から入れて下働きにしただなんて言えるわけがない。——ていうか、コークスさん。このことに言及するの遅くない？　お城で再会したのは一昨日《おととい》の夕方なのに。相変わらずののんびり屋さんだな。

そんなのんびり屋でおっとりしたコークスさんも、今回は機敏に動いてくれたようだ。

〝めっ〟と叱るように目を吊《つ》り上げて、ウェルティを問い詰める。

「君がヘマータと一緒に、舞花の部屋を訪ねていると聞いて、慌てて来たんだ。君がわざわざ訪ねるなんて、舞花を困らせてやしないだろうね？」

「困らせてなんていませんわ！」

ウェルティは、今度はきっぱり否定する。そうよね。困らせに来てるんじゃなくて、意地悪しに来てるんだもんね。

コークスさんに「だったら何しにここへ？」と訊《き》かれ、ウェルティはまた口ごもる。

そのウェルティに代わって、ヘマータサマがつんとすまして答えた。

「ウェルティには、わたくしが案内を頼んだのです。わたくしはこの者に道理を教えに来ただけですわ。陛下のご厚意に縋《すが》ってないで、早々にお城から立ち去るようにと」

「だから、そういうわけにはいかないんだな」

フラックスさんは歩いてきて、あたしが座ってる一人掛けソファーの背に両手を置いて言う。

「舞花には、僕の助手になってもらったんだ」

ヘマータサマは眉をひそめる。

「助手ですって？　この者に何ができるというの？」

フラックスさんはそれに強い口調で反論した。

「舞花は、実に優秀な助手だよ。舞花が来てから、陛下の能力は飛躍的に上がったんだ」

やめて～。陛下にやきもち焼かせるのが仕事って、アホみたいじゃない。

ヘマータサマもそう思ったのか、さらに眉をひそめた。

「陛下への返答を焦《じ》らして弄《もてあそ》んでいるだけではないの。それのどこが助手の仕事だというの？」

あ、一応あたしと陛下の間でどんなやりとりがあったか聞いてるっぽいな。事実を思い切り捻《ね》じ曲げてるけど。

ヘマータサマは盛大なため息をついて続けた。

「前からですけど、フラックス、あなたが何を考えているのかさっぱりわかりませんわ。

この者を助手と騙《かた》って城に留《とど》めて、いったい何をしたいのです？　もし陛下とこの者との間に間違いが起こるようなことがあれば、どこのものとも知れぬ血によって血族の血筋が汚《けが》されることになるんですのよ？」

ヘマータサマやウェルティの態度には腹が立つけど、彼女たちの言い分はわからんでもないのよね。

フラックスさんからうっかり国の重要機密を聞かされたせいで、この国では王家の血筋を濃く保つのが最重要事項だとわかってる。この国と属国を守るために、より強い力を引き継いでいかなくちゃならないからね。ハッタリがバレないうちに、伝承にあった力を復活させる必要もあるし。

ウェルティはもちろんのこと、あたしより少し年上と思われるヘマータサマだってまだ若い。そんな人たちが国のことを真剣に考えてるっていうのに、騒ぎの元になったあたしが知らぬ存ぜぬを通すなんて失礼だと思うのよ。少なくともあたしはこの国に混乱を招くつもりは毛頭ない。

あたしは話が途切れた隙に口を挟んだ。

「あの、そのことについてはご安心ください。あたしは最初から、陛下のプロポーズを受けるつもりはないんです」

ウェルティがすかさず食ってかかってくる。

「嘘よ！　だったら何故まだここにいるの⁉　陛下の求婚を受けるつもりがなかったなら、お城からとっとと出ていけばよかったじゃないの！　それをしないのは、本気で陛下を振る気がないってことでしょ⁉」

信じてもらえるとは思ってなかったけど、それにしたって気遣った相手にこう噛みつかれるとツラいわ。

顔をひきつらせていると、フラックスさんがあたしを庇《かば》ってくれる。

「いや、舞花は城から出ていくつもりだったさ。それを僕が助手になってほしいと言って、留まってくれるようお願いしたのさ」

今度はヘマータサマがフラックスさんに食ってかかった。

「陛下が力を暴発させて部屋を壊してるって話は聞いてるわ。でもそれのどこが向上なの？　感情が高ぶれば【救世の力】が強まるのはわかり切ったことじゃない。そんな一時的な能力の向上なんて、ものの数に入らないわ！」

また論点がずれてしまった。あたしの話を最後まで聞いてくれれば、ヘマータサマたちも安心できるのに。

「あのー……」

あたしは口を挟もうとしたけど、白熱した人たちの耳には届かない。

「陛下は新しい能力に目覚めたんだよ。これは感情の高ぶりによる一時的なものとは考えにくい」

「何故そう言い切れるのです!? そんな曖昧《あいまい》なものに期待してこの者を引き留めて、間違いでも起きたらどうするのですか!?」

「そうですわ！」

ウェルティが輪唱みたいにして同意するから、騒ぎがさらに大きくなる。

あーもー、話を聞いてくれれば騒ぐ必要なんてこれっぽっちもないのに！

あたしはもっと強く言った。

「あの！ 聞いてください！ あたしは宰相サマに言われてここにいるんです！」

その途端、ヘマータサマとウェルティが勢いよく振り向いた。

「嘘よ！ モリブデン様がお許しになるわけがないわ！」

「ウェルティの言う通りよ。この国のことに一番心を砕いておられるモリブデン様が、掟《おきて》を破るようなことを認めたりするものですか！ モリブデン様のお名前まで都合よく持ち出すなんて、あなたって人はどこまで浅ましいの!?」

こういう反応が来ると予想すべきだった。あたしだって、他人から聞いた話だったらまず疑ってかかる。事情を知らなきゃあの宰相サマが言うとは思えない言葉だからね。でもあたしは当事者で、自分の耳ではっきりと聞いたのよ。

ムカついたので、あたしはつっけんどんに言った。

「ええ。宰相サマはあなた方が思ってるようなことを認めたわけじゃないですよ」

「だったら何のためだというの？」

疑わしげに目を細めるヘマータサマやウェルティに、あたしは鬱憤《うっぷん》をぶちまける。

「あたしはプロポーズを受けたその瞬間から、断ろうって考えてたんです。この国の事情を聞かなくったって、どこの馬の骨ともわからない女が陛下の結婚相手になるなんて認められないってわかってましたから。でも陛下は断られてるって理解してくれないし、誰も陛下のプロポーズを止めてくれないし、ほとほと困ってたんです。それで話を聞いたら、陛下にあたしへのプロポーズを許可したのは宰相サマだっていうじゃないですか。腹立って直接本当かどうか訊《たず》ねましたよ。そしたら宰相サマが〝飽きれば陛下も目を醒ますだろう〟っておっしゃったんです。ですからあたしは、陛下が飽きるまでお城に滞在することにしたんです。宰相サマに雇われてね！」

言い終わるか終わらないかという時、轟音《ごうおん》が響き渡り室内に突風が吹いた。

腕を上げてぱらぱらと降ってくる何かから顔を庇《かば》っていると、ソファーに座ってたあたしは後ろから誰かに抱きしめられる。

「余はそなたに飽きはしない！　飽きたりなんかしないからな！」

「ちょ！　いちいち抱きつかないでくださいって言ってるでしょ⁉」

今は特にマズい！

首元に巻きついてくる陛下の腕を解きながら見ると、正面のソファーに座ったヘマータサマが恐ろしい目をして睨《にら》んでくる。ヤバい、怒らせちゃった。陛下もプロポーズしてくるくらいなら、あたしの身の安全も考えてよ！

あたしはソファーから滑り落ちるようにして陛下の腕から抜けると、ヘマータサマのソファの後ろに駆け込む。

「何故逃げる⁉」

「陛下が抱きついてくるからでしょ！」

応接セットを盾《たて》にして逃げ回っていると、頭上から呆れた声が降ってきた。

「何を遊んでいるのです？」

見上げると、宰相サマが天井の大穴から飛び降りたところだった。床に膝をついて衝撃を和らげると、すっと立ち上がる。上の階から飛び降りて平然と立ち上がれるなんて、いかにも文官って感じの外見からは信じられないほどの運動能力。

驚いてまじまじと見てたら冷ややかな目を向けられたので、あたしはぶつぶつと文句を言った。

「宰相サマ。あなたが一緒にいらしたのなら、陛下を止めてくだされればよかったのに」

「止める間などなかったのだ。だいたい、これまでのことから推測するに、おまえがまた余計なことを言ったのではないか？」

「あたしは宰相サマに言われたことを口にしただけです」

「それが余計なことだというのだ。離れた場所にいても、陛下にはおまえの声が筒抜けだということを忘れたのか？」

「忘れてないですけど、何で反応が返ってきたのが今なのかがわからないです。『陛下が飽きるまでお城に滞在する』って話に陛下は反応したみたいですけど、昨夜《ゆうべ》同じ話を宰相サマがしてたはずなのに」

あたしの疑問に、宰相サマは何でもないことのように答えた。

「あの時おまえ自身はほとんど喋《しゃべ》らなかったから、陛下も話を把握し切れなかったのだろう。要するに、陛下が離れたところからでも見聞きできる対象は、おまえ一人だけということが証明されたわけだ」

言われて納得。だからあたしがヘマータサマとウェルティに嫌味を言われてても、助けに来なかったってわけか。うわー、あたしにとってつくづく迷惑でしかない能力だな。プロポーズを断ってる手前、助けに来いとはあんまり言いたくない。けど、陛下が引き起こしたトラブルは、陛下が責任を持って解決してほしいと思うのよ。

すぐ側《そば》で無遠慮に自分のことが話されてても、陛下は気にならないようだ。あたしが宰相サマと話してる隙に抱きついてきて頭に頬擦りしてくる。

だからヤバいって！　あたしがヘマータサマにどうにかされちゃってもいいの⁉

あたしの身に迫る危険に気付きもせず、もがいても離してくれないので、あたしは腹が立って投げやりに叫ぶ。

「陛下って、絶対あたしのことが好きじゃないですよね！」

この言葉が効果的だったようで、陛下はすりすりをやめてまじまじとあたしを見る。

「何故そのようなことを言う？」

「あたしが抱きつかれるのが嫌だって言ってるのに、全然聞いてくれないじゃないですか。好きな人が嫌がることは、普通しないもんです。それに陛下のプロポーズって、あたしには冗談にしか聞こえないんですよ」

ついでに言うと、陛下は勢いよく振り返って怒鳴った。

「そうだモリブデン！　おまえは何てことを舞花に吹き込むんだ！　そのせいで、舞花が余の求婚を本気にしないではないか！」

……今の話、テルミットさんに話したことがあるから陛下も聞いてるはずなんだけど、やっぱりスルーされちゃってたのね。

陛下に抱きつかれたまま、あたしは深いため息をつく。

宰相サマは、怒《いか》れる陛下に淡々と答えた。

「それは違うでしょう。舞花とその話をしたのは昨晩ですが、舞花が陛下の求婚を断ったのはそれより前ですから。舞花が陛下の求婚を本気にしないのは、陛下の努力が足りないか間違っているからです。わたしに責任転嫁なさらず、何が問題なのかお考えになるべきでは？」

宰相サマもあたしに負けず劣らずキツいな。陛下を敬ってないのかしらん。宰相がそんなで、この国って大丈夫なの？

陛下は悲愴《ひそう》な顔をして、あたしの肩を掴んで揺さぶった。

「舞花！　余の求婚の何が問題なのだ？　余の努力が足りてないのか？」

でもって、宰相サマの言葉をあっさり信じておろおろする国王っていうのもちょろすぎる。

がくがく揺さぶってくる陛下の手を掴んで止めながら、あたしは率直に答えた。

「陛下のプロポーズは、足りないって言うより間違ってるほうだと思います」

陛下は泣きそうに表情をゆがめてから、またあたしに抱きついた。

「どこが間違ってるのだ？　どう間違ってるのだ？」

こんなのが国王でホントに大丈夫なの？　元の世界に帰れば他人事になるとはいえ、この国の行く末が本気で心配になった。


陛下とぎゃあぎゃあやり合ってるうちに、ヘマータサマたちはいつの間にかいなくなってた。けど彼女たちは翌日もやって来て、ねちねちと嫌味を言う。そこにコークスさんとフラックスさんも加わり、さらに仕事を終えた陛下がロット君と宰相サマを引き連れてきたので、座る場所が足りなくなった。

「舞花様がよろしければ、追加のソファーを運んで参りましょう」

あたしはこの部屋を貸してもらってるという認識でいるから、そう聞かれたら「どうぞ」と答えるしかない。部屋は広くて置く場所に困らないしね。

それでさっそく、侍従《じじゅう》と思われる四人の男の人が三人掛けのソファーを二台運んできた。部屋替えの時に遮断布で寝室を囲ってくれた人たちかな？　陛下のストーカー能力を遮断してくれる布が新しく案内された部屋にもかけられてたんで、すごくほっとしたんだ。

この人たちかどうかわからなかったんで、ソファーの設置が終わったところで「ありがとうございます」とだけお礼を言ったんだけど、陛下に睨《にら》まれてあたふたと出ていってしまった。お礼一つでもやきもち焼くのか、この王様は。皆さんに感謝を伝えるつもりが、逆に悪いことしちゃった。

ソファーを運んでくれた人たちが出ていくと、陛下はあたしを三人掛けのソファーに引っ張っていく。ヘマータサマとウェルティは睨むけど、ここであたしが拒《こば》んでも、騒ぎになるだけなのは目に見えてるもんね。あたしはヘマータサマたちの視線にひやひやしながら、大人しく陛下の隣に座る。

別の三人掛けのソファーにはコークスさんとウェルティ。相変わらずウェルティは座った後もコークスさんの腕にしがみついて離れない。コークスさんはそんなウェルティに困ったそぶりを見せないし、この兄妹はこれでいいのかもしれない。

ヘマータサマと宰相サマは、それぞれ一人掛けのソファーに。フラックスさんは一人で三人掛けのソファーに座る。……三人掛けのソファーって、三人まで座れるのよね。

「テルミットさんとロット君も座りませんか？」

これから長々と話をするような雰囲気だし、二人にだけ立っててもらうのって何か悪いじゃない？

宰相サマが顔をしかめたからマズかったかなと思ったんだけど、陛下が「二人も座るがよい」と言ってくれた。それでロット君はフラックスさんの隣に、テルミットさんは動きやすいほうがいいとのことで書き物をする机の側《そば》にあった椅子を持ってきてソファーとソファーの間に座った。

みんな座ったところで、フラックスさんが待ちかねたように言う。

「舞花、元の世界から持ってきた珍しいもの見せて。一昨日《おととい》約束したでしょ？　昨日もそのために来たのに、なんだかんだあって言い出せなくてさ」

わわっ！　ちょっと待って！　約束は忘れてないよ。けど、ヘマータサマや宰相サマまでいるところで言わなくったっていいでしょうに。二人は、よからぬものを持ち込んだんじゃないかと言いたげな目をあたしに向けてくる。

ヤ……ヤバい。

あれに気付かれる前に、別のものを見せて注意を逸《そ》らさなきゃ。

フラックスさんは焦るあたしの気も知らず、無邪気に言った。

「台所で使ってたっていう、特殊なナイフを一番見てみたいな」

「特殊なナイフ？　おまえは城に凶器を持ち込んでいたのか？」

宰相サマの疑いの目が、責めるような鋭い視線に変わる。

うわー、怒る気満々。これは没収決定？

内心冷や汗をかいて硬直してると、隣に座ってる陛下があたしの肩を抱き寄せて甘い口調で言った。

「心配せずとも、罰したりはせぬ。もちろん取り上げもしない。余がそのようなことはさせない」

相変わらず言うことがクサいな。照れもせず言ってくるから、こっちが赤面しちゃう。それと妙に色気のある声！　聞いてるとぞくぞくする。

かっこいいことを言ってくれたけど、残念ながら大きな突込みどころがあることに気付いて、あたしはぼそっと指摘した。

「あたし、この国の最高権力者は宰相サマなんじゃないかって思ってるんですけど」

宰相サマの決定には、陛下でも反対できないんじゃないの？

あたしが冷めた目を陛下に向けてると、テルミットさんがにこにこしながら口添えしてくれた。

「モリブデン様、管理を怠《おこた》らなければよろしいのですよね？　舞花様は私物を厳重に保管してらっしゃるし、舞花様のことはわたくしが監視してますから大丈夫ですわ」

へ？

「あの……テルミットさん？　あたしを監視してるって……？」

聞き間違いか言い間違いかと思っておずおずと訊《たず》ねると、テルミットさんは不穏な言葉に似合わない爽やかな笑顔で答えてくれる。

「陛下から舞花様のお世話を命じられた時、モリブデン様からも命じられているのですわ。『陛下との間に間違いが起こらないよう監視して、いざという時は阻止するように』と。陛下が本気になられたら、わたくしごときが止められるとは思いませんけど」

あ、なるほど。宰相サマは陛下にプロポーズを許可しながらも、既成事実が作られないよう手配してたってことね。つまり『いざ』というようなことが起きた時、テルミットさんがあたしの味方になってくれるってわけだ。助かる。でもテルミットさん、何だかオソロシイことも言ったような……。それにしても、陛下って目の前で自分のことが話されてても全然気にしないよね。

ともあれ、今は監視についての話をしてるわけじゃなくて、あたしの刃物の不法所持が問題になってるんだった。

宰相サマは眉根を寄せて少し考えた後、重々しく言った。

「テルミットがそう言うのであれば、いいだろう」

さすがテルミットさん！　こういうことって信用がものを言うよね。仕事サボったりお城を壊したりする陛下とは違うわ。

取り上げられないとわかって安心したあたしは、「今、持ってきます」と言って席を立つ。寝室に入って、私物を入れてる鍵付きの戸棚から包丁を取り出して居間に戻った。

それをテーブルに置いて、包んであった布を開きながら、あたしは今にも飛びつきそうなフラックスさんに注意する。

「念のため言っておきますけど、刃物ですから取り扱いには気をつけてくださいね」

「わかってるよ！」

すごく興奮してるから、ホントにわかってるか心配。

布ごとテーブルの上を滑らせて差し出すと、フラックスさんは手に持っていろんな角度から包丁を眺めた。

「なんという薄い刃！　錆《さび》を防ぐ処理がされてないけど、これだと何度も研《と》がなきゃならないからすぐに刃がなくなっちゃうんじゃない？」

「ほとんど研ぐ必要がないから、なくならないですよ。他の金属とくっつけて置いておかなければ、まず錆《さ》びないですし」

宰相サマが疑い深く口を挟んでくる。

「錆《さ》びない？　これはいつ研《と》ぎ直しを？　普段の手入れは？」

「研ぎ直したことは一度もありません。普段もきれいに洗ってよく水分を拭き取るくらいで、手入れらしい手入れはしてなかったですね」

「そのようなことあるわけがない。研ぎ直しも手入れもせずに、このような白刃を保てるものか」

自分で聞いておきながら、宰相サマはあたしの答えを信じようとしない。それならそれで構わないけど、陛下は訳知り顔で話し始めた。

「舞花の言っていることは本当だ。台所でも何度も同じ質問をされたらしく、同じことを繰り返し説明していたのだ。答える時の困惑ぶりが、またかわいらしくてな」

興に入《い》って話す陛下に、怒る気も失せる。それって例のストーカー能力で聞いてたってことでしょ？　もうちょっと後ろめたそうにできないの？　……無理か。どんな力であっても、陛下の能力が上がったとなればこの国の人は大喜びだもんね。

に、しても。あたしに〝かわいらしい〟って何⁉　あたしは〝かわいらしい〟って柄《がら》か⁉　コークスさんだけでなく、陛下にも変な色眼鏡がかかってるよ！

恥ずかしさのあまり頭を抱えて悶《もだ》えてると、宰相サマとヘマータサマとウェルティに変な目で見られ、ロット君からは同情の目を向けられ、コークスさんには「どうしたの？」と訊《き》かれ、テルミットさんからは「大丈夫ですか？」と心配される。

うー、余計恥ずかしいことになっちゃった。あたしは姿勢を正してソファに座り直し、「何でもないです」と小声で言う。そんなあたしに陛下はやっぱり「かわいいかわいい」と言って抱きついてくるから始末に負えない。

一連の会話にも耳を傾けず、熱心に包丁を見てたフラックスさんが、目を輝かせて訊いてきた。

「ところで、これはどうやって手に入れたの？　さぞかし高価なものなんでしょ？」

台所のみんなや鍛冶職人《かじしょくにん》のバドルさんと同じこと考えてるわ。あたしは苦笑しながら、これまで誰にも言えなかったことを話す。

「これ、百均――百円の商品が並んでるお店で、税抜百円で買ったんです」

「百円!?」

驚きの声があちこちから上がる。お、自動翻訳で百円の価値まで伝わったのね。説明する手間が省けて助かるわ。

フラックスさんは素直に感動してくれた。

「これほど優れた代物が百円で売られているとは！　この柄《え》の部分も不思議な材質ですね！　これは一体何でできてるんですか？」

「プラスチックだと思うんですけど……」

「合成樹脂!? それは一体どういうものなのですか!?」

あ、プラスチックは合成樹脂って翻訳されちゃうんだ。

それはともかく、合成樹脂って言葉から多少はイメージできても、あたしは専門家じゃないからさっぱりなのよね。だから申し訳なく思いながら答えた。

「そこまではさすがに……あ、でも刃の部分はステンレスっていう合金でできてましてね、鍛冶職人《かじしょくにん》のバドルさんが同じものを作るために研究してますよ」

あたしが言い終わらないうちに、フラックスさんは「見に行ってきます！」と言って窓から飛び出していく。一瞬〝身投げ!?〟と焦ったけど、そういえばフラックスさんは三階の窓から入ってこれる人だった。【救世の力】とやらに慣れてないあたしには、いきなりこういうことやられると心臓に悪いわ。

手のひらで心臓の辺りを押さえて動揺を宥《なだ》めてると、ウェルティが嫌なものを見るような目を包丁に向けつつ訊《たず》ねてきた。

「ところで、舞花は何故このようなものを手に入れようと思ったんですの？」

「この世界に来るちょっと前に、彼氏にフラれてね」

何気なく話し始めたら、ほとんど話さないうちにヘマータサマが口を挟んでくる。

「フラれた恨みを晴らすためにナイフを手に入れるなんて、なんて恐ろしい……」

「へ？　――あ！　ちょっと待って！　そういう理由で買ったわけじゃないから！」

おぞましいと言わんばかりの声に、とんでもない誤解をされたことに気付いたあたしは、慌てて立ち上がって弁解しようとする。けど、縋《すが》りついてきた陛下がそれを遮《さえぎ》った。

「舞花！　殺したいほど愛した男がいたなんて嘘であろう⁉　嘘だと言ってくれ！」

「陛下は黙ってて！　ちゃんと説明させてよ！」

あたしが陛下に抵抗しながら弁解の機会を作ろうとしてるのに、ウェルティは非難がましい声でそれを妨害する。

「それなのに陛下を誘惑するなんて、なんてふしだらなの！」

「違う！　元彼を殺すために買ったんじゃないったら！」

「余よりその男のことを愛してるのか⁉」

「どっちも愛してなんかない！　だから最後まで説明させて！」

こんな騒ぎがしばらく続き、ちゃんと誤解が解けたのは日暮れになってからだった。

ウェルティやヘマータサマが何でそんな誤解をしたかというと、女性が刃物を手に入れる理由と言ったら、護身用とか殺傷目的としか思いつかなかったからなんだそうだ。

考えてみれば、この国の貴族のお嬢様方が料理するとは思えないものね。

この国では多少裕福なら料理人を雇えるらしい。なのであたしが料理を作れると言ったら、そんなに貧しい生まれなのかと馬鹿にされた。

「違います！　日本では料理を作る作らないということと、金持ちか否かっていうのは関係ないんです！　義務教育で料理の作り方だって教えるんだから！」

思わず口走った一言に、コークスさんが反応する。

「義務教育とは何です？」

そこからお互いの世界の教育制度の違いや、社会のしくみや習慣の違いなんかの話に発展していって、人種が違うと見た目の年齢も違ってくるという話にもなった。

「あたしは何歳だと思います？」

どんな答えが返ってくるかわくわくしながら訊《たず》ねたのに、ロット君があっさり答えてしまう。

「陛下から二十四歳だと伺《うかが》っています。最初にお会いした時はとてもそう見えなかったので、びっくりしました」

あー……そういえば、宰相サマも初対面の時に『これで二十四歳か』っていうようなこと言ってたよね。陛下のストーカー能力のせいで筒抜けなんだ。どうやら、テルミットさんとフラックスさんも知ってたらしく無反応。ちなみにフラックスさんは、夕方前にバドルさんの所から戻ってきて、行きと同じように窓から入ってあたしを驚かせた。

内心がっかりしたけど、ヘマータサマの驚きように満足を覚える。

「わたくしより年上ですって？」

嫌そうに眉をひそめるヘマータサマに訊《き》き返す。

「そういうヘマータサマはおいくつですか？」

「二十歳よ」

「え！　四つも年下⁉」

とてもそうは見えない。つんと澄ました上から目線のせいもあるかもだけど、てっきり二十七、八歳くらいかと。

「舞花、今失礼なことを考えませんでしたこと？」

「い……いいえ！　めっそうもない！」

あたしはぶるぶる首を振って否定する。

ヘマータサマとのやりとりが終わったところで、驚いたせいで言葉を失っていたらしいコークスさんが感慨深い声で言った。

「舞花は僕とフラックスの一個下だったんだね。てっきりウェルティと同じくらいの年齢かと思ったよ」

それを聞いてウェルティが憤慨《ふんがい》する。

「お兄さま！　十六歳のわたくしを、二十四歳の舞花と同い年と思うなんて失礼ですわ！」

「悪かったよ、ウェルティ。舞花があんまり若く見えたものだから」

ひとに年齢を訊《き》くなんて失礼だと思ってたから訊けなかったんだけど、そうか、ウェルティは十六歳なんだ。ウェルティといいヘマータサマといい、自分よりずっと年下だと思うと、高飛車《たかびしゃ》な態度も若いんだから仕方ないと許せそうな気になるから不思議だ。

……で。

「コークスさんとフラックスさんは二十五歳なんですね。コークスさんはそれくらいかなって思ってたんですけど、フラックスさんはもっと年上だと思ってました」

「僕のこと、いくつくらいだと思ってた？」

面白がるように訊いてくるフラックスさんに、あたしは正直に答える。

「二十七、八歳くらいかなって」

そしてヘマータサマも同い年くらいだと思ってマシタ。自分と容姿がかけ離れてることもあって年齢を想像するのが余計難しいわ。

話が途切れるのを待ちかねたように、陛下が訊《たず》ねてきた。

「余は？　余はいくつだと思うか？」

「二十七歳」

ズバッと当てると、陛下はしょげて黙ってしまう。

陛下がプロポーズしてきた後、台所のみんなが陛下のことを色々教えてくれたのよ。あたしから頼んだことは一度もないんだけどね。

思わぬところで意趣返《いしゅがえ》しができてすっとする。他人に個人情報をバラされるむなしさがわかったか。

落ち込む陛下を放っておいて、あたしはまだ年齢を聞いてない人たちに話を向けた。

「テルミットさんとロット君はおいくつですか？」

「モリブデン様の年齢はお聞きにならないんですか？」

そう訊ねてくるロット君に、あたしはさらっと返事する。

「いいです。興味ないから」

「わたしの年齢など、どうでもよいだろう」

同時にしたあたしの返事がお気に召さなかったせいか、宰相サマはあたしを見て顔をしかめる。

ロット君はそれを見て笑いを堪《こら》えながら言った。

「モリブデン様は四十歳ですよ。宰相としては異例の若さですけど、優秀さを買われて前の国王陛下に指名されたんです」

「へーそうなんですか」

ホントに興味ないから適当な返事をすると、宰相サマのこめかみがひくひくと引きつる。さすがに投げやりすぎたか。もうちょっと興味あるフリをしてあげればよかったかも。

険悪になりそうだったのを回避しようとしてか、テルミットさんが自己申告してくれた。

「わたくしは二十一歳です。ところで、ロットさんはおいくつに見えますか?」

テルミットさんはヘマータサマより年下に見えたんだけど、そうか、年上なんだ。となると、十代にしか見えないロット君も、意外に二十代とか?

「ええっと、テルミットさんと同じ二十一歳くらいですか?」

あたしの答えに満足そうな笑みを浮かべて、テルミットさんは教えてくれた。

「三十歳です」

「え……ええええ!?」

驚きすぎて、つい大声を上げちゃったわ。

お互い知らないことばかりだから話題は尽きることがないんだけど、学校や会社でもないのに連日同じ顔ぶれが集まる状況に、どうにも落ち着かなくなってくる。宰相サマはあたしの存在を快く思ってないし、ヘマータサマやウェルティなんてあたしを目の敵《かたき》にしてるはずなのに、何で？

一週間も過ぎた頃、あたしはどうにも我慢できなくなって訊《たず》ねた。

「どうしてあなた方は、飽きずに毎日毎日集まるの？」

すると順々に答えが返ってくる。

「舞花と陛下との間に間違いが起こらないよう、監視するためですわ」

「ヘマータやウェルティが、舞花を困らせないか心配でね」

「わたくしはヘマータ様にお供するのと、舞花がお兄さまに色目を使うのを阻止するためですわ」

「僕は研究のためだよ。陛下の側《そば》にいるより、舞花の側にいたほうが、陛下が力を発動させる瞬間を見逃さずに済むからね」

「僕は陛下のお世話係ですから」

「陛下が暴走した時、止めることができるのはわたしだけだろう」

発言は、ヘマータサマ、コークスさん、ウェルティ、フラックスさん、ロットく……

いやいや、年上だとわかったからにはロットさんと呼ぶべきか、それから宰相サマの順。

うん、そうよね。聞くまでもなかったわ。あたしはがっくりと項垂《うなだ》れる。

この状況を生み出した当の陛下は、またもやあたしの隣に座って横から抱きつき、あたしの頭に頬をすりすりしてる。ヘッドドレスがめくれそうになるからヤメテほしいんだけど、例のごとく自分に都合の悪い話は聞きゃあしない。

いちいち拒《こば》むのもめんどくさいし、ヘマータサマは睨《にら》みつけてはくるものの【救世の力】をぶっ放してくることもないので、最近は陛下の好きにさせている。

「だいたい、舞花の拒み方が中途半端なのがいけないのです。陛下の求婚を受けるつもりがないのなら、もっとはっきりきっぱりと拒むべきではなくて？」

始まったよ。ヘマータサマの嫌味攻撃。となると、次にくるのはウェルティの援護攻撃だ。

「そーよそーよ。舞花の拒み方が弱いから、陛下は求婚を諦められないんですわ。そうやって陛下の気を引こうとして、ずるいですわよ」

「ウェルティ、それは言いがかりだよ。舞花は精一杯陛下を拒んでるよ。それでも陛下が諦めないんだから、舞花にはどうすることもできないよ」

コークスさんは控えめにあたしの弁護をしてくれるけど、火に油を注ぐようなもんで、ウェルティは余計辛らつになる。

「そうやってお兄さまが庇《かば》うから舞花がつけ上がるんですわ！　――勘違いしないでちょうだいね、舞花。お兄さまは誰にでも優しいの。あなただけが特別扱いされてるわけじゃないのよ」

ソファーに並んで腰掛けて、コークスさんの腕にぎゅっとしがみついてる姿は可愛いんだけどね。お兄ちゃんにべったりの甘えん坊さんって感じで。でも視線はいただけない。嫉妬《しっと》を隠そうともせずぎらぎらと睨みつけられちゃ、ウェルティを着飾らせて愛《め》でたいという密かな夢も儚《はかな》く消え失せちゃうわよ。

初対面の頃のヘマータサマは、文句はウェルティに任せてご自分は控えめだったはず。けど、最近はそういう小手先の手段は無意味だと思うようになったのか、自分の値打ちを自分の口で語るようになった。

「ともかく、陛下の伴侶《はんりょ》に一番ふさわしいのはこのわたくしなのです。あなたのような、貴族どころかこの国の人間でもない人が、国王陛下の伴侶になれるなんて努々《ゆめゆめ》思わないことね」

ヘマータサマも黙ってれば、女のあたしでも見惚《みと》れちゃうほどの美女なのにな。

今の言葉もいい加減聞き飽きたので、あたしは今まで遠慮して言わずにいたことを口にした。

「ヘマータサマはこういう陛下の姿を見て、それでもまだ結婚したいと思ってらっしゃるんですか？」

あたしだったら、人前で別の女にべったりする男なんて、一目見た瞬間に見切りをつける。だって、見られても構わないってことは、その女が自分の特別だってことを隠すつもりもないってことでしょ？　そういう女がいる男を好きになったって、空しいだけだもん。あたしがそういう考えの人間だから、ヘマータサマがまだ陛下と結婚したいと思ってることにびっくり。

純粋に国のためを思ってるから、嫉妬《しっと》とかないのかな。ヘマータサマの様子を見てると、陛下に対して尊敬はしてても恋愛感情を持ってるようには見えないし、身分やお金目当てでもないってよくわかるのよね。

もしヘマータサマが陛下に恋愛感情を持ってるなら、あたしは何としても全力で身を引いている。他人の本気の恋を、陛下に恋もしていないあたしが邪魔したくないから。

あたしの呆れ声に先に反応したのはウェルティだった。

「陛下がそんな風になっちゃったのは、あなたのせいじゃない！　あなたが来てからというもの、りりしくて思慮深かった国王陛下がすっかりおかしくなってしまわれたのよ！　――ヘマータ様のほうがお美しくていらっしゃるのに、陛下は何を血迷われたのかしら？」

ウェルティの言う通りだわ。ヘマータサマは大変お美しい。なのに何でヘマータサマに見向きもせず、平々凡々なあたしに言い寄ってくるんだか。

「ホントにね……」

これまでに被《こうむ》った迷惑を思いげんなりしながら相槌《あいづち》を打つと、陛下が力強く反論した。

「何を言う！　舞花は愛らしいではないか。のっぺりとした顔立ち。まつ毛の少ない一重の目。低くて丸い鼻」

褒めてるとは思えない言葉の数々に、あたしはびきっと固まる。

「陛下陛下」

ロットさんが止めようと声をかけるけど、陛下は止まらない。

「何より、凹凸《おうとつ》の少ない身体がたまらなく可愛いのだ！」

あたしは声を低くし、怒りを込めて言った。

「陛下があたしのことをどう思ってるか、よーくわかりました」

「何を怒っているのだ？」

あたしが怒ってることだけはさすがにわかったらしい。陛下はあたしの顔を覗《のぞ》き込んで不思議そうに訊《たず》ねてくる。

ロットさんが呆れながら、あたしの気持ちを代弁してくれた。

「陛下のおっしゃったことが、女性に対する褒め言葉とかけ離れていたからだと存じます」

ロットさんは暗に〝謝れ〟と言ってくれたんだと思うけど、陛下にはわからなかったらしい。極甘な笑みを浮かべたイケメン顔をあたしに向ける。

「余の言葉が褒め言葉に聞こえなかった者には、舞花の魅力がわからないのだ。舞花の魅力は余だけが知っていればよいのだから、他の者たちに理解できないのであれば余は願ったり叶ったりなのだがな」

殺し文句に聞こえてもおかしくない言葉なのにな……

自分好みのイケメンに言い寄られながらも、ときめきとは程遠い感情しか浮かばないのを残念に思いつつ、こっそりため息をついた。

陛下やヘマータサマたちが連日押しかけてきて、その合間にテルミットさんからこの国の字を教わる――という生活パターンが出来上がって数日経ったある日、フラックスさんが手招きしてあたしを部屋の隅《すみ》に招き寄せた。何だろうと思って近寄ると、小さな声で教えてくれる。

「【救世の力】の研究員たちは普段から過去の記録を調べたり他国の伝承を集めたりしてるんだけど、【救世の力】とは関係なさそうでも不思議と思ったことは何でも報告するよう指示を出しといたよ。もしかすると、舞花を元の世界に帰す手掛かりが得られるかもしれないからね」

あの交換条件って、あたしをお城に留《とど》めるための方便かも、とちょっと疑ってた。なのにちゃんと調べてくれてると聞いて、あたしはすごく感激する。

「あ……ありがとうございます！」

嬉しくてフラックスさんの手を握って感謝すると、急に風が吹き荒れ始めた。

窓を閉め切った部屋の中だというのに！

「ちょ……！　待ちなさいよ！」

誰の仕業だかは見なくてもわかる。止めようとして声を上げたけど、いつも通り聞く耳を持ってくれず、風はどんどん強まっていく。強い風に目を開けてられなくなって、あたしは両腕を上げて顔を庇《かば》った。

「おお！　陛下！　風も操《あやつ》れるようになったんですね～……」

あたしが陛下らしき人の腕にがしっと捕まえられたかと思うと、すぐ近くで聞こえてたフラックスさんの声が遠ざかる。

「フラックスさん!?」

驚いて腕の隙間から見るけど、目の前にいたはずのフラックスさんの姿がない。

何が起こったのかわからず呆然としてるうちに、嵐はぴたっと止まった。その途端、ドン、ガシャンと大量の物が落っこちる音が室内に響き渡る。

とっさに部屋の中央へ目を向けると、そこは家具類の山と化していた。ソファーやらテーブルやら、部屋の中にあったいろんなものが積み上がり、その隙間からフラックスさんの腕がにゅっと伸びてひらひらと手を振っている。

「陛下、お見事です～」

「そんな暢気《のんき》なことを言ってる場合じゃないでしょ！　大丈夫ですか!?」

助けに行こうとしたけど、陛下にがっちり抱きかかえられて動けない。

テルミットさんとロットさんが駆け寄るのを見てひとまず安心したあたしは、陛下の拘束から抜け出そうともがきながら怒った。

「何で部屋の中をめちゃくちゃにするんですか!?」

「壁や天井を壊すと、舞花が怒るからではないか」

「部屋の中のものを壊しても同じことです！　てか、やきもち程度でいちいち力を使わないで！　フラックスさんだけならまだしも、他の人を巻き込んだら――」

言いかけたところで、あたしは蒼白になる。

この部屋には、あたしと陛下、フラックスさんとテルミットさんとロットさんの他にも、ヘマータサマとウェルティとコークスさん、それに宰相サマがいた。テルミットさんとヘマータサマは【救世の力】を持ってるって聞いてるけど、他のみんなは無事!?

脛《すね》を思い切り蹴ってやると、さすがの陛下もあたしを離してその場にうずくまる。陛下の拘束から逃れたあたしは、フラックスさんの他にも家具類の山に埋もれてる人はいないか、まずは無事な人の数を数えてみる。

あたしが陛下の拘束を外してるちょっとの間に、テルミットさんとロットさんの周りには人が集まってた。ヘマータサマにウェルティにコークスさん、それに宰相サマ。数え直してもみんな揃ってて、テーブルやソファーに巻き込まれたのはフラックスさん一人だとわかる。

あれ？

「皆さん、全然無事そうですね……？」

拍子抜けして呟《つぶや》くと、振り返ったコークスさんが微笑んで答えてくれる。

「うん。僕たちも【救世の力】を持っているからね」

コークスさんの言葉を引き継ぐようにして、ウェルティが意地悪く言う。

「つまり、この中で血族でないのは、舞花、あなたただ一人なのよ！」

ここぞとばかりにウェルティはあたしを攻撃するけど、あたしが気を取られたのは別のことだった。

「要するに、ここにいる全員が親戚同士ってこと？　テルミットさんもロットさんも、宰相サマも？」

あたしが名前を出したからか、宰相サマはむっつりしながらも答えた。

「まあそういうことになるな」

……今まで気付かなかったなんて、あたしってばとろいわ。ばたばたしてたせいでうっかりスルーしちゃったけど、【救世の力】を持ってるってことはテルミットさんは貴族ってことで。高い地位にある宰相サマやロットさんが貴族であってもおかしくなくて。【救世の力】を受け継ぐ貴族はみんな王家と血が繋がっているんだから、ここにいるあたし以外の全員に何らかの血縁関係があるって推測するのは簡単だったのに。

だからなんだ。渋い顔しながらも宰相サマがロットさんとテルミットさんの同席を許したのも、みんなが国王相手とは思えない気安い態度を取ることがあるのも。

共通点のなさそうな人々の集まりだったのに最初から妙に親しげだったのは、もともと親戚として交流があったからなんだ。そういうことか。ふーん……

疎外感を覚えたあたしは、自分がよそ者だということを思い出す。

今頃意識するなんて馬鹿みたい。最初からこの国――ううん、この世界にとってあたしはよそ者でしかないのはわかってたのに。

「……ごめん。疲れたからちょっと休んでくるね」

あたしは短く断りを入れて、そそくさと寝室に入る。

鍵のついた戸棚からスマホを取り出すと、あたしは遮断布をめくって中に入り、ベッドの端に腰かけた。

電源ボタンを何度も押す。

長押ししたって起動するわけがない。とっくに充電が切れてるんだから。

それがわかっていながら、あたしは家族との繋がりを求めずにいられなかった。

一人暮らしを始めたといっても、実家との距離は車で十五分程度だった。

駅まで歩いて行ける場所に住みたいというのが表向きの理由。本当は、両親と同居をしてくれるという兄嫁に遠慮してのこと。まだまだ元気な両親がいるのに、その上小姑《こじゅうと》までいてはやりにくいだろう。家もそんなに広くないし、義姉は妊娠中だから、これから生まれてくる子どもの部屋も欲しいはずだ。それで気まずくなる前に、あたしから一人暮らしを始めることを申し出た。

あたしの考えはばればれだったようで、引っ越し後も母がしょっちゅうやってきては掃除洗濯をしてくれるし、義姉が作りすぎたという夕飯のおかずも定期的に届いて、冷蔵庫の中からは料理がなくなったことがない。普段は連絡を取り合わない父と兄も、あたしが実家に帰れば「元気にやってるか」とか「困ったことはないか」とか実家にいた時以上に声をかけてくれて。

家族のことを思い出すのを、あたしはずっと避けていた。思い出せば辛くなるのはわかってたから。

でも一度堰《せき》を切った思いは止まらない。

あたしが急にいなくなって、家族は心配してるだろう。でも、そろそろ甥《おい》か姪《めい》が生まれててもおかしくない頃だから、あたしのことばかり考えてはいられないと思う。

仕事はあたしじゃなくてもできることばかりだけど、急に一人抜けた負担は大きいはずだ。もしかすると会社はもう退職扱いになっていて、新しい人が入ってるかもしれない。それでも——

帰りたい。あの日あの時まで当たり前のように続いていた、あたしの日常に。いつだって温かく受け入れてくれていた家族のもとに。

数え切れないほど電源ボタンを押して気が済んだあたしは、スマホを握りしめたままベッドにうつ伏せになった。そうやってホームシックに耐えていると、寝室の中に誰かが入ってくる。その人はベッドの端に座ると、あたしの頭をそっと撫《な》でた。

「……ヘッドドレスがめくれるからやめてって」

ホントはちょっとばかり慰《なぐさ》められてるくせに、あたしはかわいくないことを言う。そうしないと、取り乱してしまいそうだったから。

頭を撫でてくる人は、相変わらずあたしの話を聞き入れない。手を止めることなく話しかけてくる。

「どうした？　何に耐えている？」

……ずるい。こういう時に限って勘が鋭いんだから。

勘弁して。気付かないフリして出ていって。

でもこの願いには気付いてくれない。

「望むことがあるのなら、何でも言うがいい。余ができる限り叶えてやろう」

「だったらあたしを、元の世界に帰してよ！」

あたしはたまらなくなって、その人——陛下のほうを向いて怒鳴った。

「家族に会わせて！　あたしがこの世界に来たのをなかったことにしてよ！」

自分が無茶言ってることはわかってる。陛下も、困った顔をして手を引いた。

「それは……」

言い淀《よど》む陛下に、言っちゃいけないって思いながらもあたしは嘲《あざけ》りの言葉を浴びせる。

「叶えることもできないくせに、『何でも言うがいい』なんて軽々しいこと言わないで！」

言ったすぐそばから後悔した。

陛下には散々迷惑かけられてるけど、だからって八つ当たりしていいってことにはならない。

傷ついた表情をする陛下から、あたしはふいと目を逸《そ》らした。

「……ごめんなさい。今のは失言でした。できたら忘れてください。それと、この部屋から出ていって。——このままそこに居られたら、もっとヒドイこと言っちゃいそうだから」

「それで気が晴れるのなら、いくらでも余を罵《ののし》るがいい」

その言葉を聞いて、うつ伏せになろうとしていたあたしはぴたっと動けなくなった。

ほんのちょっとでも動いたら、今度こそ自分を止められない気がして。

俯《うつむ》いたあたしの顔に手を添えて、陛下はそっと上向かせる。

「耐え続けるばかりでは、今に心が壊れてしまうであろう。泣きたければ、声を上げて存分に泣くがいい。家族を恋しく思うことは、恥ずかしいことではない」

何で今に限って、こんなに察しがいいの？

「うっ……ひっく」

嗚咽《おえつ》を上げ始めたあたしの頭を、ベッドの上にあがった陛下が抱き寄せた。

「よしよし」

頭を撫《な》でる手が優しすぎて堪《こら》え切れなくなる。

「うわあああん！　わあああ！　……」

恥も外聞もなく、あたしは陛下の胸に顔を埋めて泣きじゃくった。

5　調子狂うんですけど

泣きに泣いてたらいつの間にか寝ちゃってて、起きた時にはとっぷり日が暮れてた。窓のほうからは明かりも入ってこず、遮断布越しのランプの灯りがほんのりとあたしの視界を照らしてる。

おなか空いたけど、もうちょっと寝てたいな……

身体に包み込むように触れる温もりが気持ちいい。身体の下が固くて腰の辺りが妙に重たいけど……ん？

はっとして身じろぎすると、腰にあった重みに身体をぐっと引き寄せられる。もう一方の手はあたしの胸のとこに回ってきて、日本人としては平均的なふくらみの上でごそごそした。

あたしは反射的に、身体の下の固いものにエルボーを食らわせる。

「ぐっ」

くぐもったうめき声がして、あたしを拘束してた腕が離れていく。もう一度拘束されちゃかなわないので、とっとと起き上がった。

「何すんじゃ！　このエロ陛下は！」

ここはベッドの上で、あたしが自分の下に敷いてたのは陛下の身体。腰の上にあった重みは彼の腕だった模様。エルボーが上手く急所に決まったのか、陛下はお腹を抱えるように身体を丸めている。

「ご……ごめん！　やりすぎちゃった⁉」

慌てて顔を覗《のぞ》き込もうとしたら懲《こ》りずに腰に腕を回してこようとしたので、今度こそ容赦《ようしゃ》なく鳩尾《みぞおち》にパンチを食らわせた。女性はどんなことをしてでも自分の身を守るべきだと思うけど、鳩尾への攻撃は大変危険なので、やむを得ない場合以外は絶対にやってはいけません。


夕食の時間はとっくに過ぎてたけど、テルミットさんが食事を保温器に入れて取っておいてくれていたので、ありがたくいただくことにする。

「遅くにごめんなさい。テルミットさん、夕食は？」

「お気遣いありがとうございます。先にいただきましたわ。ですので、ごゆるりとお食事なさってくださいませ」

厚いフェルトの覆いがかけられてた容器から、ほのかに湯気が立つ肉と野菜の煮込み料理が皿によそわれる。他の容器からは一口大に切られたロースト肉に豆の煮物、揚げ野菜にふかふかなパンが取り出された。

「ほら舞花、あ～ん」

陛下はやっぱり懲《こ》りずに、あたしの鼻先に食べ物を突きつけてくる。それを押し退《の》けて、あたしは自分のフォークとスプーンで食事をした。

翌日の朝食の席でも、テルミットさんはいつも通りにこにこしながら給仕するだけだった。けど、陛下に付き添ってやってきたロットさんは余計なことを口にする。

「あれ？　舞花様、今朝は陛下を床に沈めないんですね」

相変わらずフォークをつきつけてくる陛下を、押し退けるばかりで殴らないことをからかい交じりに指摘され、あたしのこめかみはぴくぴくとひきつる。何でテルミットさんみたいにスルーしてくれないの？

あたしは拳を振り上げた。

「お望みなら、今からやりましょうか？」

そんなあたしの脅《おど》しにも、ロットさんは嬉しそうに笑っている。

「いえいえ。舞花様が少しずつ陛下を受け入れてくださっているようで、嬉しい限りです」

よ・け・い・な・こ・と・を～！　あたしは初めて、ロットさんに殺意を覚える。

別に受け入れてるわけじゃないわよ。ただ、昨日の自分の醜態《しゅうたい》を思い出すと恥ずかしいだけで。陛下の胸でわんわん泣いて、そのまま眠りこけて添い寝してもらっちゃったから、ちょっと強気に出にくいだけ。

陛下の顔も直視しづらいし……。

陛下は一旦フォークを引っ込めると、怒ったような声で言った。

「ロット、余計なことを言うな」

まるで庇《かば》うみたいに言われ、頬が熱くなるのを感じる。あたしってば、どうしちゃったの？　陛下は別に大したこと言ってないじゃない。今まで言われてきたことのほうが、よっぽど恥ずかしかったはず。なのに陛下の何気ない一言や一挙手一投足《いっきょしゅいっとうそく》に、あたしは過敏なほどに反応してしまう。鼻先に突きつけられる食べ物にさえ、胸がどきどきしてきて。

どうしちゃったの、あたし？　今まで断固として拒否してたあたしはどこ行ったの？　ちょっと慰《なぐさ》められただけで陛下の迷惑行動を許せちゃう気になるなんて、ちょろい、ちょろすぎるよ！

心の中で悶《もだ》えてると、陛下はいつもの鷹揚《おうよう》な口調で言った。

「舞花が恥ずかしがってるではないか」

振り上げたままだったあたしの拳は、陛下の頬にヒットした。


その日の昼過ぎ、いつものようにみんなが集まってる時に午後の鐘が鳴って、テルミットさんが軽食を出してくれた。

ここでいただく軽食は、台所で働いてた時より豪華だ。ハムやチーズを挟んだ丸パンやパウンドケーキを食べながら、果実水を飲む。

ここにはお茶やコーヒーみたいなものはないらしい。果実水は嫌いじゃないけど、コーヒー、紅茶、緑茶といったお茶類がやけに恋しかったりする。困らせたくないので、誰にも言ってないけど。

陛下が皿に山盛り積んだ、軽食とは言えない量の軽食を食べ終わったのを見計らって、ロットさんが声をかけた。

「陛下、本日はこれからモリブデン様の報告を受けていただく予定になっています」

「すべてモリブデンのよいようにせよと伝えよ」

やる気なさげな陛下に、ロットさんは語調を強めて言う。

「駄目です。これまで何度も先送りしましたから、今日こそ聞いていただきたいとのことです。そのため、何が何でもお連れするよう、モリブデン様から言い付かっております」

「やたら一緒にいる時間が長いと思ったら。そんなにサボってたんですね」

あたしが軽蔑した目で見ると、陛下は慌てふためいて弁解する。

「違う！　モリブデンを信頼して全てを任せているから、わざわざ報告を受けなくともよいと思い」

「全てを任せてるからといって、知ろうともしないなんて無責任です。国王としての責任をきちんと果たしてくださいね」

あたしは陛下の言葉を途中で遮《さえぎ》って、にっこり笑って言いたいことを言う。

ロットさんは陛下を引っ張ってソファーから立たせ、ドアのほうへ引きずっていった。

「舞花様もこうおっしゃってることですし、さ、参りましょう」

「舞花～！」

あたしはひらひらと手を振って涙目の陛下を見送る。陛下が行っちゃうのが、ちょっとだけ寂しく感じたのは内緒。あくまでいつも通りに行動する。

ドアが閉まると、ヘマータサマも席を立った。

「わたくしも帰りますわ。陛下がいらっしゃらないなら、監視するまでもないですもの」

いつもなら「人前でべたべたなさって、恥ずかしいと思わないの？」とか、ねちねち嫌味を言ってから帰るのに。今日はどういう風の吹き回し？

ウェルティも立ち上がり、並んで座ってたコークスさんの腕を引っ張った。

「お兄さま、わたくしたちも帰りましてよ」

「う……うん。舞花、それじゃあまた」

コークスさんは名残惜《なごりお》しそうにあたしのほうを見ながら、腕を組んだウェルティに引きずられて出ていく。

ものの数分で、部屋の中が閑散とする。

呆気にとられてみんなを見送ったあたしはふと、一人我関せずとばかりに果実水をちびちび飲んでるフラックスさんに気付いた。

「フラックスさんは行かなくていいんですか？」

「僕はもうちょっとここにいるよ。特に用もないしね」

のんびりと答えるフラックスさんに、あたしは一応釘を刺しておいた。

「だからって、陛下を挑発するような真似はしないでくださいよ」

陛下に力を使わせるため、フラックスさんは未だあたしにちょっかいをかけてくる。それにノせられる陛下も陛下だけど、毎回陛下に力を振るわれるがままになっているフラックスさんもどうかと思う。

呆れた顔をするあたしに、フラックスさんは愉快そうに言った。

「僕がどんなに誘惑したって、舞花は反応してくれないでしょ？　なら陛下は気づけないさ。何しろ千里眼《せんりがん》もテレパシーも、君しか捉えないんだから」

そうなのよね。あたしの姿と声しか見聞きできない能力なんて、無駄《むだ》としか言いようがない。手を変え品を変え陛下の能力を引き出そうとしてるフラックスさんも、この二つの能力を伸ばすことには苦戦してる模様。

「そうですね。だったらなおのこと、ここにいても意味ないんじゃないですか？」

あたしがあっさりと同意して率直な意見を言うと、フラックスさんは大げさにがっかりする。

「え？　僕の誘惑に反応してくれる気ゼロ？　ちょっとくらい赤くなったり、ぽーっとしたりとかってないの？」

「あたしに演技力を求めないでください」

フラックスさんがあたしに助手としての働きを期待したいのはわかるけど、狙ってそういう反応をできるような性格してないのよ。

取り付く島もなく返事をしたあたしに、フラックスさんは残念そうに苦笑した。

「つまり、僕じゃ君を赤くさせたりぽーっとさせることはできないってことね。手厳しいな、舞花は」

「手厳しいも何も、フラックスさんは本気じゃないでしょうに」

「あれ？　そう思ってた？」

フラックスさんが意味深なことを言いかけたところで、ドアをノックする音が聞こえる。あたしの注意はドアのほうに向いた。

テルミットさんが出迎えたのは、コークスさんだった。あたしは立ち上がって、ソファーの手前で立ち止まったコークスさんに近づく。

「あれ？　コークスさん、どうしたんです？　ウェルティは？」

最近のコークスさんはウェルティといるところしか見てないし、彼女にやきもちを焼かせたいわけじゃないから、念のため所在を確認する。

コークスさんはちょっと言いづらそうに、頭の後ろをかきながら答えた。

「フラックスに用事があると言って先に行かせたんだ。その……舞花に言っておきたいことがあって」

ウェルティを置いてきたことに罪悪感があるんだろうな。あたしはそんなことを思いつつ訊《たず》ねる。

「何です？」

「寂しくなったら僕のところへおいで。僕が君の家族になってあげるから」

「は？」

何なの、急に？　それってまるで……

フラックスさんがあたしの考えを代弁する。

「コークス。君、舞花に求婚しに来たの？」

コークスさんは真っ赤になって、あたふた言い訳した。

「え!?　いや！　そんなつもりじゃなくて、舞花のことは最初から妹のように思ってたから、遠慮なく甘えてくれていいよって言いたかっただけで……」

しどろもどろになっていくコークスさんに、胸の中が温かくなる。この間の大泣き、聞こえちゃってたかな？　隣の部屋に移動しただけだったし、遮断布は【救世の力】を防いでも物理的な音を遮断するわけじゃないし。自分のうかつさが恥ずかしいわ。

心配かけて申し訳ないことしちゃった。ウェルティをまいてまで慰《なぐさ》めに来てくれるなんて、コークスさんっていつもながら優しいわ。初めて会った時から親切だったもんね。おかげでどれだけ助けられたことか。

今のあたしには何もお返しができないけど、せめて感謝だけは伝えよう。

あたしはコークスさんに笑いかけた。

「心配してくださって、ありがとうございます」

コークスさんは照れくさそうに微笑む。

「君の本当の家族のようにはなれないかもしれないけど、この世界にも僕っていう家族がいることを忘れないで」

「すごく嬉しい――んですけど」

遠くから近づいてくる「ダダダ……」という音に気づいて、あたしは顔をひきつらせてしまう。

いやな予感は的中して、ドアが勢いよく開いた。陛下が部屋の中に飛び込んできた途端、コークスさんが襟足《えりあし》を掴まれたように浮き上がる。まるで首の後ろを掴んで持ち上げられた猫みたいだ。

「え？」

宙に浮いた当のコークスさんは、ぽかんとしながら呟《つぶや》く。それと同時に窓が開き、そこからコークスさんは外へと投げ出された。

一拍置いて、ばきぼきと木が折れる音がする。

陛下が戻ってきてから、わずか二、三秒。あまりに短い出来事だったために、あたしはコークスさんを掴むことも、声を上げることもできなかった。

フラックスさんならいつものことだから気にならないけど、コークスさんはこれが初めて。でもってそこの窓、自動的に開かなかった？

呆然として開きっぱなしの窓を見ていると、後ろから得意げな声が聞こえてくる。

「お、今回は租税《そぜい》の無駄《むだ》遣いをしなかったぞ」

その声に我に返ったあたしは、勢いよく振り返って陛下に詰め寄った。

「租税を無駄遣いしなきゃいいってわけじゃない！　何でコークスさんを外にほっぽり出すのよ!?　いくらコークスさんが」

『【救世の力】を持ってるからって』と続けようとしたところを、陛下の怒声に遮《さえぎ》られた。

「余を差し置いて、舞花に微笑んでもらったりするからだ！　余はあのような笑顔を舞花からもらったことは一度もない！」

いつにない激しい口調だったので、あたしはびっくりして黙り込む。

口が聞けないでいる間に、陛下はあたしの二の腕を掴んで訴えてきた。

「何故余には笑いかけてくれない？　【力】を使って舞花の笑顔を見たことがあっても、直接目にしたことは一度もないのだ。どうしたら余の前で笑ってくれる？」

「……」

「舞花～！」

「……あ、いえ、陛下を無視したかったわけではなくてですね」

あれ？　あたしって陛下の目の前で笑ったことなかったっけ？　ずっと不機嫌だったわけじゃないんだから、一度や二度は笑いかけてもおかしくない気がするんだけど……

口元に手を当てて、あたしは考え込む。

その間に、フラックスさんが陛下に駆け寄って懇願を始めた。

「念動力にまで目覚められるとはすばらしい！　もう一回やってください、もう一回！」

フラックスさんって女性かと見紛《みまご》うばかりの美人さんなのに、【救世の力】のこととなると変な人になっちゃうので非常に残念。

服の裾《すそ》にしがみついてくるフラックスさんを引きはがそうとしながら、陛下は顔をしかめて言う。

「もう一度やれと言われても、やり方がわからんのだ。ただ、舞花が租税《そぜい》の無駄《むだ》遣いを嘆《なげ》いていたのを思い出しただけで」

「そういうことを考えながらもう一度再現願います！」

「再現なんぞできんと言っておるではないか！」

陛下とフラックスさんのやりとりが白熱してきたところに、ヘマータサマとウェルティが戻ってきた。

「陛下、どうなさったんですの？　突然目にも留まらぬ速さでお戻りになるなんて」

いつもと違って部屋はめちゃめちゃになってないし、フラックスさんは無事だしで、何が起きたかわからないんだろう。ヘマータサマは理由を探すように辺りに視線を彷徨《さまよ》わせる。ヘマータサマと一緒に戸口に顔を出したウェルティも、部屋の中をきょろきょろ見回した。

「あら？　お兄さまは？　フラックス様にご用があるとおっしゃって戻られたはずですのに、どちらにいらっしゃるの？」

あたしは何とかごまかそうと、ぎくしゃくと返事する。

「陛下と入れ違いに、お帰りになられましたよ？」

あながち嘘じゃない。帰ったっていうところにちょっと語弊《ごへい》はあるけど。ホントのことを知られるとコークスさんも言い訳に困るだろうから、うやむやにしておくのが無難よね？

けど、あたしもわざとらしかったんだろうな。ウェルティはあからさまに疑いの目を向けてきた。

「怪しい……」

えっと……これはどうしたらいいんだろう？

作り笑いをして内心冷や汗をかいてると、フラックスさんが後ろから抱きついてきた。

「舞花も陛下に何とか言ってよ〜」

「貴様！　舞花に何をするー！」

今度はフラックスさんが首根っこを掴まれるように浮き上がり、開いたままの窓から外へ放り出される。

「すーばらしーい！　ぜひとも反復することで習得をー！」

フラックスさんの叫びは、途中で窓が閉まったことで小さくなった。

それを見たヘマータサマが感嘆の声を上げる。

「まあ！　陛下、新しい能力に目覚められたんですの？」

「……舞花、まさかお兄さまと何かあって、お兄さまが窓の外へ放り出されたなんて言わないでしょうね？　そうなの？　そうなのね!?」

あたしが言い訳する間もなくウェルティは目を吊《つ》り上げてあたしに迫ってきた。

「コ……コークスさんとあたしに何かあるわけないいじゃない。コークスさんはただ親切にしてくれただけで……」

本当に冷や汗をかきそうになりながらじりじり後退《あとずさ》るあたしに、ウェルティはどんどん詰め寄ってくる。

「何もないわけないいじゃない！　陛下が嫉妬《しっと》なさるようなことをしてたんでしょ!?　油断も隙もありゃしないったら！」

「わー！　腕まくりして何するつもり!?　怖いよっ！」

怯えるあたしのすぐそばで、テルミットさんがわかりやすく説明してくれる。

「ウェルティ様は細腕でありながら、【救世の力】の影響で男性にも引けを取らない腕力をお持ちなのですわ」

「テルミットさん！　説明はいいから助けて！」

逃げるあたしがソファーを回り込みながら必死に叫ぶと、テルミットさんがさらっと言った。

「ウェルティ様、お庭に落ちたコークス様の様子を、見に行かなくてよろしいんでしょうか？」

「あ、そうだわ。お兄さま！」

あともうちょっとであたしの腕を掴むところだったウェルティは、テルミットさんの言葉にはっとして、慌てて部屋を飛び出していく。テルミットさん、ナイス！　申し訳ないけど、あとはコークスさんに任せよう。そのほうが穏便《おんびん》に済むはずだ、うん。

あたしが自分を納得させてると、陛下に背後から抱きしめられた。

うわっ、密着しすぎ！　背中がすっぽりと覆われて、心臓の鼓動まで伝わっちゃいそう。でも抱きつかれること自体は初めてじゃないのに、何でこんなにどきどきするの？　自分の反応に混乱したり恥ずかしかったりで硬直してると、あたしの頭に頬を擦り寄せる陛下が困り切った声をかけてくる。

「何故余には笑いかけてくれぬのだ？　余には何が足りぬのだ？」

さっきの話の続きか。

――って、ああ、そういうことか……

「舞花～」

答えを見つけた途端、脱力するあたしに、陛下はさっきと同じように情けない声で呼びかけてくる。

あたしは額《ひたい》を押さえながら答えた。

「陛下があたしを喜ばせるようなことをしてないっていうのもありますが、一番の理由は抱きつくからじゃありませんか？　こんな風にしょっちゅう抱きついたら、相手の顔が見れないと思うんですけど」

陛下はあたしを振り向かせて両肩に手を置き、まじまじとあたしを見た後、盲点を突かれたと言わんばかりに、がっくりと肩を落とした。


数日後、陛下に散歩に行こうと誘われて庭に出た。

部屋替えとお風呂の時以外は部屋に閉じこもり切りの生活をしてたから、久しぶりに建物の外に出られて新鮮な気分。すれ違う人たちがみんな、道の脇に避けて頭を下げてくるのには困ったけどね。みんな陛下に頭を下げてるんだけど、陛下について歩いてるあたしにも頭を下げてるようになっちゃって申し訳ない。

そのことは置いておいて。こういう光景を見てると、陛下ってちゃんと王様なんだなって思える。王冠をかぶってたり他の人よりきらびやかな服を着てるってわけでもないのに、一目見ただけでみんな、さーっと道を空けるの。〝怖がってるのかな？〟と最初は思ったんだけど、通り過ぎた後でちらっと後ろを振り返ると、陛下と偶然出会えたことを静かに喜んでる人たちの姿があった。

あたしの前では色々馬鹿やってるのに、陛下って意外と人気者。何だか誇らしい気分になっちゃって、〝あたしが誇らしく思うことじゃないでしょ〟と自分にツッコミを入れる羽目になる。

陛下が向かった一角では、色とりどりの花が種類ごとに植えられていた。陛下はそこに足を踏み入れながら説明してくれる。

「ここでは、部屋に飾るための花が栽培されている。バフトナット・ラリッジはないから安心するがよい」

〝バフトナット・ラリッジ〟？　知らない名前。

「何ですか？　それ」

「略名バラだ」

それを聞いて、あたしの背筋にぞぞぞと悪寒《おかん》が走った。

二の腕をこすって怖気《おぞけ》を宥《なだ》めようとしてるあたしを見て、陛下は苦笑する。

「ロットやフラックスに言われたのだ。舞花が好きなバラとは、バフトナット・ラリッジのことではないのでは、とな。正式名称を知らなかったところを見ると、二人の言い分は正解だったということか。――舞花は、あれが泣くほど嫌いなのか？」

もう隠しておくこともないので、あたしは正直に話した。

「そうです。あたしにはあれが、死ぬほど嫌いな生き物そっくりに見えてしまって」

陛下はちょっと考えてから訊《たず》ねてきた。

「死ぬほど嫌いな生き物とは、へ――」

あたしはとっさに、陛下の口に手を伸ばす。

「ぎゃー！　言うな！　お願いだからあたしの目の前でその名前を口にしないでっっ！」

勢いのあまり、あたしは陛下に倒れかかってしまう。そんなあたしを支えるように、陛下の腕が腰に回された。

うわっ、何この体勢!?　あたしは慌てて身を引く。

陛下は、あたしの腰に回した手をあっさり外してくれた。チャンスとばかりに拘束するんじゃないかと思ったから、ちょっと調子が狂う。変な話だけど、べたべたすりすりされる時よりどきどきする。意外性のせい？

あたしが内心うろたえてるというのに、陛下のほうは余裕そうだった。

「ははは。よほど嫌いなのだな」

鷹揚《おうよう》に笑われて、あたしはむぅと口をとがらせる。八つ当たりだとわかってるけど、陛下のほうが優位に立ってる状況が妙に気に入らないのよ。

眉間にしわを寄せて俯《うつむ》くあたしの頭を、陛下はヘッドドレス越しにぽんぽんと叩いた。

「舞花の好きなバラによく似た花はないか探してみよう。そしてバフトナット・ラリッジのことは忘れるがよい」

バラが特に好きなわけじゃないけど、花自体は好きだから誤解を解かなくていいよね？　でも、あれ？　もしかしてあたしの好きな花を見つけるために、ここに連れてきてくれたの？

今までにない陛下の気遣いに、あたしの心臓がどきんと跳ねる。やだ。反則でしょ、これ。意外性と優しさで畳みかけてくるなんて。でも陛下は、計算してやってるんじゃないんだろうな。恋の計算ができる人だったら、あたしのことをとっくにオトしててもおかしくないもん。


その後いろんな花を見て回りながらも、間が持たなくなってあたしは訊《たず》ねた。

「お仕事はいいんですか？」

「そなたとの時間を作るために、ここ数日頑張っていたのだ。仕事は怠《おこた》っておらぬ。安心するがよい」

いや、安心すべきはこの国の人たちであって、あたしじゃないんだけど。

それにしても、国王の割に陛下ってプライベートの時間が多すぎない？　毎日半日は一緒にいるような気がする。一国の主《あるじ》ともなれば、もっと忙しくてもおかしくないだろうに。国が平和すぎてやることがないのか？

「この国って、ホントに平和ですよね」

嫌味のつもりで言ったのに、陛下は誇らしげに微笑む。

「ああ。平和はこの国の自慢だ」

平和は確かに自慢になる。国が戦争で荒れない国。国民が兵士として戦わなくていい国。軍備に税を割《さ》かなくていいから国庫の資金は潤沢《じゅんたく》で、戦争のせいで財産をなくすこともないから国民も豊かで。

この国はまさに類稀《たぐいまれ》なる国だ。

陛下が守ってくれるおかげで、国民はいつ戦争が起きるかと怯えたりしない。質素な暮らしをしてても飢《う》えることがないから、みんなおおらかで優しい。

もし他の国に迷い込んでたら、あたしはどうなってただろう？　想像つかないけど、今より絶対困ってて、辛い思いもいっぱいしたはずだ。

あたしが飢えることなく、命の危険にさらされることなく暮らしていられるのは、そんな国を守り続けてる陛下のおかげだ。陛下のおかげで、あたしは苦労らしい苦労を何一つしなくて済み、こうして贅沢《ぜいたく》な時間を過ごしてる。――って、いかん！　何絆《ほだ》されそうになってんだか。

あたしは陛下との間に流れる妖《あや》しい空気を散らそうと、辺りを見回して別の話題を探した。

すると少し離れたところから「かんこん」と何かを打つ音が聞こえてきて、あたしはそちらを見上げる。

そこには、壁を直してる人たちがいた。たぶん鑿《のみ》だと思うけど、それを壊れた外壁の一部に当て、木槌《きづち》か何かを振るってる。壊れた煉瓦《れんが》を取り除いてるんだろう。別の壁では、修復した煉瓦の上に白いものを塗りつけてる人がいる。壁を塗ってる人は、上の窓から縄で吊《つ》るされた足場に立って作業してる。

「うわー怖いな。あんな足場で大丈夫なの？」

陛下はあたしの視線をたどって見上げ、それからあたしに目を向けて微笑んだ。

「大丈夫だ。彼らも素人《しろうと》ではないからな。安全だと判断して、ああいう足場を使っている。実際、事故が起きたという報告を受けたことは一度もない」

「そうかもしれないけど、やっぱり危険なことには変わりないと思うのよ。それに陛下にぼこぼこ穴空けられて、作業が追いついてないじゃない。いくら国民の皆さんに安心してもらって、他の国の人たちを恐れさせるって言ったたって、こうしょっちゅう【救世の力】とやらで穴を空けてたんじゃホントにお城が倒れるわよ」

あたしは前にも言ったことのあるお小言を繰り返す。

こんな風にぶつぶつ文句を言われ続ければうんざりしそうなものなのに、陛下はあたしの話をにこにこしながら聞いている。何故笑っていられるのかと訊《き》けば、あたしの言葉は何でも愛の言葉に聞こえるとか何とか言うんだろう。以前そんなことを言われたのを思い出してしまい、あたしの頬は熱くなる。

あれは確かお城の客人扱いされるようになった最初の夜のことだったと思う。心の叫び声でかき消すほど聞くに耐えない言葉だったのに、今思い出すとこんなに照れくさいなんて。

あたし、やっぱりおかしいわ。陛下のどんな言動にもときめかずにいられないみたい。これじゃ陛下と一緒だ。馬鹿すぎる。

頭を抱えて悶《もだ》えたい気分でいるあたしに気付かず、陛下は笑顔で魅力を振りまきながら言った。

「念動力を使えるようになったから、もう城は壊さぬ」

「人を外に放り出すのもダメ。放り出した人は大丈夫でも、下に誰かがいたらその人が大丈夫じゃないじゃない。だいたい、コークスさんは親切にしてくれただけで、嫉妬《しっと》するようなことなんて何もなかったのに」

「余は不安なのだ。舞花が余の求婚を受け入れてくれぬから」

陛下の困り顔もいいよなぁとか思ってしまい、あたしは慌ててその考えを追い払う。

「陛下のプロポーズは受けられないって、何度言ったらわかるんですか？」

「理由は聞いた。だが諦め切れぬのだ。——そなたが余の求婚を受けてくれるのであれば、余も人を部屋から放り出すことはなくなるだろうな」

甘々なセリフに顔が火照《ほて》るのを感じながら、あたしはなおも抵抗を試みてぶっきらぼうに言った。

「プロポーズを交換条件につけるなんてずるいです」

「ならばどうやって、舞花の気を引けばいい？」

それもずるい。弱り果てたように言うなんて。罪悪感を覚えて譲歩したくなっちゃうじゃないの。揺れる心を押し隠して、あたしはわざとつれなく言う。

「まともなプロポーズはできないんですか？」

「結婚してくれ」

「お断りします」

情緒も何もないプロポーズにあたしが即答すると、陛下は眉間にしわを寄せて言った。

「そうやって断るのが目に見えているから、別の手段に訴えるしかないではないか。舞花は物を贈ろうとしても、かんかんに怒るであろうに」

「当たり前です。すでにあったものだけで十分足りてたし、あんなにもらったって着回しが面倒だし、収納スペースも手入れとかの手間も無駄《むだ》です。ああいうプレゼントはですね、特別な時にちょこっとだけもらえるのが嬉しいんですよ。一度にどかっともらうと、逆に嬉しさが減るんです」

「では、舞花はどのような求婚なら受ける気になるのだ？」

プロポーズしたい相手にそれを訊《き》いてどうする。

あたしは呆れながら言った。

「そんなの自分で考えてください。といっても、陛下のプロポーズは根本的に間違ってるんです。結婚してくれしてくれって――の一つ覚えみたいに言われたって、こっちには冗談にしか聞こえませんよ」

「今何の一つ覚えと言ったのだ？」

既《すんで》のところで口にしなかった言葉について言及されて、あたしはちょっと焦る。いくら慣用句でも、他人に言っちゃいけない言葉ってあるよね。

「大したことじゃないんで気にしないでください。要するに〝結婚してくれ〟と言うばっかりじゃダメだってことです。だいたい、何で陛下はあたしにプロポーズするんですか？」

「舞花が欲しいと思ったからだ」

陛下は堂々と答えるけど、あたしはその言葉に怪しげなものを感じて聞き返した。

「〝欲しい〟？」

「舞花がこの世界に現れた瞬間から、欲しくて仕方なかったのだ。舞花を抱きしめたい。キスしたい。ベッドを共にし、○○して×××……」

続く言葉を聞いて、あたしの頭の中は真っ白になった。

そんなあたしの目の前で、陛下は年齢制限がかかる言葉を恍惚《こうこつ》としながら延々と喋《しゃべ》る。

「だから余は、舞花と結婚したいと思ったのだ！」

陛下が高らかに締めくくったところで、あたしは陛下の頬に両手でビンタを張った。

「サイテー！　サイテーサイテーサイテー！」

陛下が痛みによろけた隙に、あたしは早足でその場から立ち去る。

まともに相手して馬鹿を見た！　陛下ってあたしのことが好きだったわけじゃないん

じゃない！

ぷりぷり怒りながら部屋に戻ろうとしていたあたしを、陛下が追いかけてくる。

「何を怒ったのか知らんが、すまん」

しおらしく謝る陛下に、あたしは怒りを押し殺した声で言う。

「理由がわからないのなら、謝らないでください」

陛下は一瞬怯《ひる》むけど、すぐまた話しかけてきた。

「何がいけなかったのだ？　余は、舞花とまぐわいたいだけでは」

「そういうことを昼間っから言うな！　って違う！　夜でも口にしないで！」

あたしは陛下の言葉を遮《さえぎ》ると、さらに足を速めて彼から離れようとする。陛下がしつこく追いかけてくるので、部屋に着く頃にはあたしは全速力で走っていた。ドアを押し開けて中に入ると、急いで閉める。だけど閉め切る前に陛下がドアノブを掴んだ。

「舞花、話を」

「話すことなんてない！」

渾身《こんしん》の力を込めてドアをぴったり閉じると、あたしはドアにもたれてぜーぜー息をつく。

ドアの向こうからは、ドアを叩く音と「開けてくれ！　余はそなたとの子どもが欲しいのだ！」と懇願する陛下の声が聞こえてくる。子ども？　なに冗談を言ってんだか。

そのうちロットさんの声がして、「自由時間はおしまいです。執務室に戻ってくださ い」と陛下をせき立てるのが聞こえてくる。陛下はぐずぐず何か言ってたけど、しまいには「話を聞いてもらえないなら、時間を置いてまた来ましょう」と説得されて、ドアの前から去っていった。

足音が遠ざかったのを耳にして、あたしはほっとして身体から力を抜く。

「何故求婚に応じられないのですか？」

「うお！　びっくりした！」

間近からかけられた声に驚きすぎて、若い女性らしからぬ声を上げてしまう。

「い……いつからそこにいたの？」

心臓をばくばくさせながらあたしは訊《たず》ねる。テルミットさんはあたしの反応を不思議そうに見ながら言った。

「最初からですわ。舞花様が陛下とお散歩に出かけられている間に、お部屋の片づけを終わらせようと思いまして」

今思い出したけど、テルミットさんはそう言って部屋から送り出してくれたんだっけ。

「それで、どうしてなのですか？」

テルミットさんはもう一度訊ねてくる。

鼓動が収まってきたので、あたしは質問に答えた。

「最初から宰相サマに、『陛下の求婚をお受けしないように』って釘刺されてたからに決まってるじゃないですか。宰相サマは陛下の遊び相手としてあたしをここに留《とど》まらせてるけど、結婚相手に、なんてさらさら考えてないんだから。宰相サマは陛下より発言権があるみたいなのに、その宰相サマが反対してる結婚が認められると思います？　へマータサマやウェルティだって許さないですって」

あたしが『陛下と結婚する気なんて全くありません』っていう態度をとり続けてたから二人ともぶつぶつ言うだけに留めてたんだろうに、『やっぱり結婚することにしました』なんて言ったら怒るに決まってるじゃない。二人ともかなり血筋のいい貴族だっていうからには、【救世の力】もかなりのものなんでしょ？　二人の能力を見たことはないけど、間近で陛下の力を見てるあたしは条件反射でぶるっちゃう。

ホントに寒気がして二の腕をさすってると、テルミットさんは困ったような笑みを浮かべる。

「モリブデン様は大きな発言力を持ってらっしゃいますが、だからといって陛下より発言力が上というわけではないですわ。陛下はモリブデン様の意見を聞き入れているだけで、陛下が強く反対すればモリブデン様はご自分の意見を下げるしかありません」

「テルミットさんって、あたしと陛下の仲を妨害するよう、宰相サマから命令されてたんじゃなかった？」

「はい。そういった命令は受けておりますけど、わたくしはそもそも、舞花様に何不自由なくお過ごしいただけるような采配《さいはい》全般を、陛下から命じられているのです。どちらの命令を優先すべきかは明白ではないですか。舞花様が望まれることであれば、わたくしはモリブデン様の命令に背《そむ》いてでも行う覚悟がございます」

あの宰相サマに背くなんて相当の覚悟が必要だろうに。

ほろりときたあたしに、テルミットさんは話を続けた。

「ですから、舞花様のお気持ち次第なんです。陛下は、舞花様のお気持ちを尊重なさっています。舞花様が求婚を承諾されるまで待つおつもりだから、陛下は結婚を具体的に進めようとなさっていないのです」

……うん。そのことには気付いてた。人の話を聞かなくて勝手な解釈で物事を進めていくクセに、プロポーズだけは馬鹿みたいに繰り返すんだもん。権力があるんだから一言「結婚しろ」って命令すればいいだろうに、そうはせずにプロポーズだけを繰り返している。――いかん、また絆《ほだ》されそうになった。

自分に言い聞かせるためにも、あたしはきっぱりとテルミットさんに言った。

「改めて言いますけど、あたし自身、陛下のプロポーズを受けるつもりはないんです」

「でも、舞花様は陛下のことがお好きですよね？　最初のうちは本気で迷惑していらっしゃったようですけど、今はむしろ意識してらっしゃるように思うのですが」

あたしはぎくっとして、テルミットさんから目を逸《そ》らす。

そんなにバレバレなんだろうか。だとしたら問題だわ。

テルミットさんにちょっと目配せすると、あたしは黙ったまま寝室に入った。

今まで何度か部屋替えしてるけど、そのたびに遮断布でベッドとかを囲ってくれている。数人がかりでやってくれてるとはいえ、天井からベッドの下まで囲うからかなり大変だろうな。あたしはその労力に感謝しながら、遮断布をめくって中に入った。

ここなら陛下に内緒の話ができる。

テルミットさんを招き入れると、ベッドの端に並んで腰かけてからあたしは遠慮がちに訊《たず》ねた。

「あたしが陛下を意識してるって、そんなによくわかります？」

「いいえ。普段とあまりお変わりありませんわ。ただ、ロットさんも気付いたように、『あ～ん』の拒否はしてもすぐには殴ろうとはなさらないとか、陛下に対してほんの少し優しくなられたようですので、そうかなと思ったままでです」

テルミットさんの返事にあたしはほっとする。あたしの気持ちが全員にバレてるとしたら、すごく困るもんね。

「お願いがあるんですけど、そのことは黙っててほしいんです」

「何故です？」

「陛下のことを意識するようになったからって、プロポーズを受けるつもりはないから」

お願いするからには理由を説明しないわけにはいかないよね。

あたしはぽつぽつと話し出した。

「陛下は、あたしのことが本当に好きなわけじゃないんです。あたしにちょっと興味を引かれただけ。なかなか手に入らないから今は熱中してるみたいだけど、そういう衝動は目当てのものを手に入れたらあっという間に冷めて、後には何も残らないの」

さっきの陛下の話を聞いて、ようやく納得した。やっぱり陛下はあたしのことが好きでもなんでもなかった。ただ周りが美人ばかりだから、毛色の違うあたしに興味を引かれただけ。一旦自分のものにしたら、あっという間に興味を失くすんだろう。元彼のように。

思えば元彼も陛下みたいな人だった。見た目はいいけど自己中心的で、あたしは熱心に言い寄られて半ば仕方なく付き合いを始めた。その結果どうなった？　親密な関係になった途端、だんだんよそよそしくなって、振る時には自分が悪者になりたくなくてあたしを傷つけた。

陛下はこの国で一番偉い人だ。あたしへの興味が失せた時、元彼みたいに別れる理由も必要としない。その時あたしと結婚してたとしても、陛下が一言「もういらない」と言えば、宰相サマ辺りが適当に理由をつけてあたしを放り出すはずだ。ううん、その一言すら必要ないかもしれない。あたしに見向きしなければいいだけのこと。そのことにあたしが文句を言ったってどうにもならない。だって相手は国王だもの。身分があるわけでも、この国の人間でもないあたしの訴えなんて、耳にも入らないはずだ。

まだそうなったわけじゃないのに、忘れ去られたみじめなあたしを想像してしまって、目が涙に滲《にじ》みそうになる。

奥歯を噛みしめて堪《こら》えていると、テルミットさんが気遣わしげにあたしの顔を覗《のぞ》き込んで言った。

「そうですか？　わたくしには十分、陛下は舞花様を愛してらっしゃるように見えますわ。子どもが欲しいとまでおっしゃるなんて、本気な証拠ではございませんか？」

あたしの胸はどきんと高鳴る。そうなのかな？　陛下は本気であたしのことを？　――ううん、ダメダメ。絆《ほだ》されたりなんかしちゃダメ。だってあたしには、他にも陛下を拒《こば》まなきゃならない理由がある。

「テルミットさんは忘れてるのかもしれないけど、あたしはこの国どころか、この世界の人間ですらないんですよ？」

「忘れてはおりませんよ？　でもそれが何か？」

「あたしは自分が何故この世界に迷い込んだのか、どうやってこの世界に来たのかもわからないんです。帰り方もわからなければ――いつ元の世界に帰されるのかもわからない」

テルミットさんはあたしが言いたいことを察したみたいで、はっとする。その表情を見て、あたしは話を続けた。

「あたしがこの世界に迷い込んだのはいきなりのことで、その兆候さえ思い当たらないんです。だから、いつまた突然この世界から別の世界に飛ばされるかもわからない。元の世界に帰れればいいけど、そんな保証もない。なのに陛下を好きになって、いつ別れの日が来るだろうって怯えながら暮らすなんてことはできないんです」

口に出したことで、恐れが足元から這《は》い上ってくる感覚がする。

郷愁《きょうしゅう》と一緒に、できるだけ考えないようにしてきたことだ。だって、元の世界に帰る方法もこの世界に留《とど》まる方法もわからないのに、考えたって恐怖が募《つの》るばかりで何の役にも立たない。

一旦考え出すと、不安が後から後から湧いてきて止まらない。あたしはこれからどうなるの？　いつ元の世界に帰れるの？　家族と再会できる？　もし別の世界に飛ばされることになったら、あたしはそこでやっていけるんだろうか？

そんな思いから逃れたくて、あたしは膝に肘をついて頭を抱えた。そんなこと考えたって仕方ない。対策を立てられるわけじゃないんだから、その時になってから考えればいいだけのこと。

懸命に不安を振り払おうとしていると、テルミットさんが気遣わしげに声をかけてきた。

「舞花様……」

これ以上言葉がないみたいだった。その気持ちはわかる。あたしだって、こんな境遇の人にかけられる言葉なんて思いつかない。

あたしは申し訳なくなって、さっさと話を終わらせようとした。

「そんなわけなんで、結婚はもちろんのこと、子どもなんて以《もっ》ての外《ほか》なんです。母親がいついなくなるかわからないんですよ？　それに、子どもはどちらの世界に属することになるんですか？　属する世界の定まらない子どもは、あたしよりも異世界に飛ばされる可能性が高いかもしれないじゃないですか。あたし自身のことならまだしも、あたしが陛下に絆《ほだ》されたばっかりに、生まれてきた子どもをあたしと同じような目に遭《あ》わせるようなことはしたくないんです」

もうすぐ生まれるところだった甥《おい》か姪《めい》。家族みんなで誕生を楽しみにしてるうちに、新しい家族を守ってあげなくちゃっていう気持ちが芽生えてた。

あの子が見知らぬ世界へ飛ばされちゃったらどうするだろう？　それが自分の子だとしたら？　想像するだけでも怖いのに、実際にそんなことになったらきっと耐えられない。

膝の上で両手をぎゅっと握り合わせていると、テルミットさんが問いかけてきた。

「じゃあ子どもができなければ、陛下と結婚してもいいってことですか？」

「は？」

「だって、今おっしゃったじゃないですか。ご自分のことだけならまだしも、子どもまで同じ目に遭わせたくないって」

「う……うん」

確かにそう言った。でも、肝心な話がすっぽ抜けちゃってない？　子ども云々《うんぬん》の前に、その父親との問題があるんだけど。

あたしの困惑をよそに、テルミットさんはどこに行くとも言わずに遮断布の外へ出ていく。ドアを開け閉めする音がしたことからして、寝室からも出ていったようだ。唐突に話を切り上げられて、あたしは座ったまま途方に暮れる。

そうしていたのは少しの間だった。すぐに遮断布の中に戻ってきたテルミットさんは、親指と人差し指で摘《つま》んだ小さな紙の包みをあたしに見せる。

「えっと……あの、それは何？」

おずおずと訊《たず》ねると、テルミットさんは胸を張って教えてくれた。

「一粒で丸一日、事後に飲んでも効き目あり。避妊率百パーセントのオクスリです」

「え？　この国ってそんなものがあるの？」

何その万能薬？　【救世の力】っていう不思議な力を持ってる人たちがいたり、その力を遮断する布があったりする世界だから、そういう薬があってもおかしくないんだろうけど。

「てか、何でそれを……？」

嫌な予感を覚えつつ訊《たず》ねてみると、テルミットさんはにっこり笑って答える。

「わたくしは舞花様に何不自由ない生活を送っていただくために、ありとあらゆる準備をしているのデス。——というわけで、サイドテーブルの引き出しにしまっておきますので、必要になったらお使いくださいね」

「な⁉」

あたしは素《す》っ頓狂《とんきょう》な声を上げて、サイドテーブルにすたすた歩み寄るテルミットさんを追いかけた。

「待って！　そんなもん置いとかないで！」

薬を奪おうと手を伸ばすけど、テルミットさんにひょいひょいとかわされてしまう。

「使う使わないはともかく、置いておいて損はないんじゃないですか？　ね？」

「陛下に知られたら、その気があるって誤解されかねないじゃないですか！　それにテルミットさんは、宰相サマからそうならないよう妨害しろって命令されてなかった⁉」

「先ほども申し上げましたけど、わたくしの一番の使命は舞花様が何不自由なくお過ごしになられるよう手配することなのです。ですから備えは怠《おこた》れませんわ」

「あたしはそんなこと絶対にしないったら！」

あたしがバランスを崩してベッドに倒れ込んでる隙に、テルミットさんはサイドテーブルの引き出しに薬をしまい込んでしまった。

振り返ったテルミットさんは、ベッドの上に無様《ぶざま》にひっくり返ったあたしににこっと笑いかける。

「陛下がその気になったら、舞花様も拒《こば》み切れなくなるかもしれませんよ？　なくなっていたらこっそり補充しておきますので、安心してくださいね」

そう言ってにっこり笑う。……つまり、処分しても無駄《むだ》だと言いたいのね？　テルミットさんが何でこうも避妊薬を持たせたがるのかがわからないけど、その熱意に負けてあたしはがっくり肩を落とした。

翌日、軽食の時間が終わった後に、あたしはテーブルの上のお片づけを手伝った。

テルミットさんは「わたくしの仕事ですから」って言ってくれるけど、みんなでお片づけするっていう教育を受けてるあたしは、他人がお片づけするのを何もせずに見てるのは居心地悪いのよね。初めのうちは客が片づけを申し出たらやりにくかろうと遠慮してたんだけど、日が経つにつれ我慢できなくなって「一緒に片づけさせてください」ってお願いしたんだ。

テルミットさんが残った食べ物をトングで一つの皿にまとめてる最中に、あたしはグラスを集めてワゴンの下の段に載せていく。

陛下はロットさんに引きずられて政務に。ヘマータサマは最近ずっと、陛下に続いて部屋から立ち去ってる。ウェルティも、コークスさんが窓から放り出された一件以来、ぴりぴりと警戒しながらコークスさんを部屋から連れ出すようになった。宰相サマは最近顔を見せなくて、この日フラックスさんも用事があるからと言ってみんなと一緒に出ていった。なので今は、テルミットさんと二人だけ。

お皿を片づけテーブルを拭き終えると、テルミットさんはワゴンを部屋の外に出した。そうしておけば、他の人が回収してくれるのだそうだ。

その時、テルミットさんが誰かに話しかけられた。

「舞花様と少しお話したいんだけど、今いいかな？」

あ、男性にしては少し高めのこの声は。

あたしはテルミットさんが返事をする前に、廊下に向けて大きめの声をかけた。

「ロットさんですか？　いいですよ」

会釈《えしゃく》しながら居間に入ってきたロットさんにソファーを勧める。

「それではお言葉に甘えて失礼します」

ロットさんが正面のソファーに座ったところで、あたしは切り出した。

「それで何の話です？」

「陛下が何故『あ～ん』に固執するのかという話です」

改まって話しに来るから、どんな重要な話かと思ったのに。

あたしは額《ひたい》を押さえたくなるのを堪《こら》えて訊《たず》ねた。

「それ、わざわざ話題に取り上げなきゃならないことですか？」

ロットさんも同意見だったみたいで、苦笑しながら話し始めた。

「それはそうなんですけどね。ただ、舞花様にお話ししたことがなかったのを思い出しまして。――『あ～ん』は、実は陛下のご両親がしていたことなんです」

陛下のご両親って、前の国王陛下とそのお后《きさき》様ってこと？　そういえば、陛下がちらっと言ったことはあったけど、見かけたことは一度もなかった。まさか……

あたしは口ごもりながら訊ねる。

「あの……お亡くなりになったの？」

「いえ、お二人ともご健在ですよ」

あっさり返ってきた答えに、あたしは拍子抜けする。

「じゃあいったいどこに……？」

「お城の片隅《かたすみ》の、隔離された場所でお暮らしです。あ、先に申し上げますが、罪を犯して幽閉されているというわけではありませんよ。国と陛下のためなんです」

ロットさんは、寂しそうに微笑んで話し始めた。

「陛下のお父上は【救世の力】にあまり恵まれておらず、その事実は多くの国民の前では秘され、血族の間では悩みの種とされていました。ですがお子である陛下は、幼少の頃より稀《まれ》に見る強い力を発揮されたのです。血族の意見は二分しました。陛下を次の王に推《お》す者と、順当に陛下のお父上に位が譲《ゆず》られるべきだと主張する者とに。当時まだ、陛下のお父上のお父上、つまり陛下のおじい様に当たられる方はご存命で、退位はされていませんでした。そこで陛下のお父上は直談判《じかだんぱん》されたのです。『自分は公《おおやけ》の場に二度と出ないと約束するから、息子を次の王に指名してほしい』と。それが聞き届けられると、陛下のお父上は自ら城の片隅《かたすみ》に引きこもりました。陛下のお母上はお父上をひとりぼっちにしてはかわいそうだからと、共に引きこもってしまわれました――それが、陛下が五歳の時のことです」

あたしは眉をひそめる。陛下のご両親は、そんなに小さい子を捨てるような真似をしたの？

あたしの考えを察したロットさんは、急いでその誤解を解こうとする。

「いえ、ご両親に陛下への愛情がなかったわけではありません。陛下のお立場を盤石《ばんじゃく》にするためでもあったのです。以来、まだ甘えたい盛りだった陛下は、おじい様のもとで厳しく育てられることになりました。一足飛びに大人になることを求められた陛下は、おじい様が身罷《みまか》られる少し前に十八歳という若さで即位し、その後立派に国を治めてこられたのです」

「あの脳天気そうな陛下にも、そんな複雑な過去があったのね……」

しみじみ言うと、ロットさんは「『能天気』には同意しかねますが、ええ、そうなんです」と苦笑する。

「陛下が、舞花様に与えようとした仕事の話を覚えていますか？」

「あ……はい」

あのこっ恥《ぱ》ずかしい妄想のことね。

「あれは陛下が幼い頃にご覧になった、ご両親の仲睦まじい姿なのです。あれを覚えてらっしゃるとは驚きでした。ご両親のことを一度もお話しにならないから、てっきり忘れたものとばかり」

まるで自分が見たことを話してるようだから違和感を感じたんだけど、そういえばロットさんは陛下より年上だった。陛下が小さい頃から仕えてたのかもしれない。

あたしが余計なことを考えてる間にも、ロットさんは懐かしむように話し続けた。

「でもご両親のことを話しているという自覚もないみたいでしたから、もしかすると無意識に刷《す》り込まれていたのかもしれません。陛下は、舞花様とならそういう生活が築けると期待したのでしょう」

「明らかに人選ミスだと思います」

あたしは率直に言う。

だって、あたしはあんなこっ恥《ぱ》ずかしいことには耐えられないもん。あ～んをされるのも、前ほど鬱陶《うっとう》しくはないけどやっぱり嫌だし。

ロットさんはあたしの反論を無視して言った。

「陛下は普段はあんな変な人ではありません。舞花様の前でだけなんです。舞花様を望むあまりおかしくなってしまってるだけなんです」

「それもどうかと思うんですけど」

要するに、あたしは変じゃない陛下とは一緒にいられないってことでしょ？　まともな陛下はリグナシカ王との謁見《えっけん》の時のように遠目からしか見れないんだったら、そういうアピールされたって困る。変な陛下をアピールされても、もちろん困るけど。

ロットさんはまたもやあたしの意見をスルーして話を続けた。

「陛下の、舞花様への想いは本物です。舞花様はわけもわからずこの世界に迷い込んでしまったせいで色々不安もありましょうが、できましたらそのことを一日忘れて、陛下のことを真剣に考えてはいただけないでしょうか？」

話の終着点はやっぱりそこか。あたしは憂鬱《ゆううつ》になる。

ここは居心地がいい。元の世界に帰りたい気持ちを時折忘れてしまうくらい。ただし、プロポーズ関連の話が出ない時に限るけど。

じっと返答を待つロットさんに、あたしは自嘲の笑みを浮かべながら言った。

「真剣に考えるからこそ、あたしは陛下のプロポーズを受けられないんです」

ふと、陛下も聞いてるかもしれないと気付いた。でもいいや。いい機会だから、陛下にも聞かせよう。

「ロットさんが今おっしゃったように、あたしはわけもわからないままこの世界に迷い込みました。あたしは元の世界に帰りたいと思ってますけど、帰る方法もいつ帰れるかもわかりません。逆に、いつこの世界からいなくなるかもわからないんです。――ロットさんは、好きな人が突然この世界からいなくなって二度と会えなくなったらどう思いますか？　辛くなるんじゃありませんか？　辛すぎて、好きにならなければよかったと後悔することもあるんじゃないでしょうか？」

陛下にとっても、今のうちに諦めるほうが幸せなはずだ。好きになればなるほど別れが辛くなるから。

　ロットさんは目を伏せて少し考えた後、あたしに優しい視線を向けて言った。

「僕は、好きな人と二度と会えなくなったら、〝どうしてもっと一緒に過ごさなかったんだろう〟と後悔すると思います。──舞花様の体験なさったことは非常に特殊だと思いますが、好きな人との永遠の別れは誰にでも起こりうることではないでしょうか？　伴侶《はんりょ》や、恋人、大切な家族が突然亡くなる不幸は、誰の身の上にも降りかかる可能性があります。愛する人が行方不明になり、生死がわからなくなることだってあるでしょう」

　あたしは胸を突かれたようにはっとした。

　ロットさんの言う通りだ。異世界に迷い込んだりしなくても、愛する人と突然引き離される可能性は誰にだってある。あたしがこの世界に迷い込むことがなかったとしても、別の形で起こってたかもしれないんだ。

　ロットさんはあたしを労《いた》わるように微笑んで話を続けた。

「舞花様は愛するご家族と離れ離れになってしまったことで、人を愛することが怖くなってしまったのだとお察しします。ですがそれを理由に愛さないことを選んで、舞花様は幸せになれるのでしょうか？　本当に別れが訪れた時、ご自分の気持ちに正直にならなかったことを後悔なさいませんか？　陛下はもちろんですけど、僕は舞花様にも幸せになっていただきたいと思っています。どんな道を選んでも後悔するかもしれませんけど、舞花様にはできるだけ悔いの残らない選択をしていただきたいのです。――もちろん僕は、陛下の味方ですよ？　陛下の恋を応援してますからね？」

ロットさんが急に脈絡のないことを言ってソファーから立ち上がる。それからすたこらドアのほうに向かうのを唖然《あぜん》として見つめていると、音を立てて窓が開いた。びくっとしてそちらを振り返ると、開いた窓の向こうに陛下がふよふよ浮かんでるのが見えてぎょっとする。

「というわけで、陛下のことを真剣に考えてあげてください。それじゃ！」

「〝それじゃ！〟じゃない！」

とっさに振り返って叫んだけど、ロットさんはすでにドアの向こう。追いかけようと腰を上げかけてたあたしは、陛下に背後から抱きつかれてソファーにどすんと座り直す羽目になった。

「どこにも行かせない。元の世界に帰るなどと言わないでくれ。舞花がいなくなると思っただけで、余は、余は……」

耳元で、陛下の泣きそうな声が聞こえる。

これが、稀《まれ》に見る力を発揮して過剰な期待を寄せられた国王陛下？　どうにも信じられないんですけど。まるで子どもじゃない。保護者に置いてきぼりにされるのをすごく怖がってる子ども。

あたしを抱きしめる腕から、かすかな震えが伝わってくる。

それに気づいた途端、あたしの心はまた揺れ始めた。

ロットさんの言っていたことはわかる。でも、今ですらこんななのに、あたしが突然この世界から消え失せてしまった時、陛下はどうなってしまうんだろう。

今ならまだ日も浅い。ここで引き返せばまだ心の傷は浅いはず。

本当に陛下のことを考えるなら、やっぱり今のうちに陛下を思い留《とど》まらせるべきなのよ――とあたしが真剣に考えてる最中だというのに。

「このオイタな手にはお仕置きが必要のようね」

胸をまさぐり始めていた手の甲を、あたしはぎゅっとひねり上げる。陛下は「いたたたた」と呻《うめ》いて、あたしから離れた。

その夜、陛下はあたしの隣ではなく、向かい側に座っておとなしく夕食を食べた。

「どういう風の吹き回しですか？」

陛下は「〃その場のなりゆき〃？」と首をひねる。さすがに〃風の吹き回し〃っていう言い回しはなかったか。大体そういう意味だけど、ちょっとニュアンスが伝わってないみたい。あたしの言葉選びも微妙だったかもだけど。

「何で向かい合って食べることにしたのかなって思いまして」

「舞花が言っていたではないか。『好きな人が嫌がることは、普通しないもん』だと」

言った。確かに言った。でもそれを理解して実践に移すのが遅すぎるよ。……改めないよりずっとマシだけど。

微妙な表情をするあたしに、陛下はちょっと困ったように言った。

「舞花はそんなに『あ〜ん』が嫌だったのか？」

「あんだけ殴り倒されておいて、今まで気付かなかったんですか？」

「舞花なりのスキンシップだと思っていたのだ」

ああ、うん。そうだと思ってましたよ……

一口大に切られたミディアムなステーキを頬張りながら、あたしはお疲れ気分でそんなことを思う。

陛下もステーキを一切れ食べ、すっかり呑み込んでから言った。

「『あ〜ん』をしないのであれば、ずっと顔を見ていたいと思ってな、それで向かい合わせに席を用意させたのだ」

うわわっ！　何その甘々な笑顔は！　〝ずっと顔を見ていたい〟って臆面《おくめん》もなくよく言うよ！

「陛下、よくそんな恥ずかしいことを平気で口にできますね」

「本心を口にするのに、恥ずかしいことがあろうか」

恥ずかしさを紛《まぎ》らわせたくて嫌味を言ったつもりだったのに、返り討《う》ちに遭《あ》っちゃった……

項垂《うなだ》れて照れに耐えてると、陛下は心配そうに声をかけてきた。

「大丈夫か？　具合が悪いなら侍医《じい》を呼ばせるが」

「……大丈夫です。ちょっと疲れたから休んでるだけ」

気付かれなくてよかった。真っ赤になった顔なんて陛下に見せられない。

その後は、当たり障りのない会話が続いた。

口に食べ物が入ってない時だけぽつぽつと言葉を交わす。

こういう平穏な食卓を望んでたはずなのに、何でこんなに味気なく感じるんだろ？　……ああそうか。『あ～ん』がないからだ。鬱陶《うっとう》しくて殴りさえしていたのに、『あ～ん』がないというだけで妙に食卓が寂しく感じる。

――ていうか、あたしたちって食事の最中、『あ～ん』を巡る対決しかしてなかったんだなと痛感。これまで食事中、他にどんな話をしてきたのか全然思い出せない。

切れ切れの会話が弾《はず》むわけもなく、最後のほうはほとんど喋《しゃべ》らないまま食事を終える。

いつもはここでお別れなんだけど、陛下に「バルコニーに出てみないか」と誘われたので、ついていくことにした。


バルコニーはお城の中庭に面したところにあって、石畳のだだっぴろい広場が真下にあり、その向こうには城下に続く門がある。さらに先には、家々から漏れる明かりがぽつぽつと見えた。

陛下が背後で手を振ると、バルコニーの奥の部屋のランプが消されて暗くなる。

暗がりに目が慣れてくると、星々に彩《いろど》られた夜空が見え始めた。

あたしはバルコニーの手すりに手を置いて、空を見上げる。

「きれーい……」

こんな風に夜空を見上げたのって、いつ以来だろ？

思わず感嘆の声を漏らしたあたしに、隣に立った陛下が満足そうに答える。

「そうであろう？　そなたは夕食の後はすぐに寝室に入ってしまうから、一度見せてやりたいと思っていたのだ」

……陛下のストーカー能力から逃げるためであって、寝てるわけじゃないんだけどね。そうして確保したプライベート時間に、あたしはベッドの上で時間をかけてストレッチや軽い筋トレをしてる。薄暗い明かりの下では字の勉強はできないし、一日中ほとんど動くことがなくて身体がなまって仕方ないからね。

本当のことを言えなくてひきつり笑いをしながら黙り込んでると、すぐ近くで大きな音がした。

ガラ～ン　ガラ～ン　……

その音に、あたしははっと身をすくませる。手すりに置いた手に、思わずしがみつくかのような力が入った。

あたしの反応に気付いた陛下が、宥《なだ》めるように声をかけてくる。

「これは時を告《つ》げる鐘だ。すぐ近くに鐘楼《しょうろう》があるのだ」

「し……知ってるわよ。いきなり近くで鳴ったからびっくりしただけ」

強がってみせたけど、身体の強ばりを解くことはできなかった。

この音を聞くと、どうしても身構えてしまう。

三か月前の夜、この音が聞こえ始めた時に、あたしは自分が見知らぬ場所にいることに気付いた。この音を聞くとその時のことを思い出さずにはいられない。しかも今は、あの時と同じ時刻で――

全身に寒気が走って二の腕をさすると、寒いと勘違いしたのか陛下があたしを背後からそっと抱きしめてきた。

「……三か月前のある夜、鐘の音が聞こえ始めたのと同時に、胸の中に不安な思いがよぎった。それはやがて焦りに変わり、そこに泣きたい気持ちが混じった。突然感情を翻《ほん》弄《ろう》され、余は戸惑った。初めての経験であったが、身の内に吹き荒れる思いは余のものではないということだけは何となくわかった。この思いの主は助けを求めていた」

頭の後ろで語られる話に、あたしの胸はどくんと高鳴る。〝それってもしかして……〟という思いが、頭の中をぐるぐると回る。

陛下の話は淡々と続いた。

「〝すぐさま側《そば》に行って助けてやりたい。大丈夫だと慰《なぐさ》めてやりたい〟と切に願ったものの、相手がどこにいるのかも、実際にそのような人物がいるのかさえも、その時はわからなかった。どうすることもできずもどかしくて、困惑するロットの前で部屋の中をうろうろと歩き回った。——そのうち、涙が溢れんばかりの焦燥感は混乱に取って代わった。混乱しながらも、思いの主はひとまず安堵《あんど》を覚えたようだった」

やっぱり間違いない。あたしがこの世界に迷い込んだ時のことだ。馬車に乗ったコークスさんと遭遇したあたしは混乱し、でも助けられたということだけは理解してほっとしてた。

あの時から、陛下はあたしのことを知ってたの……？

「それからというもの、余の心は思いの主と共にあった。日々の生活がそれまでの生活と違いすぎて戸惑ったり、頭頂部の黒が広がっていくのに焦ったり」

「それで思い出しました。陛下、あたしのプリン頭をテルミットさんとかにバラしましたね？　あたしのことをずっと見てたっていうなら、あたしが懸命に隠したがってたのも知ってたでしょうに」

文句を言ったのに、陛下は「焦っている様子も可愛かったぞ」とこっちが照れずにいられないことをさらっと言う。

「——そうして動揺したり困惑したり、腹を立てたり笑ったりした。やがて思いの主の顔や声も頭に思い浮かぶようになった。ウェルティに騙《だま》されたと知って怒ったり、台所で働き始めるとよく笑うようになったり。くるくると変わる表情や声に魅了されて、余は何も手につかなくなった。――『この世界に来たのをなかったことにして』と言われた時、余は胸が潰れる思いがした。そなたにとって、この世界にいることはそんなに辛いことなのかと」

忘れてって言ったのに、まだ覚えてたのね。

陛下の声音こそ辛そうで、あたしは申し訳なくなる。

「いえ……あれは単なる言葉のあやで、この世界にいることが辛いってことはないんです。むしろ、こんなによくしてもらっちゃっていいのかなって、落ち着かないくらいで……」

ついでに言うと、陛下に背後から抱きしめられてるのも落ち着かない。緊張して、心臓がばくばく言ってる。

マフラーみたいに首に巻きついた腕から顔を上げ、抜け出そうともぞもぞする。すると陛下の腕に力がこもり、あたしはさらに身動きが取れなくなった。

「家族に会えぬ辛さに耐えかねてのことだったとはわかっている。だが、家族を恋しいと思うのは、こちらの世界に家族以上に恋しいと思う者がおらぬからではないのか？　――余はそなたの家族以上にはなれぬのか？　どうしたらそなたは、余を好きになってくれる？」

こっちこそ聞きたい。陛下は何でこうもわからずやなの？　結婚できない理由は、陛下にだって十分すぎるくらいあるのに。

「……陛下も、わかってるんじゃないですか？　宰相サマはあたしと遊ぶことは許可しても、結婚は絶対に許可しないって。——陛下には大事な義務があるじゃないですか。国を治めるだけじゃなくて、【救世の力】をより強く、確実に後世に伝えるために、ふさわしい相手と結婚して後継者を作るっていう義務が。あたしはそれを邪魔して、この国の人たちを不安にさせるなんてまっぴらごめんです」

「己《おのれ》の義務はわかっている。いずれ、しかるべき伴侶《はんりょ》を選ぶつもりもあった。だがもう誰も目に入らない。舞花以外は誰も」

こんな話、聞きたくなかった。ただでさえ陛下を拒《こば》み切れなくなってるのに、余計気持ちがぐらつくから。

鐘の音はとっくに鳴り止んでるのに、陛下はまだあたしを抱きしめてた。

あたしが返事をする気がないとわかったからか、やがて腕を緩《ゆる》めてあたしの背中からそっと離れていく。

「すまなかった」

何謝ってんの？　これまであたしがどんなに嫌がっても、勝手に抱きついてきたくせに。

「何がですか？」

振り返ってわざとつっけんどんに訊《たず》ねると、陛下はためらいがちに微笑んで言った。

「鐘の音が怖いのだろう？　なのに間近で聞こえる場所にそなたを連れ出してしまった」

気付いてたんだ。ずるい。そんな優しさを見せられたら、応えられない自分に罪悪感が募《つの》るじゃない。

人の話を聞かない自己中心的な人のままでいてくれたらよかった。そうすれば、好きにならなかっただろうし、こんなに辛い思いをすることもなかったのに。

……ううん、陛下は最初からあたしの気持ちを考えてくれてた。

国王って立場だったらプロポーズを受けるよう命じることだってできたのに。そういうことをせず、お城を出ること以外はあたしのやることなすこと何でも寛容に受け入れてくれて。

今ならわかる。あたしが陛下に対して拒否反応ばかり示してたのは、〝陛下のことなんて好きじゃない〟と自分に言い聞かせるためだったんだ。あたしは知らず知らずのうちに陛下に惹かれ、それをずっと否定してきた。

最初のうちは否定するのも簡単だったの。だって、陛下のプロポーズが本気だと思えなかったんだもん。初対面（あたしにとってはだけど）でいきなりプロポーズされて、プロポーズの理由がさっぱりわからなくて。冗談か、何かの遊びに付き合わされてるような気分だった。いくらイケメンでも、そういう状況で相手を好きになるなんて危険すぎる。本気になったところで『たかが遊びに何故本気になるのだ？』とか言われて馬鹿にされるのが怖くて、意地でも好きになるもんかって思った。

でも陛下を知っていくうちに、その優しさを無視できなくなったの。

前にあたし、元の世界に帰りたい気持ちをわかってくれないって心の中で怒った。でも、考えてみれば、同じ体験をした人がいたとしても同じ気持ちになるとは限らないのに、似たような体験さえしたことのない陛下にあたしの気持ちを理解しろだなんて無理な注文だったのよ。その場でわかったフリをして同情されたって、あたしはそれを察してしまって余計反感を抱いたに違いない。

なのに陛下は、わからないなりにあたしの気持ちに寄り添おうとしてくれた。「耐え続けるばかりでは、今に心が壊れてしまうであろう」って理解《わか》ってくれた。

あたしってば単純だから、そんな優しさを見せられただけで〝陛下のプロポーズって、もしかして本気なの？〟と思ってしまって。

それからというもの、今までこっ恥《ぱ》ずかしいと思ってた陛下の言動が全て違って見えるようになった。これまでシラけたり呆れたりしてたことが、いちいち愛情表現に感じられてしまって、自分の過剰な反応にワタワタして。

一旦意識してしまったせいで、もう止められなくなった。恋ってオソロシイよね。思い留《とど》まらなきゃいけない理由が山ほどあるのに、それを無視して膨らんでいっちゃうんだから。

あんなに抵抗したのに、何で好きになっちゃうのよ、あたし。どう考えたってハッピーエンドになるわけないじゃない。不毛すぎる。建設的じゃないわ。

おまけに気付かなきゃよかったことにまで気付いてしまった。

陛下は、いつの間にかあたしの話を聞いてくれるようになっていた。あたしがプロポーズを断るのは受け入れられないけれど、あたしの話を理解した上でそれでも諦められないと言うようになった。

――変わるって簡単におっしゃいますが、人はなかなか自分を変えられないものです。ですからそんな風に安易に言われたって、信じられないんです。

以前――お城のお客になった最初の日、言い合いの最中にあたしはこう言った。

その言葉が、たった一か月で覆《くつがえ》された。

相変わらずやきもち焼きだけど、あたしの言葉を都合よく解釈してた最初の頃とは全然違う。

陛下は変わった。あたしが陛下を好きになるよう「変わってみせる」と宣言した通りに。


「舞花、中に入ろう」

陛下が手を差し出してくる。

あたしはその手を取らず、ただじっと見つめた。陛下は苦笑すると、さらに手を伸ばしてきてあたしの手を握る。その手に引きずられるようにして、あたしは歩き始めた。

あたしはずるい。その手を握りたいって思ってたくせに、自分からはできずに、陛下が握ってくれるのを期待した。

大きな手の温かさが切なくて、泣きそうになってくる。

このぬくもりが、もっともっと欲しい。でもこれに溺れてしまった後で陛下と離れ離れになるかもしれないと思うと、怖くて自分からは望めない。

陛下はどうなんだろう？　ロットさんとの話を聞いてるはずなのに、何も言わない。あたしみたいに怖《おそ》れてる？　それともロットさんと同じように考えて、別れがいつ来てもいいようにあたしとの時間を惜しんでるの？

あたしと過ごせる時間は限られてると、割り切ってくれていたらいい。でなければ、あたしは罪悪感で押しつぶされそうになるから。

ごめんなさい。この世界に来てしまってごめんなさい。

あたしは心の中で謝った。

＊　＊　＊

――モリブデン。余は今夜、舞花をデートに誘うぞ。

先ほど陛下に言われた言葉を思い出し、わたしはいらいらしながら、ランプ一つ灯したきりの陛下の執務室を歩き回った。

今頃陛下は、舞花をバルコニーに誘って夜空のデートを楽しんでいるはずだ。バルコニーに誘い満天の星を眺めるだけだと聞いて反対する理由も思い浮かばず、この執務室から陛下が出ていくのを見送ってしまった。が、それは正しかったのだろうか。

今宵、既成事実にまでは至らずとも、二人の距離が縮まるのは確実だ。

何故見送ってしまったのかと、今頃になって後悔している。

窓越しに夜空を見上げていると、この部屋に直接繋がる階段を上がってくる足音が聞こえた。

「モリブデン様、こちらにいらっしゃったのですか」

目をこらさずとも誰だかすぐわかった。薄暗い中でも淡く光る金色の巻き髪、細いながらも凛《りん》とした声の持ち主は、ヘマータ以外に心当たりがない。

「まだ帰っていなかったのか」

「ええ。今夜、陛下と舞花がデートをすると聞きつけたので」

ヘマータに続いて階段を上がってきたウェルティが、甲高い声で文句を言った。

「モリブデン様、阻止しなくてよろしいんですの？　陛下と舞花の仲がますます深まるのを見過ごすおつもり？」

「そういうそなたは妨害に行かぬのか？」

「そ……それは……」

言葉を返すと、ウェルティは気まずげに視線を落とした。

わたしに訴えに来たのは、自分たちにそれができなかったからか。

その気持ちはわからないでもない。わたしも阻止すべきと思いながらも動けないでいる一人なのだから。

二人もわたしと似たような気分なのだろう。今まで彼女に向けていた嫌味が控えめになってきたことに、わたしは気付いていた。

わたしが切り返したせいで最初の勢いこそ失ったものの、それでも言わねばならないと思ったのか、ヘマータは改めて決意のこもった視線をわたしに向けてきた。

「そもそも舞花をお城に置いておくのがいけないのです。このままでは間違いが起きるのも時間の問題ですわよ？」

ウェルティもヘマータに同調する。

「血族の血に、得体の知れない血が混じってもよろしいんですの？」

よくはない。が、そう答えるのをわたしは躊躇《ためら》った。認めれば、己《おのれ》の失策をも認めることになるからだ。

よもや陛下の執着がここまで長続きするとは思ってもみなかった。

陛下の想う相手が、そもそもの想定外だったのだ。

普通の女性ならば、陛下の魅力にあっさりと落ちていただろう。この国で最高の位にあるということを差し引いても、あの美貌に迫られて抗《あらが》える女性がいるとは思えなかった。一線を越えることはなくとも一定期間その女性と過ごせば、陛下の恋の熱も収まり、ご自分の責務を思い出してくださると予想していた。

陛下は幼少の頃より王位を継ぐ覚悟を徹底的に仕込まれ、ご自分の望みや、ましてや我儘《わがまま》などを口にすることは一切なかった。だから、多少の我儘は聞いて差し上げたいという気持ちがあった。けれど、陛下の望みはよりにもよって一番許されないこと。

だから『求婚』は許可した。ロットの言った通り、陛下がご自分の責務を完全に忘れることはなかろうと。いつか必ず目を覚ましてくださると信じて。

陛下がご自分の責務を思い出してくださったら、相手の女性にこの国の道理を説《と》き、金品をいくらか渡して陛下のもとから去らせればいいと思っていた。

ところが、舞花は陛下の魅力に落ちもせず、暴言を吐いて陛下の求婚を断る始末。こちらから説くまでもなく道理をわきまえていて、〝城を去る代わりに金品を要求〟するのではなく〝城に滞在する代わりに滞在費を持て〟とわたしに要求してきた。

本気で陛下に興味がなかったのか、最初のうちは陛下に気がある素振りを一切見せなかった。陛下の口説《くど》きに対して逃げ腰だったし、一度暴言を吐いてからは陛下の求婚に辛らつに切り返すところも見ている。それでも求婚を諦めようとしない陛下もどうかと思ったが、男というものは逃げられれば追いたくなる傾向がある。舞花の行動が陛下の狩猟本能をかき立て、恋心を募《つの》らせる要因になっていたのかもしれない。

そこにきて最近の舞花の、心境の変化。

舞花が大泣きした件――ドアに隔《へだ》てられていても、舞花の悲痛な叫び声がかすかに聞こえてきた。それを耳にした我々は押し黙り、音を立てずに去ったのだ。――その一件以来、舞花の気持ちは陛下に傾いている。それを隠そうとして隠し切れていない。その様子を見て陛下はますます想いを募《つの》らせている。舞花のおかげで、陛下が新たな力を身につけられたという事実は否定すまい。だが、陛下が本来結婚すべき女性に見向きもしなくなるリスクを負ってまで得るべきものだったのか？

「お困りのようですね」

この場にいるとは思わなかった人物の声に、わたしはぎくっと身を強張《こわば》らせた。ヘマータとウェルティも、ぎょっとして背後を振り返る。

二人の後ろにある階段をゆっくりと上がって、フラックスが姿を現した。

「フラックス、おまえか」

フラックスは苦笑して答える。

「ええ、僕です。明かりをケチるからびっくりする羽目になるんですよ」

「それ以前にお前は、足音を立てなかったではないか」

「【救世の力】の訓練を兼ねて、すぐそこまで飛んできましたからね」

「……訓練をするのならば、このような時間にこの場でせずともよいだろう」

苛立《いらだ》ちが高じてそう突き放すと、フラックスは挑発するかのように顎《あご》を上げた。

「おや？　つれないですね。皆さんのお悩みを解決するいい案をお持ちしたというのに」

「〝いい案〟？」

わたしは眉をひそめる。どうせ、大した案ではあるまい。フラックスの彼女びいきを考えたら、何を言い出すかは容易に想像がつく。

だが、フラックスが口にしたのは予想もしない言葉だった。

「舞花を消してしまうんですよ。陛下だって、いない者を追いかけることなどできません」

「消……!?」

ウェルティが声を上げかけて、慌てて自ら口を塞《ふさ》ぐ。わたしも思わず息を呑んだ。さすがのわたしも、そこまでは考えたことがなかったからだ。

ヘマータだけが動揺をほとんど見せず、慎重に問いかけた。

「消す、というのはつまり……？」

フラックスは不敵な笑みを浮かべる。

「ヘマータ様がご想像なさった意味で合っていると思いますよ」

それはわたしも最後の手段として考えていたが、まさかフラックスの口から聞くことになるとは。

「フラックス様は、舞花のことを気に入っていたのではないの？」

我に返ったウェルティが、疑わしげにフラックスに問う。フラックスはその残酷な言葉にはそぐわない、軽やかな口調で答えた。

「気に入ってるよ。彼女は不思議の塊《かたまり》だからね。でも、僕にだって愛国心がないわけじゃない。——で、僕の案を聞いていただけますか？」

その時、夜の時を告《つ》げる鐘が鳴り始めた。

6　謀《はかりごと》の夜

あたしが客人としてお城に滞在するようになって、一か月が過ぎたある日のこと。

「夜会？」

訊《き》き返したあたしに、テルミットさんがにこにこしながら答える。

「はい。舞花様が最近ふさぎこんでおられるご様子なので、気分転換にどうかと陛下が計画なさったんですわ」

あ……その言い方からすると、やっぱりテルミットさんも気付いてたのね。

あたしはばつの悪い思いをする。

陛下と夜空を見上げた時のことが忘れられなくて、気分が沈んでるのは自覚してた。でも日中は前と変わらない調子で過ごしてるつもりだったのに。

もしかすると、彼女は陛下とバルコニーにいた時も声が聞こえるところにいたのかもしれない。テルミットさんは護衛でもあるから、あんまり離れた場所にいると仕事にならない。守ってもらっちゃったりしてありがたいやら恐縮するやらなんだけど、あれを聞かれてたかと思うと恥ずかしい。

「で、これなの？」

あたしは居間に運び込まれたドレスと靴を指さして言う。

「そうです。特別な時の特別な衣装なら、舞花様も受け取ってくださるだろうと陛下が」

何の話かと目をしばたたかせたあたしは、思い出してぽっと赤くなる。切り花を栽培してる庭園でのことだ。文句ついでに、確かにそんなことを言った。

言っちゃ何だけど、正直目の前にあるものより、あたしの言ったことを覚えててくれたことのほうが嬉しい。でもそんな顔をテルミットさんに見られたくなくて、あたしは火照《ほて》った頬をさりげなく隠そうと四苦八苦《しくはっく》する。

「あたし、この国の貴族でもないのに、夜会なんていう催《もよお》し物に参加していいの？」

「夜会といっても、舞花様がご存じの方だけ招待した小さな集まりですわ」

「あたし、踊れないんですけど……」

「大丈夫。陛下が手取り足取り教えてくださいます」

それはちょっと嫌だな。――と思いつつも、あたしは心が浮き立つのを感じていた。

この日は明るいうちに夕食を終え、お風呂に入ってさっぱりしてからおめかしを始めた。

「せっかくですから、この機会に髪を結い上げてみませんか？　舞花様の不思議な髪を引き立たせる結い方を考案したいんです」

「お願い。引き立たせようなんて考えないで。できればあたしの髪の色のことも忘れて……」

未だプリンが物珍しいらしいテルミットさんに、あたしはげっそりしながら言う。テルミットさんは残念そうにしながら、よく梳《す》いたあたしの髪の上に水色のヘッドドレスをかぶせた。シンプルなそれを、細い鎖飾りのついたプラチナっぽい留め具で、頭から落ちないように留める。ドレスは、アンダーが水色でオーバーが濃い青色の、レースの少ない落ち着いたデザインのものだった。シンプルだけど、使われてる布は光沢《こうたく》があって色鮮やかで、見るからに高価そうだ。

レースたっぷりの少女趣味なドレスだったら突き返したけど、こういう大人っぽいドレスだと着てみたいと思うし、着飾るのは気分がいい。陛下のプロポーズを受ける気がないなら返すべきだとわかってるんだけど、えーえーおしゃれ心に負けましたよ。

支度がすっかり終わると、テルミットさんの案内でお城の最上階まで行った。

螺旋階段《らせんかいだん》を上がり切ったすぐそこは、半円形の小さなホールになってた。小さいといっても、二十畳くらいの広さがあって、天井はかなり高い。そこから吊《つ》り下がってるシャンデリアにはたくさんのろうそくが灯ってて、きらきらとオレンジ色の光を反射している。真昼――とまではいかなくてもかなり明るく照らされた部屋の中央では、かわいらしく着飾ったウェルティが腰に両手を当ててぷりぷりと怒っていた。

「遅いですわよ！」

そんなことを言われても……

困ってしまったあたしの横で、テルミットさんが謝る。

「申し訳ありません。お衣装を舞花様に合わせる作業に手間取りまして」

かのストーカー能力のおかげで、あたしの到着が事前にわかってたんだろう。階段脇に待機してた陛下は、あたしのドレス姿を上から下まで眺めた。

「よく似合う。きれいだ」

ため息まじりに感嘆され、あたしの頬はかあっと火照《ほて》る。

「あ……ありがとう」

礼儀として一応お礼を言う。照れすぎてどもってしまい、あたしはまともに陛下を見られない。ちょっとホメられただけでこうなんだから、恋の病《やまい》ってオソロシイよね。——なんて心の中で呟《つぶや》けるってことは、それだけの余裕はあるのかもしれないし、テンパリすぎて現実逃避しようとしてるのかもしれない。

顔を上げられないでいると、陛下はあたしの手を取った。そうしてエスコートしながら、ホールの真ん中に連れていく。みんなはその場から散って、あたしたちに場所を譲《ゆず》ってくれる。

先に言っておかなきゃと、あたしは急いで言った。

「あたし、踊り方を知らないんですけど」

「わかっている。一つひとつ手取り足取り教えてやろう」

テルミットさんと同じこと言ってる……

これが一番の目的だったんだろうな。公然とベタベタできるダンスって、男女が親しくなるのにもってこいなんだもん。やっぱり参加すべきじゃなかったよね。——ううん、違う。あたしはそのことをわかっていながら参加したんだ。こうして触れ合えるチャンスをフイにできなかったのよ。

陛下は、あたしと繋いでる手を頭の位置まで上げた。

「舞花、そっちの手でスカートを摘《つま》んでお辞儀しろ」

「こうですわ」

テルミットさんがあたしの隣に立って、右手を掲げ、左手でスカートを摘《つま》んで腰を落とす。テルミットさんのエスコート側にはすかさずロットさんが入って、陛下と同じ、腰を三十度曲げて頭を下げるポーズを取った。

「踊る前と後の挨拶《あいさつ》だ。踊り始めと終わり、それぞれのパートナーと必ずこうして挨拶する」

〝それぞれのパートナー〟？　一瞬疑問に思ったけど、その答えは程なくしてわかった。この国のダンスって、フォークダンスみたいに曲の間にパートナーが変わるのよ。社交ダンスみたいに難しいステップがあるわけじゃなく、短い振り付けをパートナーを変えつつ繰り返すのね。

あたしはすぐに振り付けを覚え、さあ踊ろうということになった。

部屋の隅《すみ》で待機していた男の人たちに合図が送られる。男の人たちはそれぞれ弦楽器や管楽器を手に取り音楽を奏《かな》で始めた。それに合わせて、あたしと陛下、ヘマータサマとフラックスさん、ウェルティとコークスさん、テルミットさんとロットさんが踊り出す。一人あぶれた宰相サマは最初から壁の花になるつもりだったらしく、いつもの堅苦しい服装をして壁にもたれ、腕組みしたまま動こうとしない。

踊り始めてすぐ振り付けが一巡し、パートナーチェンジとなった。あたしの手を取ったロットさんは、はにかんだような笑みを浮かべた。

「ダンスを踊るのに少人数では寂しいですからね。僕とテルミットさんも参加させていただきました」

ロットさんとテルミットさんはいつものお仕着せだったけど、他のみんなは色々と着飾ってきてた。

ヘマータサマは色っぽい紫色のドレスで、肩口から胸元まで襟刳《えりぐ》りがすごく深い。アンダーシャツも着てないみたいだから胸の谷間が見えそうになってる。アンダーシャツのひだひだは胸をより大きく見せるのに役立つと思うんだけど、ヘマータサマはそれに頼る必要もないくらい胸が大きいということが今回わかった。うらやましい。

妖艶なヘマータサマほどではないけど、ウェルティも大人っぽい装《よそお》いだ。ただウェルティは小柄だしかわいい容姿をしてるから、背伸びしてるようにしか見えないのがまたかわいいのね。実際まだ十六歳だし。薄紅色のドレスを着て、髪を高く結い上げてる。露《あら》わになった小さな耳には、金のでっかいイヤリングが揺れていた。

ウェルティの装いって、コークスさんを意識したものなんだろうな。コークスさんは深紅の膝上の上着に、白のフリルや金銀の肩当てがついていて華やか。改めて思うけど、フリルが似合う男性って稀少だよね。ウェルティと並ぶと一枚の絵って感じ。

びっくりなのはフラックスさん。全身黒ずくめなの。膝下まである上着どころか、ズボンやブーツも真っ黒。ヘッドドレスみたいな黒い布までかぶって銀髪を隠してるから、外に出たら闇に紛《まぎ》れちゃいそう。パートナーの順番が回ってきた時「どうしたんです?」と訊《たず》ねたら、「たまにはいいでしょ」とご満悦な返答があった。金のアクセサリーとかをポイントに使ってるならともかく、華やかな会場に全身黒ずくめって、なんか嫌がらせみたいなものを感じるんだけど。フラックスさんの感性って、あたしにはちょっと理解しがたいわ。いつも白っぽい服しか着ないから、新鮮ではあるんだけどね。

でもって、陛下。

正直まともに見られない。いつも以上にかっこいいんだもん。何でそんなに青が似合うの? 今夜の衣装は濃い目の落ち着いた青。肩当てや袖口や上着の袷《あわせ》部分なんかには金色が使われてて、それがプラチナそのものと言いたくなるような綺麗な銀髪にすごく似合うんだ。――って、結構よく見てるじゃん、あたし!

あからさまに仕掛けられた罠《わな》にやすやすと嵌《は》められる、自分のアホさ加減に凹《へこ》む。

踊りながら項垂《うなだ》れるあたしの耳元に、陛下がささやいた。

「舞花、もう疲れたか？」

「いっ……いいえ！」

うろたえて、顔を上げるなんて失敗までしてしまう。ぎゃー！　陛下の顔ドアップドアップ！　あたしの顔が赤いのバレちゃう！

慌てて顔を隠そうとして、振り付けを間違えてしまう。

陛下は「くくっ」と忍び笑いを漏らすと、音楽を止めるよう楽団の皆さんに言った。音楽が止まると最初に教えてくれたお辞儀をしてきたので、あたしも慌ててスカートを摘《つま》んでお辞儀する。

陛下は身体を起こすと、あたしの顔を覗《のぞ》き込んでにこっと笑った。

「ずっと同じダンスでは飽きてしまうだろう。別のダンスをしよう」

あたしが赤くなってることには気付かなかったみたい。あたしは「うん」と答えて陛下やみんなから別の踊りを教わった。

一曲目は超初心者向けだったみたいで、二曲目は振り付けが長く複雑な動きも入ってた。三曲目になるとテンポが速くて、踊ってるうちに息切れがしてしまう。

「ごめんなさい……ちょっと休憩」

陛下がパートナーに回ってきた時に、あたしはギブアップしてしまう。陛下も、あたしほどじゃないけど息を切らしながら言った。

「さすがにバテたか？」

「楽しいんですけど、スタミナが……」

音楽が止むとみんなパートナーとお辞儀して、それからテルミットさんがみんなに声をかけた。

「それではお飲物をご用意いたしますね。軽食もありますので、どうぞ」

他のみんなが程度の差こそあれ息を切らしている中、テルミットさんだけが平然とした様子で、てきぱきと動き回る。部屋の隅《すみ》に置かれたテーブルに近寄り、グラスに淡い色の飲み物を注《つ》ぎ分けて持ってきた。

楽団の皆さんは、並んで階下へ下りていった。きっと下の階で休憩するんだろう。ずっと演奏しっぱなしじゃ疲れちゃうもんね。

あたしはテルミットさんに手渡されたグラスを受け取りながら訊《たず》ねた。

「これ、アルコールは入ってないよね？」

「はい。果実水ですわ」

よかった。踊ってる時にアルコールなんて飲んだら、悪酔いしそうだもん。

みんなが飲み物を手にすると、テルミットさんは軽食のふたを片づけてから自分の飲み物を手に取った。

喉《のど》が乾いてたから、あたしは一気に飲み干してしまう。といっても、ワイングラスのような器にワインみたいに少しだけ入れたものだったから、大した量ではなかったんだけどね。

グラスをテーブルに置きに行くと、テルミットさんが声をかけてくる。

「お飲物をもう少しお注ぎしますか？」

「ううん、今はいいです。ありがとう」

「では、よろしければ軽食をどうぞ」

お皿の上に並んでるのは、カナッペって言っていいのかな？　薄く小さく切られたパンの上に、いろんな具が載ってる。ジャムやクリームの載った甘そうなものもあったけど、あたしはチーズとハムが載ったものを選んだ。果実水に甘味があるから、食べ物は塩気のあるものが欲しくなるのよね。

おなかが空いてるわけでもなかったので、一つもらった後は用意されてた椅子に腰掛けた。そのあたしの隣に、まだ中身の入ってるグラスを持った陛下が座る。

「舞花はどのダンスが一番楽しかったか？」

「疲れるけど、三番目かな。テンポが速くて複雑な動きをするほうが、上手く踊りこなしてみせるぞっていうチャレンジ精神が湧いて楽しいのよ」

「じゃあ、もっと難しいダンスに挑戦してみますか？」

テーブルのところで立っていたテルミットさんにもあたしたちの会話が聞こえたんだろう、そうにこやかに話しかけてくる。

あたしはわくわくしながら答えた。

「え、あるんですか？　踊れないかもしれないけど、見てみたいです！」

「では、僭越《せんえつ》ながら披露させていただきますわ」

テルミットさんは階段の下り口まで行って手を三回叩いた。すると、階下から楽団の人たちが戻ってくる。テルミットさんが一人にこそっと何かを告《つ》げると、その人はにやっと笑った。楽団の皆さんが演奏する位置に並んでる間に、テルミットさんはロットさんからグラスを取り上げてテーブルに置き、腕を取ってホール中央に向かう。

「パートナーをお願いします」

「僕がですか？」

引きずられるようにして歩きながら、ロットさんは驚いた声を上げる。

二人がホールの中央に立つと、楽団の皆さんが演奏を始めた。曲が始まった途端、ロットさんは動揺した。

「この曲ですか⁉」

「ご存じでしょう？」

「振り付けは知ってますけど、踊れるかどうかは別問題――」

テルミットさんがさっさとお辞儀してしまうので、ロットさんも慌ててお辞儀をする。

前奏が終わると、ロットさんはしぶしぶといった様子でテルミットさんと踊り始めた。

お互いの顔を見つめ合い、ゆっくりとした曲に合わせて円を描《えが》くように歩きながら、肩の上で手拍子を打つ。コークスさんやフラックスさんも、二人を眺めつつ手拍子を打つので、あたしもそれに倣《なら》って手を叩いた。

でも、これが難しい曲？

「別名『心臓破りのダンス』だな」

あたしの隣で、陛下が愉快そうに呟《つぶや》く。心臓破りって言葉、この世界にもあったのね。――と思ってると、ダンスは手拍子からお互いの手を叩いたり腕を組み合ったりと複雑になっていく。足もステップを踏み始めてるから、それと合わせるのが大変そう。お互いのタイミングがちょっとでもずれれば、途端にダンスが崩れちゃうだろうに。それを何の打ち合わせもなくいきなり始めて、ぴったり息が合ってるんだからすごい。

　ダンスが二巡目に入ると、曲が少しずつ速くなってくる。そうするとダンスの速度も速くなる。

　ダンスと曲に合わせて手拍子を速めながら、あたしは感嘆の声を上げた。

「すごーい……テルミットさんもだけど、ロットさんもよくこの速さについていけるよね」

　テルミットさんほどの余裕はなさそうだけど、最初自信がなさそうなことを言った割にはちゃんと踊れてる。

　陛下も手拍子を打ちながら答えた。

「お世話係も体力勝負なところがあるからな。スタミナがなければやっていけぬのだ」

「ロットさんの仕事を体力勝負にしてるのは誰ですか？　陛下がおとなしくしてれば、ロットさんの仕事も楽でしょうに」

　特にここ一か月あまりは、あたしを追いかけ回す陛下に振り回されてさぞかし疲れたことだろう。

　五巡、六巡、七巡……となってくると、曲に合わせるというよりいかに速く踊るかの勝負になってくる。これは確かに心臓破りだわ。

　二人は曲についていきながら、それでいて手の動きも足のステップも乱れない。その超絶技に、あたしは手拍子も忘れて見入った。

でも十数巡りした頃にロットさんのステップが崩れ、そのまま倒れてしまう。

あたしは思わず立ち上がった。

「ロットさん！」

あたしが見てみたいなんて気安く言ったから、無理させちゃったかな。はらはらするあたしの横で、陛下が面白がるように言った。

「ロットの負けだな」

「勝ち負けの問題じゃないでしょう！」

そこへコークスさんが、取りなすように割って入ってくる。

「いや、勝ち負けの問題だよ。そういうダンスなんだ」

「へ？」

ぽかんとしてコークスさんを見たあたしに、彼はちょっと笑みを浮かべてフロアを指さす。

ロットさんは、磨かれた石のフロアに大の字に寝転がってぜいぜい息をしてた。その傍《かたわ》らにテルミットさんがしゃがみ込んで、ロットさんの片手を取る。

「参り、ました……」

「大変結構な腕前でした」

ロットさんとテルミットさんは互いに決まり文句のような言葉を交わし、その体勢のままダンスの終わりのお辞儀と似た仕草をする。テルミットさんがロットさんの手を離すと、ロットさんはその手をまたフロアに投げ出した。

立ち上がったテルミットさんが、近くまで来て説明してくれる。

「今のダンスは、ダンスの腕を競うちょっとしたお遊びなんです。振り付けを間違えたほうが負けなのですが、どちらも間違えない場合はご覧の通り体力勝負になるんですよ」

テルミットさんと入れ違いにホール中央へ歩いていった宰相サマが、ロットさんを見下ろして冷ややかな言葉を浴びせた。

「だらしないな、ロット」

ロットさんは呼吸が整わないまま文句を言う。

「モリブデン様も、テルミットさんと、踊ってみればいいんです」

「わたしだったら、このような勝負は最初から受けない」

「なにずるいこと、堂々とおっしゃって、るんですか」

フラックスさんがくすくす笑いながら、ロットさんの傍《かたわ》らにしゃがんだ。

「その調子だと今日はもう動けそうにないね。僕が部屋に連れてくから、コークス、ロットを背負うのを手伝ってくれるかい？」

「わかった」

コークスさんがロットさんを抱き起こし、フラックスさんの背にもたせかける。

「大丈夫です。少し、休めば……」

「抵抗もできないくらいへとへとなのに、何言ってんの。後のことは僕らに任せて、ゆっくりお休み」

そんな言葉を交わしながら、ロットさんを背負ったフラックスさんが階下に消える。

それを見送った後、テルミットさんはあたしのほうを振り返ってにっこり笑った。

「それでは、舞花様も踊ってみましょうか」

「え!?　いや、あたしには無理！」

「大丈夫ですわ。最初はゆっくりでいいんです」

ゆっくりでも、このダンスは複雑すぎて難しそう。躊躇《ためら》ってると、陛下に手を取られてフロアに連れていかれた。

「試してみなければ、踊れるかどうかもわからないであろう？」

陛下の言う通りだけど……

「このダンスは男女同じ動きをするのだ。ほら、余の動きを真似てみよ」

陛下は肩の上で手を叩きながら、微笑んでダンスに誘う。やってみたい気にさせる、いい笑顔だな。陛下を誤解させたくないけど、拒否したって今更だよね？　そう考えたあたしは、おずおずと陛下の動きを真似る。

あたしたちから少し離れたところでは、ウェルティがコークスさんの腕を引っ張った。

「お兄さま、わたくしたちも踊りましょうよ」

「ウェルティ、ちょっと待って。僕に体力がないのは知っているだろう？」

「大丈夫よ。舞花のへぼへぼなダンスじゃ、ゆーっくりな曲にしか合わせられないに決まってるから！」

ウェルティってば言ってくれるわね。そりゃウェルティの言うことを否定できないくらいへぼいけどさ。

むっとして顔をしかめると、陛下が肩を揺らして笑った。

「舞花は結構負けず嫌いなのだな」

「悪いですか？」

つんけんした口調で言うと、陛下はにやっと笑った。

「いや。そういうことなら、あの二人には負けられまい？」

そこからは真剣にダンスを教わった。曲無しでゆっくり陛下の言う通りに動いてみる。

けど、やっぱり振り付けが複雑すぎて、すぐ間違えてしまう。

「そうではない。腕を組む時、こちらの足は前に出すのだ」

陛下はあたしの太股を手で押そうとする。あたしはそれを避けようと思わず足を前に出した。

「ぎゃ！　足に触んないでって言ってるでしょ！　やって見せてくれればわかるから！」

「やって見せてもわからないようだから、こうして教えているのではないか。――そうだ、それでいい。次はターンをして」

いつものように不埒《ふらち》な目的でやってるのかと思いきや、そうでもないみたいなので調子が狂う。ま、膨らんだスカート越しに触ったって面白くも何ともないのかもしれないけどね。

それにしても、スカートに隠れて見えないだろうに、何であたしのステップが間違ってるってわかるの？　適当に言ってるわけじゃないことは、正しくステップを踏めた時に「上手いぞ」と褒めてくれたことでわかる。教え上手だわ。おかげで三巡目は間違えずに踊れた。

「覚えが速いな、舞花」

陛下が、手放しな笑顔で褒めてくれる。

「いえ、それは陛下の教え方が上手だったからで……」

照れたあたしが俯《うつむ》きながら言うと、頭の上にぽふっと陛下の手が乗った。

「余の教え方もよかったのかもしれないが、舞花も真剣に覚えようとしていたからであろう？　どちらが欠けても指南というものは成り立たないものだ。教えを受け取ることのできた自分を誇るがよい」

そんな大げさな……でも嬉しい。そう言ってくれる陛下も誇らしげで、あたしに教えられたことに満足してるみたい。

会話に切れ間ができたところで、テルミットさんがすかさず声をかけてきた。

「そろそろ曲に合わせて踊られたらいかがでしょう？」

「そうだな。――音楽を！」

楽団の皆さんのほうを振り返って、陛下が命じる。わわわ、ちょっと待って。

「あたし、まだ間違えるかも」

「間違えてもよい。人は間違えながら覚えていくものだ」

〝人〟だなんて、陛下ってばいちいち言うことが大きいな。でもま、いい言葉だよね。

他人の間違いを許す寛大な言葉。間違えたくはないけどその言葉で気が楽になって、あたしはぺこりと頭を下げた。

「そ……それじゃ、よろしくお願いします」

「舞花、違うぞ」

その動作を勘違いした陛下が、手を差し出してくる。今のお辞儀は、感謝の意味だったんだけどな……

訂正するまでもないと思い、あたしは陛下の手に自分の手を重ねた。陛下はそれを持ち上げ、軽く頭を下げる。あたしもスカートを摘《つま》んで軽く腰を落とした。


音楽が始まると、ウェルティとコークスさんも踊り始めた。ホントに競争するつもり？　コークスさんは振り付けのおさらいをしただけですでにお疲れ気味のようだけど。

心配してた通り、コークスさんは三巡か四巡踊ったところでへたり込んでしまい、ウェルティに「だらしない」と叱られてた。ダメだよウェルティ、人には向き不向きってものがあるんだから。

あたしのほうは慣れてきて、超初心者向けのゆっくりとした速度がもどかしくなってくる。それに気付いてか、陛下は曲が頭に戻る直前に、にやっと笑った。

「曲の速度を少しずつ上げていけ！」

「えっ、え⁉」

まさかロットさんとテルミットさんがやってたみたいに競うの⁉　あたしには無理！　——と言う間もなく曲が速くなっていって、あたしはついていくのに必死になった。

大変だけど楽しい！

「やだ、ちょっと速すぎ！」

笑い混じりに抗議の声を上げる。

「何を言う。ちゃんと踊れているではないか」

楽しそうに言ってくれるけど、あたしもう踊りになってないから！　振り付け通りに動くので精一杯。

陛下と互い違いに立ち、左腕を絡めながら右足を前へ。腕を解きながらその場で半回転し、今度は右腕を絡めて左足を前。それから向かい合って右手同士を打ち合わせながら右足を横へ開き、左手同士を打ち合わせながら、横へ出した足を後ろへ。

「参りました！　ギブアップ！」

笑う余裕もなくなるくらいへとへとになって、あたしは踊るのをやめる。

陛下がよろけるあたしの二の腕を掴んで、転びそうになったところを支えてくれた。

「よく頑張ったな、舞花」

そう言う陛下も息があがってる。やっぱり疲れるよね。ロットさんがバテるほど踊った後も平然としてたテルミットさんが超人的なのよ。

何とか終わりのお辞儀を済ませると、テルミットさんが近づいてきてグラスを差し出した。

「舞花様、お疲れさまでした」

陛下には、宰相サマがグラスを差し出す。

「陛下もお疲れさまです」

あたしはしゃんと自分の足で立ち、テルミットさんからグラスを受け取る。それでも陛下は心配なのか、あたしの二の腕を掴んだまま宰相サマからグラスを受け取り、一気に飲み干した。さっきはちびちび飲んでたけど、さすがに今回は喉《のど》がからからだったらしい。あたしもからからだったので、何の疑問も持たずにグラスをあおった。

――ホントは疑うべきだったのよ。

陛下とあたしを結婚させまいと考えてる宰相サマが、あたしたちがより接近する機会を黙って見ていたのは何故かって。

異変を感じたのは、果実水の最後の一口が喉《のど》を滑り落ちた直後だった。

あれ？　変な苦みが――

気付いた途端、あたしは強い目眩《めまい》に襲われる。意識が落ちそう。グラスが手から滑り落ちる。

それをテルミットさんが受け止めた。哀れむような視線であたしを見つめてる。

立ってるのもやっとだった。二、三歩よろめいたところで不思議に思う。陛下は？

さっきはすぐに支えてくれたのに、どうしたの？

その答えは、すぐ側《そば》で聞こえた苦しげな声でわかった。

「か……はっ」

よろめきながらも声のしたほうを見ると、陛下が自分の身体を抱いて背中を丸めてる姿が見える。今にもその場に崩れ落ちそうだ。

まさか、陛下まで……？

「陛、下……」

大丈夫？　と続けたかったのに、舌も回らなくなって声にならない。

あたしの声に気付いてか、陛下がこちらを向いた。苦しそうに顔を歪《ゆが》めながらも、懸命にあたしのほうへ手を伸ばしてくる。

あたしはその手を取ることはできなかった。

意識が急速に薄れていく。完全に落ちる寸前、背中が柔らかい何かに包まれる感触がした。


身体が重い……。

まるで、真っ黒な泥の中にいるような不快感。

そこに一筋の鮮烈な光が差し込んだような気がした。

〝舞花、目を覚ませ――――！〟

誰？　陛下……？

頭の中を揺さぶるような叫び声に、あたしの意識は急速に浮上する。

なかなか開かない目を何とかこじ開けると、高いところから声が降ってきた。

「おや？　思ったより早いお目覚めだね」

知ってる声。でもランプの明かりばかりが目立って顔はよく見えない。

身体の下の硬い感触からして、どこかに寝かされてるんだろう。冷えた風が素肌をなぶる。……外？

「フラックスさん……ここ、どこですか……？」

よく回らない舌を何とか動かして訊《たず》ねると、楽しげな声が返ってきた。

「王都郊外の丘の上だよ」

「何で、そんなところに……？」

横になったままだけど、見る限り周囲には何もない。フラックスさん以外は人の気配もない。あたしの目を覚まさせた陛下の叫び声は、夢の中のことだったみたい。

「覚えてない？」

問い返されて、あたしは記憶を辿《たど》る。

陛下とダンスしてて、ギブアップして、喉《のど》が渇いてたからテルミットさんに渡された果実水を一気に飲み干して――

あの果実水、何かの薬が仕込まれてた！

ショックで意識が完全に目覚める。あたしは身の危険を感じて起き上がろうとしたけど、薬がまだ回ってるのか身体に力が入らない。これじゃ逃げられない。動くことを早々に諦めて息をつくと、あたしの頭上に掲げられていたランプの位置がずれて、フラックスさんの顔が見えた。

ランプの明かりに照らし出された彼の顔には、意識を失う前に見たテルミットさんと同じく、哀れみの色が浮かんでいる。

「フラックスさん、これはどういうことですか？」

あたしは恨みを込めて訊ねた。

「薬で意識をなくした君を、僕がここまで運んだんだ。人を抱えてこんなに遠くまで飛んだのは初めてだから、骨が折れたよ」

郊外の丘ってことは、お城を取り囲む市街地の外れってこと？　かなり大きな街だから、あたし、ずいぶん遠くまで連れてこられちゃったみたい。

それにしても、たくさんの人家の上を飛んで、よく騒ぎにならなかったもんだ。人が人を抱えて空飛ぶ姿なんて、超レアな光景だったろうに。夜だったたっていうのもあるんだろうな。――ああ、そうか。フラックスさんの黒ずくめの衣装は、夜闇に紛《まぎ》れてあたしを運ぶためだったんだ。いつもの白っぽい服に銀髪をなびかせてたんじゃ、夜でも目立ちそうだもんね。

けど、そんなことはどうだっていい。

「知りたいのは、何故こんなことをしたかってことです」

フラックスさんは自分が優位であることを見せつけるように、薄笑いを浮かべた。

「陛下の能力開発に大変協力してもらったけど、君にはこの国のためにそろそろ消えてもらいたいと思ってね」

消える＝《イコール》死ぬという図式が瞬時に頭に浮かんで、あたしはぞっとする。

「冗談、ですよね……？」

「冗談でこんな大がかりなことはしないよ。君を捉えて逃さない陛下の〝目〟を如何《いか》にしてかいくぐるか、計画を立てるのも苦心したんだ。君の部屋で殺してもよかったんだけど、君に止《とど》めを刺す前に陛下が駆けつける危険があったからね。一度失敗したら二度目はないだろうから、慎重を期《き》す必要があったんだ」

つまり、今夜のことは用意周到に運ばれたってことね……

夜会そのものが罠《わな》だったんだ。あたしと陛下、二人同時に薬入りの飲み物を飲む機会を作るために〝誰か〟が夜会を計画した。テルミットさんがロットさんに勝負を挑んで彼をへとへとにして退場させたのも、もしかすると計画の内だったのかもしれない。陛下のことを真剣に考えてほしいと言ったロットさんが、陛下を裏切るわけがないもの。ロットさんを遠ざけるために、テルミットさんは彼を勝負の相手に選んだんだろう。

テルミットさん、信用してたのに……

彼女は間違いなく黒だ。そうでなきゃ、飲み物に薬を仕込むなんてできない。すごく親切にしてもらって、彼女だけは自分の味方だと思ってたから、裏切りが胸に痛い。

フラックスさんだってそうだ。自分の研究に夢中な無邪気な人だと思ってたから、こんな計画に手を貸したりするような邪悪な面を持ち合わせてるとは考えもしなかった。

　あたしの信頼を裏切ったのに、フラックスさんは今から他人の命を絶つとは思えないほどの軽い口調で話す。

「君には悪いと思うんだけど、王家の直系に得体の知れない血が混じるのは、やっぱり歓迎できないからね。ひと思いに命を絶ってあげるから、その点は安心して」

「殺してあげると言われて、安心なんかできるもんですか」

　あたしは手足を動かして、少しでもフラックスさんから離れようとする。さっきより身体に力が戻ってきてるみたい。時間稼ぎができれば薬が抜けて逃げ出すチャンスができるかも。でも下に布か何か敷かれてるのか、手足に力を込めてもその上で滑ってしまう。

　精一杯睨《にら》みつけるけど、【救世の力】も持ってないあたしなんて、フラックスさんには赤子同然なんだろう。逃げようとあがくあたしを、愉快そうに眺めてる。

「怖いなら、陛下に助けを求めるといいよ。少しは恐怖が和らぐかもしれない。ただし、薬を盛られた上にここまで距離が離れてしまっては、さすがの陛下も駆けつけることは不可能だろうけどね」

「……国王陛下に薬なんか盛ったりしてよかったの？　あとで重い処罰を受けることに

なるんじゃない？」

「それは覚悟の上だよ。――君を殺したら、陛下は決してお許しにならないだろうね。簡単には殺してもらえないかもしれないけど、その責めは甘んじて受けるつもりだよ」

この国ってやっぱりそういう国だったか。国のためだったら人殺しの一つや二つ、自分の命も惜しくないってやつ。忠義もいいけど、自分の命を粗末にするのはどうよ？生きてこそ国のために役立てることだってあるんじゃないの？――ってここで説《と》いたって手遅れだ。改心させられるとは思えない。

陛下にプロポーズされた時から感じてた、いやーな予感が的中しちゃったのね。あたしのことを快《こころよ》く思ってない宰相サマや敵意むき出しのヘマータサマたちが、なんだかんだ言いながらもあたしを排除しようとしてなかったから油断してたわ。

フラックスさんは、腰から何かを引き抜く。人の二の腕ほどの長さのある〝それ〟の刀身は、ランプの明かりを照り返し妖しく光っている。この国の刃物って、刃の部分以外は黒くなかったっけ？　ということはもしかして――

「陛下の能力を開花させてくれたことに感謝して、君がこの国にもたらしてくれた技術で葬《ほうむ》ってあげよう」

やっぱりバドルさんが作った刃物！　あたし、自分のせいで死ぬの？　違う。混乱し

てるな、あたし。いよいよ殺されると思うとまともにものを考えられない。

「恨むなら、君に求婚した陛下を恨むといいよ」

ホント、その通りだよ。陛下はこういう事態になるってわかってたのかな？　いや、わかってなかったよね。わかってなかったに決まってる。わかってたらこういう事態にならないよう手を打ってくれてたっていいでしょ？　だから無責任だって言うのよ！

フラックスさんが刃物を振りかざす。

あたしは恐怖のあまり、やけくそで叫んだ。

「それもこれもあんたのせいよ！　プロポーズするなら責任もって命も守れ！」

＊　＊　＊

今、目の前で起こっていることが、余は信じられなかった。

「陛下、どうか無駄《むだ》な抵抗はおやめくださいませ」

ヘマータがベッドの上で余のほうへとにじり寄りながら、ドレスの襟刳《えりぐ》りを肩から外そうとしている。余は言うことを聞かない自らの身体を叱咤《しった》しつつ、ヘマータからできるだけ距離を置こうとした。

余を寝室に放り込んだモリブデンとテルミットは、扉の手前に並び、冷めた目で余を見ている。

「ヘマータとめでたく既成事実ができましたら、速やかに婚儀の準備に取りかからせていただきます」

「……モリブデン、そなた、王を相手に謀《はかりごと》か」

荒い息の下から恨み言を絞り出せば、モリブデンは神妙な顔をして頭を下げる。

「これも国を思ってのことです。ヘマータの魅力に屈した折には、どうぞご観念ください。――我々は見届け人として、隣の間にて控えています」

テルミットと共に扉の向こうへ消えていくモリブデンを睨《にら》みながら、余は心の中で悪態をつく。

何が〝魅力〟だ。媚薬《びやく》を盛っておきながら。

最初から何かがおかしいと、薄々気付いていたのだ。

舞花との距離を縮めるためにフラックスが夜会を提案し、それをモリブデンが黙認した時、余は何か引っかかるものを感じた。だが「『求婚なさるとよろしい』と申し上げたのはわたしですからね」と投げやりな様子で奴が言ったために、不承不承《ふしょうぶしょう》ながらも舞花との関係を認めてくれたのだと解釈してしまった。

モリブデンは余の即位の折から、何くれと余を助けてくれた。余と意見が食い違っても、うんざりするほどの説得をしてきても、余が承諾しないことは今まで決してしなかった。余はモリブデンを信頼し、裏切られるなどとは露《つゆ》ほども思っていなかったのだ。

それは他の者たちにも言えることだった。今宵集めたのは信頼できる者たちばかりだった。余たちが同時に飲み物を干す機会を巧妙に作ったテルミット。倒れかけた舞花を抱き止め、漆黒のマントに包んで窓から連れ去ったフラックス。あとの者はどのくらいこの件に荷担《かたん》していたのだ？

舞花、どこにいる……？

必死に〝心〟を伸ばし、居所を探る。

余は、追いかけることすらできなかった。身体が薬に翻弄《ほんろう》され身動きが取れなかったばかりに、遠ざかる舞花の気配が掴めなくなった。

連れ去られる時、舞花には意識がなかった。意識がない時の気配は感じにくい。お願いだ。どうか目を覚まし、居場所を教えてくれ。

ヘマータはドレスをはだけて艶《なま》めかしい両肩をさらし、少しずつ余との距離を縮めてくる。余の背中はすでにヘッドボードについており、これ以上後ろへは下がれない。脇へと逃れていっても、ヘマータはそれを追ってさらに距離を詰める。

「お苦しいでしょう、陛下？　どうぞわたくしをお求めになって。楽にして差し上げますわ」

ヘマータの誘う声が、薬に冒された余の身体に責め苦を与える。

「よせ！　触るな！」

触れようとしてきた彼女の手を、薬のせいで震える手で弾《はじ》くように振り払った。ヘマータは、理解しがたいというように表情を歪《ゆが》める。

「こんなに苦しんでおられるのに、何故我慢なさいますの？」

「舞花が連れ去られたというのに、暢気《のんき》にまぐわってなどおられるものか……！　言え。舞花をどこに連れ去った？　舞花に何をしようとしている？」

余の問いを聞いて、ヘマータは妖艶に笑った。

「陛下の心をこれ以上煩《わずら》わせることのないよう、フラックスが遠くに連れ去って消すことになっているのですわ」

にわかには信じられなかった。舞花に興味津々《きょうみしんしん》だったフラックスが？　ヘマータとて、殺したいほど憎んでいたわけでもあるまい。

〝殺〟——

自ら導き出した答えに、余の肝《きも》は心底冷える。

焦りが、より遠くまで心を飛ばす力となる。


舞花、目を覚ませ——！


その想いが、舞花を捉える。

ほっとしたのもつかの間。舞花から伝わってきたのは動揺、恐怖。ヘマータの言葉を裏付けるような、切羽詰《せっぱつ》まった想い。

余は、震える手で枕の下を探り護身用の短刀を手にした。ヘマータは驚いて声を上げる。

「何をなさるおつもりです⁉」

鞘《さや》を落とした刀身をヘマータに向けて威嚇《いかく》する。

「寄るな！　寄らねばそなたを傷つけはせぬ！　——痛みを覚えれば、媚薬《びやく》で靄《もや》のかかった頭も少しは晴れるであろう」

自らの太腿《もも》に刃を向けたことで、余が何をしようとしているか察したのだろう。へマータは悲鳴のような声を上げた。

「おやめください！　陛下であっても、今すぐ王都の外へ駆けつけることなどできませんわ！　もはや手遅れなのです！」

「手遅れなものか！」

舞花は今、一人で戦っているのだ。余の助けは期待できないと絶望し、それでも諦めることなく己《おのれ》にできることを懸命に考えている。

余もできることをしなければ、舞花に申し訳が立たぬ。


舞花、すまぬ。

このような事に巻き込んでしまって。

だから呼んでくれ、心の限りに。

余を、そなたのところへ呼び寄せてくれ。


余は短刀を振り上げ、狙い違《たが》わず腿へと振り下ろそうとする。

その時、脳天から突き抜けるように、舞花の〝声〟が余の内側に響いた。

――それもこれもあんたのせいよ！　プロポーズするなら責任もって命も守れ！

その言葉と同時に余の全身に力がみなぎり、目の前が真っ白に染まる。

＊　＊　＊

恨み言を叫んだところで、誰も助けに来るわけない。

あたしはそう思ってた。

だって陛下も、あたし同様薬を飲まされてたから。しかもお城から遠く離れちゃって、駆けつけることなんて不可能だと思ってた。

危機が差し迫ってきたあたしの脳裏に、一つの思いがよぎる。

さっきのダンスが、陛下との別れになってしまうの――？

「残念だったね、舞花」

フラックスさんは空に掲げた白刃を振り下ろす。

もうダメ――――！

とっさに目をつむった、その時だった。

突風が吹き荒れ、あたしの身体が宙に浮く。

「おお！　これは素晴らしい！」

フラックスさんの歓喜の声。この人ってほんっと自分の好奇心に忠実だわ。あたしを消そうとしてたのを忘れちゃったの？　――そんなどうでもいいことを考えちゃってたのは、驚きすぎて頭がまともに働かなかったから。

冷えた身体が、温かな腕に抱き止められる。

「舞花に危害を加えようとする者は、誰であっても許さん」

ぞっとするほどの冷ややかな声。でもその声に、あたしは例えようのない安堵《あんど》を覚える。

「陛下？　本当に……？」

腕の中から見上げると、陛下は温かな笑みを浮かべてあたしを見下ろした。

かった。

「遅くなってすまなかった。もう大丈夫だからな」

すっかり安心し切っていたあたしは、この直後再び突風に巻かれても怖いとは思わなかった。

――んだけど。

「ぐえ！」

柔らかな場所に落ちたものの、陛下が上から落ちてきてあたしは押しつぶされてしまう。

「お、もーい！」

あたしは懸命に陛下を上からどけようとする。

よく見ると、ここはあたしの寝室みたいだ。落ちたのはベッドの上で、そのベッドの周りには白い布が吊《つ》るされてる。

よもや、この機に乗じて――とか不届きなことを思ってやしないだろうな。

「いつまでも乗っかってないでよ！　重いんだったら！」

それを聞いた陛下はのろのろと寝返りを打って、あたしの上から退《ど》いた。それからあたしに背中を向けて自分の身体を抱くようにして丸くなる。

それを見て、あたしはようやく異変に気付いた。荒い息の音と、何かに耐えるように強張《こわば》った身体。覗《のぞ》き込んだ顔は苦しげに歪《ゆが》んでて、額《ひたい》からは脂汗《あぶらあせ》が流れてる。

陛下の肩に触れたあたしの手には、服越しでも熱さが伝わってくる。

「どうしたの⁉　熱があるじゃない！　お医者様――」

言いかけてあたしはショックを受ける。

頼れる人が思い浮かばない――

あたしの用事を聞いてくれてたテルミットさんは今回の実行犯の一人。ロットさんは罠《わな》にかけられて、今もまだへとへとで動けないいか、そうでなくともどこかに閉じこめられてるかもしれない。あたしたちに薬が使われたってことは、医者もグルかもしれない。

どうしたらいいの⁉

パニックになりかけたあたしの耳に、陛下の苦しげな声が届いた。

「大事、ない。単なる、媚薬《びやく》だ」

肩に触れたあたしの手を震える手で引きはがそうとしながら、陛下は絞り出すような声で言う。

ビヤク？　……って、あの媚薬⁉

あたしはぎょっとして手を離す。さ……触ったりして刺激しちゃマズいってことよね？

もしかしてあたしが飲まされたのも――と一瞬思ったけど、あたしの身体は熱くならなかったし、今はもうずいぶん薬が抜けたように感じる。

あたしと陛下は別の薬を飲まされたの？　何故？

その疑問は、陛下の声を聞いた途端かき消える。

「余のものになりたくなければ、離れていよ……」

陛下はさらに身体を縮込ませ、ベッドに顔を伏せる。

見るからに苦しそうだ。

こんな状態であたしを助けに来てくれたの？

あたしを襲えば望みも叶えられて一石二鳥なのに、何故そうしないの？

理由なんて聞かなくてもわかる。

あたしを大事に思ってくれてるからだ。

この状況で気付くなんて馬鹿みたいだけど、あたしはわかってしまった。

陛下と身元不明の女との結婚が上手くいくわけがないとか、また別の世界に飛ばされちゃったら残される陛下がかわいそうとか、そんなのただの言い訳。

ただ単に、あたしに陛下を受け入れる覚悟ができてなかっただけなのよ。

見知らぬ世界に迷い込んで家に帰れなくなって、あたしは不安で恋愛どころじゃなかった。出会ったその場でプロポーズされても、冗談にしか思えなかった。誰もが見惚《みと》れるイケメンに開けっぴろげに愛情を示されて、ゲームか何かのノリなんじゃないかと疑って。

陛下が本気だとわかっても、不安ばかりが先に立って、あたしはあと一歩が踏み出せなかった。

でも今、あたしのために苦しみに耐えてくれてる陛下を見て、あたしもちゃんと自分の気持ちに向き合わなきゃいけないって思ったの。

あたしは陛下の反対側からベッドを下りて、サイドテーブルに近づいた。引き出しを開けると、あの避妊率百パーセントとかいうオクスリだけが転がってる。あたしはたった一つしかないそれを手に取った。効果のほどは半信半疑だけど、何もしないよりマシだもんね。陛下を拒《こば》むための言い訳ってことを抜きにしても、やっぱり子どもは巻き込みたくない。それにあたしが陛下の子を産んだりしたら、この国の人たちを不安にさせちゃうだろうし。

陛下は苦しげに眉をひそめながら、不思議そうにあたしを見上げてた。あたしはそんな陛下にちょっとだけ微笑んで見せると、包みを開きオクスリを口に入れる。

オクスリというからには苦いかと思いきや、それは甘く、蜜のような味がした。

それを噛み砕いて呑み込むと、あたしはそっと、陛下の上に身を屈《かが》める。

陛下の唇の端に自分の唇を重ねたのは、ほんの一瞬。

恥ずかしくて死にそうだったけど、あたしはどうにかして口にした。


「た、助けてくれてありがとう……だから、いいよ」


あたしは、ロットさんの言葉を思い出していた。

——本当に別れが訪れた時、ご自分の気持ちに正直にならなかったことを後悔なさいませんか？

ロットさんの言う通りだ。命が危険にさらされた時、心の中で陛下に悪態をつきながら、心の別の場所は後悔で一杯だった。

陛下ともっと長く一緒にいたかったって。結婚はさすがに無理でも、両想いくらいにはなっておけばよかったって。陛下が期待するようなラブラブ生活は勘弁してほしいけど、恋人同士として幸せな時を過ごしておけばよかったって。

間一髪のところで救われて、ほっとしたのと同時に決めたの。

やり直すチャンスが得られたんだから、それを大事にしようって。

あたしの言葉に目を見開いた次の瞬間、陛下はあたしを乱暴に引き寄せてベッドの上に縫いつける。そして苦しげに息を吐きながら、脅《おど》すように言った。

「馬鹿が……！　後悔しても知らんぞ」

後悔なんかしない。

あたしはその想いを込めて、陛下の首に腕を回す。

そして耳元に囁《ささや》いた。

「大丈夫だから……ソール」

初めて口にする、陛下の名前。

陛下は勢いよく身体を離すと、真下にいるあたしをまじまじと見た。その直後、噛みつくような激しいキスをしてくる。

求められる喜びに浸りながら、あたしはこの先何があろうと決して後悔しないと心に誓った。

7　声を特大にしてお断りします！

そう誓ったのが間違いだった。

その……ヤサシクシテクレタヨ？　でもね、媚薬《びやく》のせいなのか陛下がもともとアレなのか。夜明けまで何度も挑まれて、その後は気を失うように寝込んで、起きたらもう昼過ぎ。お腹はペコペコだし、長時間イタシテイレバどうしても身体にダメージが蓄積する。疲れてる上に身体のあちこちが痛んで、今もまだ身動きが取れずにベッドに突っ伏してたりする。

陛下を好きだと思ったのなんて、単なる気の迷いだ。こんな目に遭《あ》わせる相手を好きだなんて、錯覚に決まってる。あたしは頭の中でそう言い続ける。

あたしをこんな目に遭わせた陛下は、隣の部屋で上機嫌に「舞花がようやく受け入れてくれたぞ」と吹聴《ふいちょう》していた。や～め～て～！　恥ずかしくてどこにも出ていけなくなるじゃん！

隣の部屋から、ロットさんの弾《はず》んだ声が聞こえてきた。

「僕が退場した後に何があったのか知りませんけど、いやあ本当によかったです！　おめでとうございます！」

……陛下に薬が盛られたって知ったら、祝うどころか真っ青になるんじゃないだろうか、ロットさん。

ロットさんに続けて、コークスさんがぼやくように言った。

「僕はその場にいたのに、何も覚えてなくて残念です。椅子に座って飲み物を飲んでいたらいつの間にか眠ってしまったようで、気付いたときには朝だったものですから」

コークスさんも薬を盛られたな。そのことに気付かないなんて、コークスさんって本当におっとりしてるわ。……これでわかったけど、コークスさんは白で、ウェルティは黒だ。コークスさんに異変があれば、ウェルティが騒ぎ出さないわけがないもん。――てか、何で隣の部屋にみんな集まるのよ。余計恥ずかしいじゃない。

恥ずかしいと言えば、動けないせいでテルミットさんの世話にならなきゃならないのも恥ずかしかった。自分を騙《だま》した人の世話になるなんて、ある意味屈辱。なのにテルミットさんは、何事もなかったかのように手際よくベッドカバーを取り替えて、あたしに寝間着を着せかける。これって殺人未遂に荷担《かたん》した人の態度じゃないよね？　どういうこと？　――と聞きたいところなんだけど、テルミットさんがあまりに自然に振る舞うから何となく聞きづらい。

テルミットさんはヘッドボードに枕を立てかけて、あたしが身体を起こすのを手伝ってくれた。

「舞花様、早くお元気になってくださいね。すぐに結婚式ですから」

何か誤解までされてる。でも、念のため訊《たず》ねてみた。

「結婚式って誰の？」

テルミットさんはきょとんとし、それからご冗談を、と言いたげに笑った。

「いやですわ。舞花様と陛下の結婚式に決まってるじゃないですか」

予想通りの答えが返ってきて、あたしはすぐさまそれを否定する。

「あたし、陛下のプロポーズにＯＫなんかしてないですけど？」

あたしは陛下が飲んだ媚薬《びやく》を散らす手伝いをしただけで、結婚するなんて一言も言ってない。……言ってないよね？

ちょっと不安になって心の中で自問してると、テルミットさんは呆れたようにため息をついた。

「何言ってるんですか。生まれてくるかもしれない子どものことを考えたら、結婚するのが責任ってものです」

この言葉に、あたしはぴしっと固まる。

「ま……まさかこの間くれたオクスリって……」

声を震わせて訊ねるあたしに、テルミットさんは満面の笑みを浮かべて言った。

「ただの飴です。本当に信じてくださってたんですね。それで陛下を受け入れられたんですか？　だとしたら、お二人がゴールインするお手伝いができて光栄です」

あたしはあんぐり口を開ける。道理で甘いわけだ。ただの飴だったんだから！

「ちなみに【救世の力】を遮断する布も嘘です。わたくしは、舞花様が不自由なくお過ごしできるよう取り計らうのが仕事なので、そのためには嘘をつくことも辞さないのデス」

衝撃の事実に、あたしの頭の中は真っ白になる。

ちょっとはおかしいと思ってたのよ。どう見てもただの布にしか見えなかったから。でも、あたしは【救世の力】についてほとんど何も知らないんだもん。だからあたしにはわからない技術でも使われてるのかと思ってた。ろくすっぽ疑わなかった自分が、今になってみれば信じられない。

よくよく思い出してみれば、遮断布の時も避妊薬の時も、微妙におかしな口調だった気が――って検証するまでもない！　遮断布はまだしも、避妊薬なんて大事なことを何で鵜呑《うの》みにしちゃうのよ、あたし！　今後テルミットさんの言うことなんて、絶対に信用しないんだからっっ！

ショックから冷めないうちに、さっきまで【救世の力】を遮断できると思っていた布を持ち上げて陛下が入ってきた。

「子どもはできないと思っていたから、舞花は余を受け入れてくれたのか。褒められたやり方ではないが、テルミット、ともあれ礼を言う」

「お言葉、ありがたく頂戴《ちょうだい》いたします」

テルミットさんはベッドから下がって、スカートを摘《つま》みお辞儀をする。

「そんなこと言って、陛下はそこの引き出しに〝オクスリ〟があることを知ってて、ここに戻ってきたんじゃないですか？」

疑いの目で睨《にら》んだけど、嬉しさを隠し切れない陛下は全然気付いてない。

「〝オクスリ〟とやらに何の効果があったのかまでは知らぬ。舞花が〝オクスリ〟と口にした時に何やら慌てた様子だったのは気になったが、寝室内のことは触れぬようにしていたのでな。ここに飛んだのは〝オクスリ〟とは関係ない。余の寝室にはヘマータがいたから、他に安全に着地できる場所といえばここしか思い浮かばなかったのだ」

陛下に続いて入ってきたフラックスさんが、これまたご機嫌で説明した。

「そのことが功を奏すとは思いませんでしたよ。媚薬《びやく》に屈したらそれを理由に、舞花のことを諦めるよう説得する予定だったんです。舞花への想いがその程度なら求婚すべきじゃないってね。陛下と舞花がベッドインするところまでは想定してなかったんで、さすがにびっくりしました」

火事場の馬鹿力ってやつだろうか。あたしは身体が痛むのも構わず、枕を一つ掴んでフラックスさんに思い切り投げつける。それはフラックスさんの顔に見事に命中した。

そこまで想定してたって言ったら、首絞めてやるところだったわよ！　怪しげな薬を他人に盛ること自体、日本じゃれっきとした犯罪ですから！

ふかふかな枕じゃ大した衝撃にならなかったようで、フラックスさんは重力に従って落ちるそれを両手で受け止め、へらへら笑う。

「そんなに怒らないでよ。僕はむしろ、舞花や皆さんのために、膠着《こうちゃく》した状況を動かす賭《か》けを提案したんだから」

「は？　どゆことですか？」

嫌な予感がして訊《たず》ねると、フラックスさんの後から入ってきたヘマータサマがつんけんしながら説明する。

「陛下が媚薬に屈してわたくしに陥落したら、わたくしたちの勝ち。命の危機に見舞われたあなたを助けるために陛下が新たな能力に目覚められたら、あなた方の勝ち。――という賭けをね」

〝あなた方の勝ち〟って何？

「あの……それはいったいどういう……？」

困惑しながら訊《たず》ねると、枕をベッドに置いたフラックスさんが得意げに説明を始める。

「陛下はいつまで経っても舞花にご執心《しゅうしん》で、モリブデン様の目論見《もくろみ》通りに飽きてくれない。日増しに舞花は陛下に絆《ほだ》されて、いつ間違いが起こるかとモリブデン様たちはやきもきする。――そんな状況を打開しようと、僕が提案したんだ。陛下に媚薬《びやく》を飲ませて追いかけられないようにして舞花を遠くに連れ出し、命の危険にさらしてみたらどうかって。陛下が舞花を助けに行けないまでも、新しい能力に目覚めたら陛下と君の勝ち。陛下にとって君は欠かせない人だということで結婚を認める。陛下が媚薬に屈してヘマータに手を出したら、ヘマータやモリブデン様たちの勝ち。その時は陛下に『舞花への想いがその程度でしかなかったんだから、舞花のことは諦めろ』と説得する予定だったんだ」

「陛下と舞花様に同時に薬を飲んでいただく方法については、わたくしが協力させていただきました。細かい計画があったわけではないので上手くいくかどうか心配だったたのですが、成功してよかったですわ」

テルミットさんまで、そんな嬉しそうに話さないで！

あたしは声を嗄《か》らして叫ぶ。

「辛い薬の後遺症はないみたいだけど、体質的に合わなかったらどうするつもりだったのよ!?　副作用で大変なことになる場合だってあるんだから！」

痛い身体を押して懸命に叫ぶも、誰も耳を傾けてくれなかったらしい。

叫び終わった後、ぐったりするあたしを気にすることなく、フラックスさんは興奮して話し続けた。

「僕は千里眼《せんりがん》とテレパシー能力を強化できればって程度にしか考えてなかったのに、陛下は瞬間移動の力に目覚められ、見事に君を危機から救い出したんだ！　やりようによっては、君は陛下からもっともっといろんな力を引き出すことができる！【救世の力】の解明も、夢じゃないかもしれないんだ！」

はしゃぐフラックスさんの声に、ヘマータサマに続いて入ってきた宰相サマの諦めたような声がかぶさる。

「これほどまでの結果を出されたら、舞花とのことを認めないわけにはいきません。夫婦の契《ちぎ》りを結ばれたからには、早急に結婚式の手配をいたしましょう」

「ああ、頼んだぞ」

陛下が鷹揚《おうよう》な口調で返すのを聞いて、あたしはがばっと顔を上げ、慌てて抗議する。

「ちょっと待ってよ！　あたしは陛下と結婚するつもりないし、第一陛下、自分の言ったこと忘れたの!?　あたしに危害を加える人は誰であろうと許さんって」

そう言ってあたしをフラックスさんから助けてくれたのは何だったの？

食い入るように陛下を見つめていると、フラックスさんのけろっとした声が聞こえた。

「舞花に危害を加えるつもりなんか、最初からなかったよ」

フラックスさんは懐《ふところ》から白刃の剣を取り出す。そして昨夜のことを思い出して身を竦《すく》ませるあたしの目の前で、ためらいもなく自分の手のひらに刃を滑らせてみせた。その後で見せられた手のひらには、傷一つ見つからない。

「まだ刃をつけてないのを、バドルから一振り借りてきたんだ。これで人を殺《や》ろうとしても難しいだろうね。いやあ、殺気を出すのに苦労したよ。本気で殺すつもりだって信じてもらえなかったら実験にならなかったからね」

よく見れば、確かに刃がない。暗がりだったし、怖くてそこまで細かく見る余裕もなかったもんね。見事に騙《だま》されたわ。でも殺す気のない殺害予告も、日本では罪に問われますから！

あたしが声もなく怒りに打ち震えてると、陛下がフラックスさんに厳しい目を向けた。

「だが、同じようなことをまたするようであれば、今度こそ許さん」

〝今も許しちゃダメでしょ！〟と腹を立てながらも、あたしは守られてることにときめきを感じずにいられない。ホント、アホだわあたし。

「わかってますよ。今回は上手く陛下の能力を引き出せましたが、二度も通用するとは思いませんので、もうやりません」

フラックスさんはへらへらと答える。まるで反省の色がないな。こういう人はまたきっと何かやらかす。注意しなくちゃ。

心の中でテルミットさんに続いてフラックスさんも頭の中の要注意人物に加えてると、ロットさんとコークスさん、ウェルティまでもが寝室に入ってくる。

「結婚式はすばらしいものにしましょう。準備はお任せください」

「陛下と舞花のお子の誕生が、今から楽しみです」

「ヘマータ様もお認めになってることだもの、仕方ないから祝福してあげるわ」

口々に言われ、あたしは慌てて否定する。

「ホントに待ってください！　あたしは陛下と結婚する気はないんです！」

でもまたもやスルーされた。あーだこーだと結婚式の相談をしながら、陛下とテルミットさん以外のみんなはぞろぞろと吊《つ》るされた布の中から出ていく。

引き留めることもできなかったあたしに、テルミットさんがにこやかに言った。

「舞花様のご不安はわかっておりますけど、何事も〝案ずるより産むが易《やす》し〟ですわ」

そのことわざ、この国にもあったんだ――ってそれはどうでもよくて！　このままじゃマズい。あたしの意思に関係なく、気付けば結婚式当日ってことになりかねない。

このまま流されてゴールインしてたまるか！

あたしが満足に動けないのをいいことに、陛下は隣に座って肩を抱き寄せようとする。

「元の世界に帰りたいと思わなくなるくらい、幸せにするからな」

そんなこと頼んでない！

あたしは腕をつっぱって陛下が近づくのを阻《はば》みながら、声を特大にして言った。

「きっぱりはっきりお断りします!!!」

書き下ろし番外編

舞花は陛下のストーカー行為を如何にして撃退できるようになったか

「きっぱりはっきりお断りします!!!」

それを聞いてがっかりしている陛下は放っておいて、あたしは焦ってテルミットさんに訊《き》いた。

「そんなことより！　遮断布が嘘ってことは、陛下の覗《のぞ》きを防ぐ手立てがないってこと⁉」

すると遮断布――じゃない、ただの布の向こうからいくつも声が聞こえてきた。

「あははっ。舞花にとって陛下の求婚は、今もまだどうでもいいことなんだねー」

「まったく……これほどまでに陛下に想われていながら、どこまで無礼なんだ、この娘は」

「正直申し上げますと、ここまで拒《こば》まれながらもまだ舞花がよいとおっしゃる、陛下のご趣味を疑いますわ」

「陛下に失礼ですが、ヘマータ様に同感ですわ」

誰が何を言ったか丸わかりだ。念のため言えば、フラックスさん、宰相サマ、ヘマータサマ、ウェルティの順だ。

「ひとごとだと思って！　四六時中いつ見られてるかわかんないのよ⁉　――って今気付いたけど、壁や天井も通して見られちゃうってことは、寝間着なんてないも同然なんじゃや――ッ」

全身の毛が逆立つような感覚に、あたしはぞくっと身を震わせる。自分を抱きしめて陛下に向かって叫んだ。

「今見た⁉　見たでしょ！　服の中！」

キッと睨《にら》みつけると、陛下はうろたえて後ずさった。

「い、いや、つい……」

「前に、千里眼《せんりがん》では顔しか見えないって言ってたよね⁉　あれは嘘だったのね！」

「違う！　あのときは本当に」

「もう信じられない！　出てって！　この部屋から！　お城から！　地の果てまで出てって――――！」

すると風が起こり、陛下の姿が目の前から消える。

陛下がたった今までいた空間を睨《にら》みながら、あたしはぜーぜー息をした。その間、「もしかしたら陛下の千里眼《せんりがん》がパワーアップしてるのかも」とか「陛下に出て行けとはなんたる無礼」とか「出ていくなら舞花が出て行くべきよ」とか聞こえてきたけれど、テルミットさんの「舞花様が興奮なさいますので、皆様退室をお願いします」の声とともに人の気配は遠ざかっていった。

それから少しして食事が届いたけれど、あたしは食べることも飲むことも拒否した。お腹もぺこぺこだし喉《のど》もカラカラだけど、飲み食いしたらおトイレ行きたくなるじゃない。そんなとこ見られたくない、絶対に！

運んできたロットさんは、あたしを宥《なだ》めるように声をかけた。

「お腹が空いてらっしゃいますよね？　何も食べずにいたら、身体が衰《おとろ》えてしまいます。

──舞花様のお怒りはごもっともです。でも抗議の手段としてご自分を痛めつけないでください。舞花様のご希望は何でも叶えて差し上げますから」

上掛けをかぶって体育座りをしているあたしは、ロットさんにちらっと目を向けた。

「聞いたんですか？」

ロットさんは、自分を恥じるように微笑んだ。

「はい、先ほど。不甲斐《ふがい》なくも、僕が退場したあとのことを逐一《ちくいち》。あのようなことがあったというのに、陛下と舞花様が結ばれたことを喜ぶべきではありませんでした。申し訳ありません」

ロットさんは頭を下げて謝る。

「……そのことは、もういいんです。お国柄の違いだと思って諦めます。あたしが食事をしたくないのは、……別の理由なんです」

具体的になんて言えない。恥ずかしすぎる。

言わなくても、ロットさんはすぐに察してくれた。

「ああ、千里眼のほうですね。不思議だったんですよ。何故このように布をかけているのかと」

ロットさんは、今もまだかかっている布に触れる。布が揺れるのを見つめながら、あたしはさらに身体を丸めた。自分の身体で隠せば、服さえ通り抜けてしまう陛下の千里眼も通用しなくなると期待して。

そんなあたしに、ロットさんは訊《たず》ねた。

「改めてお伺《うかが》いしますけど、舞花様は陛下のことがお好きですよね」

「嫌いです。大っ嫌い」

断言しても、陛下への気持ちを打ち明けてしまっているロットさんには通用しない。

ロットさんは苦笑して言った。

「ですが、媚薬《びやく》に苦しむ陛下を助けてもいいと思う程度には嫌いではないですよね？」

「……」

それを言われてしまうと否定できない。黙りこくると、ロットさんはいっそう優しく話し始めた。

「見られたくないという気持ちの裏には、相手に嫌われたくないという気持ちが隠れていると思うんです。見られることで幻滅されてしまうのが怖くて、だから見られたら恥ずかしい、見られたくないという気持ちが生まれるのではないかと。ですが、舞花様はすでに陛下にすべてをさらけ出したのではないですか。ですのに、陛下は幻滅なさるどころかいっそう舞花様への想いを強くなさった。なので、陛下に何を見られたって、舞花様は怖《おそ》れることは何もないと思うんです」

「……じゃあして」

「は？」

ぽかんとするロットさんに、あたしは怒鳴った。

「あたしの希望は何でも叶えてくれるのよね？　だったらあたしの前でおトイレしてみ

なさいよ！」

するとロットさんは、顔色を変えてじりじりと後退《あとずさ》る。

「そ、それはちょっと……」

あたしはベッドの上に膝で立って詰め寄った。

「こちとら田舎育ちで立ち○ョンなんて見慣れてるのよ！　見られても平気なんでしょ!?　さあ！」（↑錯乱《さくらん》気味）

その瞬間、風が巻き起こる。その風とともにベッドの上に現れたのは、もちろん陛下だった。

「舞花！　男が○水するところを見慣れてるとはどういうことだ!?　見たいなら他の男に頼まず余に言ってくれればいくらでも見せたものを！」

ロットさんは相変わらず逃げ足が早い。すでに布の中に姿はなく、離れたところから声がする。

「舞花様のご要望は何でも叶えて差し上げたいですが、これぱっかりはご勘弁ください。僕が陛下に殺されます」

陛下がズボンの前を開けようとしている。それ気付いて、あたしは声の限りに叫んだ。

「ここで何するつもりなのよ!?　するならトイレ行け！　あたしは見たくない！」

「ロットのは見たくて余のは見たくないと申すのか⁉」

「違う！　見られたら恥ずかしいでしょっていうのをわかってもらうために言っただけなの！」

「余は舞花に見られても恥ずかしくないぞ！」

「そんなことはとっくにわかってるっての！　だからやめてってば‼」

わーん！　ロットさんも逃げるなら陛下を何とかしてから逃げてよ～！

そこに、天からの助けがごとく聞こえてくる声があった。

「陛下、ちょうどよいところにいらっしゃいました」

「テルミットか。取り込み中だ、あとにしろ」

「こんなくだらないこと取り込み中なわけないでしょ！　てか出てけ！　この変質者‼」

さすがに変質者扱いは傷ついたのか、陛下は来たときのように瞬間移動で消えた。

布の中に入ってきたテルミットさんは、陛下のいなくなったベッドの上を見てため息をついた。

「行ってしまわれましたか」

「そんな残念そうに言わないで。テルミットさん……」

あたしはベッドに突っ伏してげんなり言う。

「舞花様の心の平穏を取り戻すための方法を思いついたので、陛下に協力していただきたかったのですが……」

その言葉にあたしは警戒した。

「……またあたしを騙《だま》そうっていう話じゃないよね？」

「もちろんです。舞花様にはもう嘘は通用しないでしょうから。でも、舞花様もお飲みになった薬の効果ならば、多少は信じられると思うんです」

「あたしの飲んだ薬？」

ちょこっと顔を上げて訊《たず》ねると、テルミットさんはにっこり笑って話した。

「はい。舞花様の意識を失わせるために、わたくしが飲み物に混ぜた薬ですわ。その薬を陛下に飲んでいただけば、千里眼《せんりがん》を防げると思います」

あたしに薬を盛った話を得意げに話されてもなぁ……と思いつつ、もう一つの話題に乗っかった。

「そんなんで千里眼を防げるの？」

「そのはずです。さすがに、意識のない状態では陛下も【救世の力】を使えないと思いますので。舞花様が身をもって体験なさったように、薬が効いている間は王都郊外に運ばれても気付かないほどに強力です。舞花様がご入浴されたりおトイレに行かれたりする間、目を覚ますことはないと思います」

入浴と聞いてお風呂にすごく入りたくなる。けれど、あたしはぐっと堪《こら》えてテルミットさんに訊《たず》ねた。

「そのお薬って、大丈夫なの？　あとあと身体に害が出たりしない？　【救世の力】に悪影響とか……」

「身体に害のあるものなど、舞花様に飲ませたりしません。ですが、【救世の力】にどのような影響があるかは未確認です。血族が服用した事例がほとんどないものですから」

だよねぇ……高貴な方々には飲ませられないよ、あんなもの。あれは睡眠薬なんてもんじゃない。昏倒《こんとう》って言っていいくらい、がつんと意識が落ちるもん。いったい、誰に何の目的で飲ませてるんだか。

少し考え、あたしは答えた。

「薬を飲ませるのは最終手段にしてくれる？」

「舞花様がそうおっしゃるなら。でも、食事はちゃんと召し上がってくださいね」

「……わかった」

寝室に運んでくれるというのを断り、あたしは食事室に行った。身体が痛くて上手く歩けなかったけれど、あちこちに掴まりながら何とか。

食べ物も飲み物もあまり口にしなかったけれど、テルミットさんは何も言わなかった。

食事のあとで寝室に戻ると、ベッドを囲っていたただの布は片付けられていた。何の効果もないってわかっちゃったから、あっても邪魔なだけだもんね。

椅子に座り続けるのも辛いので、あたしはまた寝ることにした。身体を横向きにして身体を丸めると、睡眠不足もあってすぐに眠気をもよおした。でも、昼寝の習慣のないあたしは、完全に寝入ることができない。とろとろとまどろんでいると、つんつんと陛下につつかれた。

――舞花、余はそなたが飲まされた薬を飲んでもいいぞ。

鬱陶《うっとう》しいと思いながらも、あたしは目を閉じたまま陛下に話しかけた。

――また盗み聞きしてたの？　それ日本じゃ犯罪だからね。それと、安全だとはっきりしてない薬を飲ませたりしないから。だって、万一陛下の【救世の力】に悪影響があったら、この国の一大事じゃない。

——錯乱《さくらん》するほど余の千里眼《せんりがん》を怖《おそ》れていたのに、そなたには何の義理もない我が国のことを考えてくれるのだな。

——義理はあるよ。この国にお世話になってるし、陛下が守ってくれてるから安心して暮らせてるんじゃないの。てか、あたしが嫌がってるのわかってるなら、もう覗《のぞ》き見しないでよ。

——この力も自在に操《あやつ》れるようになったゆえにそれは可能だが、余が絶対に見ないと約束したところで、そなたは信じられぬのではないか？

それはそうだ。千里眼の何が怖いって、いつ覗かれてるかあたしにはわからないってところなのよね。だから四六時中気を張ることになる。だったら、いっそ陛下がそばにいたほうがいい気もする。近くにいれば、見られたって感じたときすぐに怒れるもの。

——あれ？　そういえばさっき寝間着の中を覗かれたって感じたのは何で？　あのとき、陛下はあたしのほうを向いてなかったのに……

考え事をしているあたしに、陛下が割り込んでくる。

——余も舞花のそばにいたい。

その声があまりに脳天気だったので、あたしはむかっとして陛下を邪険に振り払った。

「もー鬱陶《うっとう》しい！　あっち行ってよ！」

バチンッ！

でっかい静電気みたいな音が鳴って、陛下の気配が遠ざかっていく。

やれやれ、これで安眠を――と思ったところで、あたしはがばっと起き上がった。

え？　今の夢……？

呆然として部屋の中を見渡す。

陛下の姿はない。そりゃそうか。気配が遠ざかっていったんだから。

「って、あれ？」

扉ががちゃっと音を立てて開き、テルミットさんが入ってきた。

「舞花様、どうかなさいましたか？　今『バチン』と大きな音がしましたが」

「……ねえテルミットさん。さっきまでここに陛下がいたよね？」

テルミットさんは首を傾《かし》げた。

「いらっしゃいませんでしたよ？　少なくとも、わたくしが待機していた隣の部屋をお通りにはなりませんでした。ただ、陛下は瞬間移動ができるようになられましたので、この寝室に直接訪れて去っていかれたのかもしれません」

「瞬間移動を使ったって感じはしなかったのよ。風も起こらなかったし、なんというか、すうっと近付いてきてすうっと去っていったような……」

自分でも言っておかしいと思うけれど、普通の気配とは違う感じがしたのよね。

悩んでいると、窓がコンコン叩かれた。

「入～れ～て～」

三階の窓の外でふよふよ浮いて窓を叩くのはフラックスさん。この光景にも慣れてきている自分が怖《こわ》い。

テルミットさんが窓の鍵を開けると、フラックスさんは自分で扉を開けて入ってきた。

「舞花！　何やったの？」

「へ？」

「陛下が急に顔を押さえたからどうしたのかと思って訊《き》いたんだけど、そしたら『舞花が……』ってうめいたきり喋《しゃべ》らなくてさ」

「え？」

そのすぐあと、鬼の形相をした宰相サマが寝室に入ってきてあたしに詰め寄った。

「陛下に何をやったんだ！」

「そんなこと訊かれたってわかりません！　あたしはここで寝てただけです！　そしたら陛下が来ていろいろうるさいから、『あっち行って』って振り払っただけで」

「何を言っている？　陛下はずっと執務室におられたぞ」

どゆこと？

——舞花も【救世の力】に目覚めたのではないか？

背後に気配を感じ、あたしは苦笑しながら振り返った。

「そんな馬鹿な。あたしは日本人で、親もこの国とは縁もゆかりも——ってあれ？」

陛下の姿がない。声ははっきり聞こえたし、気配もしっかりあるのに。

「舞花様、どうなさったんです？」

テルミットさんに訊《たず》ねられ、あたしは困惑しながら何もない空間を指さした。

「今ここに、陛下の気配が……」

「いらっしゃいませんけど？」

うん。あたしの目にも確かに見えない。なのに、今もまだ、指さしたその空間に陛下の気配をひしひしと感じるんだ。

「陛下、そこにいるの？」

——ああ、いるぞ。余がここにいるとわかるのだな。

陛下が喜んでる気配がする。

どゆこと？

あたしはおっかなびっくり訊ねた。

「陛下、さっきここに来てた？」

――ああ、来ていたぞ。今のように精神を飛ばしてな。そなたと話をした。余が薬を飲んでもよいと言ったのに、そなたは我が国のことを考えて余が薬を飲むのを止めたであろう？

夢かと思ったけれど、やっぱりあれは夢じゃなかったらしい。

もしかすると……！

あたしは、期待に小躍りしそうになる自分を抑えてフラックスさんを振り返った。

「フラックスさん、陛下のところに戻ってください」

「うん、わかった」

フラックスさんは何かを察してにっと笑うと、窓の外に飛び出してすーっと上がっていく。あたしはまた〝陛下〟を見た。

「フラックスさん、陛下のところに戻りましたか？」

――ああ。戻ったぞ。

「それじゃあいきます。――『あっち行って！』」

バチンッ
――うおっ！

陛下の面食らったような声が聞こえたのとともに、陛下の気配が遠ざかる。それから少しして、フラックスさんがはしゃぎながら下りてきた。

「舞花！　いったい何やったの⁉　陛下がまた顔を押さえて」

フラックスさんはそれ以上言えなかった。あたしが笑い出したからだ。

「ふふふふふ……あはははは……」

急に笑い出したあたしが、よほど不気味だったのだろう。フラックスさんも宰相サマも、声もなくあたしを凝視してる。

あたしはかまわず笑い続けた。

「ふはははは！　あたし、陛下を撃退できるようになったかもしれない！」

どうしてこういうことになったかわからないけれど、あたしは千里眼《せんりがん》を使う際の陛下の気配を感じ取れるようになり、近付いてきた陛下をバチンッと追い払うことができるようになったらしい。

それから何度も実験して、効果を確信できたあたしは、陛下のストーカー脅威から完全に解放されたのだった。

本書は、2014年9月当社より単行本として刊行されたものに書き下ろしを加えて文庫化したものです。

レジーナ文庫

国王陛下《こくおうへいか》の大迷惑《だいめいわく》な求婚《きゅうこん》

市尾彩佳《いちおさいか》

2017年 10月20日初版発行

文庫編集－西澤英美・塙綾子
発行者－梶本雄介
発行所－株式会社アルファポリス
〒150-6005 東京都渋谷区恵比寿4-20-3 恵比寿ガーデンプレイスタワー5階
TEL 03-6277-1601（営業） 03-6277-1602（編集）
URL http://www.alphapolis.co.jp/
発売元－株式会社星雲社
〒112-0005東京都文京区水道1-3-30
TEL 03-3868-3275
装丁・本文イラスト－ここかなた
装丁デザイン－ansyyqdesign
印刷－大日本印刷株式会社

価格はカバーに表示されてあります。
落丁乱丁の場合はアルファポリスまでご連絡ください。
送料は小社負担でお取り替えします。

ISBN978-4-434-23789-8 C0193